那年的雨季，我们一起走过

孙健 著

中国文史出版社

图书在版编目（CIP）数据

那年的雨季，我们一起走过 / 孙健著. -- 北京 :
中国文史出版社，2020.10

ISBN 978-7-5205-2328-8

Ⅰ.①那… Ⅱ.①孙… Ⅲ.①长篇小说-中国-当代
Ⅳ.①I247.5

中国版本图书馆CIP数据核字（2020）第184063号

责任编辑：金硕

出版发行：**中国文史出版社**
社　　址：北京市海淀区西八里庄路69号院　　邮编：100142
电　　话：010-81136606 81136602 81136603 81136605（发行部）
传　　真：010-81136655
印　　装：北京温林源印刷有限公司
经　　销：全国新华书店
开　　本：660×950　1/16
印　　张：17
字　　数：238千字
版　　次：2021年1月北京第1版
印　　次：2021年1月第1次印刷
定　　价：56.00元

第
1
章

离奇的失窃案

近些天，岳洋心里一直很郁闷，仿佛有个痒痒挠在胸口挠来挠去，让他不得安宁。也难怪，班里发生了一桩离奇又古怪的失窃案，身为一班之长，心情又怎么能好得了呢？

丢的东西倒不是多么值钱，就是一大包零食。其实，除了失主和那个小偷，也没人知道这起失窃案。

若不是失主本人觉得这事儿蹊跷，将事情的前后经过偷偷告诉了岳洋，他也根本不会知道班里还有这么一桩“失窃案”。

之所以说它离奇古怪，是因为东西原本锁在壁橱里，壁橱没有丝毫破损，钥匙也从来没有离开过失主，可是，鼓鼓囊囊的一大包零食却神奇地飞到了教室，还一包一包地分到了同学们的课桌上。

事情的前前后后，真有点儿像刘谦的魔术，让人感到不可思议！

失主是刘双寒，是知名房地产公司董事长刘大贵的儿子。每次周一到校，他都会从那辆黑色“大奔”车上拎下一大包好吃的东西。同学们都知道，每到课余时间他就会溜回宿舍大吃一通。

刘双寒已经很胖了，走起路来像只企鹅，摇摇摆摆的。尽管他多次当着同学们的面，郑重其事地声明，以后开始减肥！可是，他还是乐此不疲地吃着那些所谓的“垃圾食品”。因为这件事，班主任项雪菲跟刘双寒已谈过很多次话了。可是，他还是偷偷地往学校捎零食。

这次倒好，一大包零食还没来得及吃呢，就被人偷了，并且，还以刘双寒的名义分给了全班同学，让大家美餐了一顿。东西顷刻间就变作一堆色彩鲜艳的包装袋。常言说，失之东隅，收之桑榆。东西倒是没了影，庆幸的是，向来口碑不好的他，顿时赚了许多人气，也赢得了不少赞誉。仔细一想，这件事还是挺划算的。这样想来，他又不怎么憎恨这个小偷了。

这件事乍一听，这个小偷的“盗窃行为”，还蛮有点杀富济贫的味道。

刘双寒刚开始并没打算将事情说出来，除了他和那个小偷，没人知道这件事的真相。两个人谁都不说出去，这件事也就烂在各自的肚子里了。

事情的经过的确有些离奇。

那天，正是早读时间。同学们陆陆续续走进教室，见到黑板正上方写着醒目的一行字：“今天我请客！刘双寒。”

字不是很漂亮，看得出，是左手写的，并且为了掩盖笔迹，还故意把字写得歪歪斜斜。不过，这些字与刘双寒写的还真有点相似，看来“小偷”是刻意进行了模仿。大家的注意力都在桌子上的美味上，谁也没在意这字究竟是不是刘双寒写的。

别看大家整天是一本正经的样子，其实，每个人都是馋猫。

馋，没有错。馋是人的本性，确切地说，也是动物的本性。不爱吃好东西的人一定是装出来的，这种人很虚伪，也很可怕。这些话是刘双寒的口头禅。若是有人说刘双寒是馋猫，他就会一口气将这番歪理说出来。

见课桌上摆放着花样各异的美味食品，大家有些莫名其妙，也有点受宠若惊。见是财大气粗的刘双寒请客，也就不再客气了，一个个撕开花花绿绿的外包装，高高兴兴地吃了起来。

刘双寒爱睡懒觉，全班同学中，他起床是最晚的，走起路来又慢腾腾。因此，他每天都是最后一个到教室。

刘双寒打着呵欠走进教室时，同学们都鼓起了掌。

雷动的掌声，让刘双寒彻底蒙了，不知道出了什么事，他下意识地用手搔了搔头皮，四下看了看，并未发现什么不妥。等他用惺忪的眼睛看到黑板上的粉笔字时，更是掉进了云雾之中。

别看刘双寒是一副笨手笨脚的样子，他机灵着呢，看到同学们兴高采烈地吃东西的热闹场面，他就猜了个八九不离十。

等下了课，刘双寒慌里慌张地回到宿舍，打开壁橱一看，他终于明白是怎么回事儿了。

刘双寒感觉牙根有些痒痒，用力咬了几下，却痒得愈加厉害，片刻后，居然连下巴也痒了起来，接下来，整张脸也变得极不舒服了，仿佛有几只小虫子爬来爬去。

他脑子里冒出一个念头，马上报案！

抬腿刚要往外走，他却被武林高手突然点中穴道似的，站在原地一动不动了。项老师三令五申不准往学校带零食，若是主动找上门去报案，即便是项老师能查出那个“幕后黑手”，她也不会饶了自己。

刘双寒再笨，也不至于愚蠢到自投落网的地步。

再说，这件事，本来同学们都以为刘双寒做了一件大好事。若是他再大张旗鼓地去查找那个小偷，同学们必定知道，那些好吃的东西并非是他心甘情愿地拿出来与他们分享的，最终结果还不是明摆的吗？

当前情况下，刘双寒也只能是哑巴吃黄连了。不只是他，换作谁，也会这样做的。

其实，刘双寒才不在乎那点儿东西呢，他最不在意的就是钱财，何况又是些值不了几个钱的零食。

可是，他静下心来仔细一想这事，越来越感觉到不对劲，好奇心像一团火，越烧越大，几天下来，整个人被烧成了一块黢黑的木炭。

令刘双寒百思不得其解的是，钥匙一直带在身上，壁橱又完好无损。况且，每次给壁橱上锁前，他都是认真检查过的，确定那包零食还在壁橱里才上了锁。这样做，他倒不是防小偷的，是怕壁橱里有零食的事，让班里的同学知道，更确切一些，是怕项老师知道。

小偷是怎样把东西取走的呢？这件事的确蹊跷！难道小偷有什么妖术不成？刘双寒心里乱作一团，一连几天，晚上连觉都睡不好。他绞尽脑汁，也理不出半点头绪。

把零食分给了全班同学吃，大家都以为刘双寒良心发现做了一件大快人心的好事。只有刘双寒知道其中的内幕，要说再有知道这件事的，就是那个可恶的小偷。

东西到底是怎么被取走的呢？上课、吃饭、走路……他一刻不停地在苦思冥想，可还是想不出任何结果。

刚开始，他感觉身上背了一块石头，后来，那块石头就变成一座山了，他肥胖的身体就快要被压扁了。

刘双寒的好奇心极强，后来他实在受不了了。要是不把这个问题弄个明明白白、真真切切，他就要疯了。

刘双寒又仔细理了一遍事情的前后经过，再次确定没有任何疑点可找。尽管他从来不相信这个世界上有鬼神存在，可是，在事实面前，他得出的结论只有一个——宿舍里有鬼！

为了能把事情搞个水落石出，刘双寒不再有任何顾虑，他决定把这件事先告诉岳洋。

岳洋是班长，说不定在不惊动项老师的情况下，他能够帮自己查出事情的真相。

下了课，刘双寒神秘兮兮地把岳洋拽到了楼道的拐角处，这里很僻静。岳洋不知道发生了什么事，怔怔地望着他，他支吾了老半天，才说："岳洋……宿舍里有鬼。"

岳洋鼻子都气歪了，哭笑不得地说："刘双寒，你把舌头伸直了再说好不好？"

刘双寒四下看了看，周围没有人，他终于硬着头皮把事情的经过讲了一遍，岳洋听了，先是捧着肚子咯咯地笑了一阵，笑得刘双寒直挠头皮。

刘双寒没有笑，他一脸虔诚，两眼直勾勾地看着岳洋。岳洋的笑戛然而止，刘双寒古怪的表情告诉他，刘双寒并没有开玩笑的意思。

岳洋皱起眉头，歪着脑袋想了片刻，问："真有这种事？"

刘双寒的眼睛像钩子，紧盯着岳洋，使劲点了几下头。

这时，岳洋才知道，刘双寒并不是在说谎，他学着刘双寒的样子，四下望了望，小声说："这件事，咱们可以自己查，千万别让项老师知道，否则你往学校捎零食的事她就知道了！"

岳洋的话，正中刘双寒的下怀，他听了，鸡啄米似的直点头。

刘双寒往学校带零食这件事，岳洋一直看不惯。为此，他也多次劝说过刘双寒，也曾跟项雪菲反映过这一情况。

岳洋之所以不想让项雪菲知道这事，真实的原因，是因为自己身为一班之长，班里发生这种不光彩的事，他是脱不了干系的。若是项雪菲知道了这件事，一定会对他的工作能力有所质疑。这些当然是岳洋不想看到的。

私心每个人都会有的。岳洋一心想在班长的位子上稳稳当当地一直坐下去，这怪不得他。

岳洋把这件事先在脑子里理顺了，随后，他半开玩笑地说："双寒，这件事，我怎么反倒觉得这个小偷有些像杀富济贫的侠客啊？"

刘双寒像是被人戳中了要害，脸忽地红了。他用手搔了一下头皮，尴尬地笑了笑，没有吱声。

岳洋本想再取笑刘双寒几句，仔细一想，这件事若真如刘双寒所说，还的确有些离奇。把东西带进教室分给每个同学，这并不是什么难事，教室的门平时都是虚掩着的，同学们出入自由。

问题的关键在于东西是怎么从壁橱里弄出来的。岳洋的表情很严肃，问："你能确定钥匙一直放在身上？"

刘双寒想都不想一下，就接连点了几次头。岳洋没说话，低下头又沉思了许久。

两个人一块儿去了宿舍，刘双寒打开壁橱，又关上，岳洋像个侦探，时而用手敲几下壁橱，时而四下瞅一瞅。两人仔细查看了半天，也没查到一点儿线索。

岳洋只好利用上午的自习课，专门开了个班会，一来是让同学们提供线索，二来也希望"小偷"能主动站出来。

事情一说出来，教室里一片哗然。结果，全班同学叽叽喳喳了半天，唯一能确定的是，小偷肯定是本班的同学，除此之外，事情没有任何进展。

同学们听了，也都充满好奇，大家的意见非常明确，也很一致，只要这个人讲出事情真相，就不再追究他的任何责任，同学们也不会让项老师知道这件事。刘双寒还拍着胸脯当众下了保证，决不为难这位偷走他零食的同学。

小偷一直没有现身。

班会快要结束的时候，岳洋装作江湖侠客的模样，双手抱拳，再三声明，这事一定要保密，千万别让项老师知道！

几天后，在去操场的路上，刘双寒幽灵似的忽然追上岳洋，神秘兮兮地说：“鬼是不会有的……这件事……八成是秦小松做的！”

岳洋眼睛先是亮了一下，随后瞪了刘双寒一眼，问：“有证据吗？”

刘双寒一脸失望地摇了摇头，说：“证据倒没有。”

“没证据的话，千万别乱说。”

“凭感觉，除了秦小松，没人做得出这种事！”

岳洋轻轻拍了一下刘双寒的肩膀，说：“这件事，可别乱说。若是秦小松知道了你诬陷他，他闹到项老师那里，可不是闹着玩的！”

刘双寒无奈地点了点头，连声说：“我知道，我知道……”

课外活动时间，同学们大都各自忙活去了。岳洋来到球场看台的一角处坐了下来，这里没有人，很僻静，近些天他脑子里有些乱，想一个人清静清静。另外，有几个问题，他也需要静下来认真地思考一下。

岳洋把脑袋埋于十指之间，低着头一动不动，从远处看，他宛如一尊石雕。

秦小松一蹦一跳地跑了过来，他穿着一件浅蓝色运动衫，右手腕上套着一个红色的护腕。大概是岳洋太投入的缘故，秦小松来到他面前时，他居然没有发觉。

秦小松脸上淌着汗，看得出他从球场上刚下来。秦小松把一块口香糖放进嘴里，用力嚼了几口，然后用脚尖轻踢了一下岳洋，说："在干吗呢？"

岳洋这才发现面前已站了一个人，岳洋不屑地看了秦小松一眼，说："你干吗呢？吓我一跳。"

秦小松将一块口香糖塞到岳洋手里，说："走！打球去，就缺你了。"

岳洋翻了翻眼皮，说："不去。"

秦小松也坐了下来，晃动了一下岳洋，说："去吧，大家都等着你呢。"

岳洋忽然想起什么似的，说："去也行，你得答应我一件事。"

秦小松说："行，什么事？"

岳洋往秦小松这边凑了凑，笑嘻嘻地说："你把偷刘双寒零食的经过告诉我，我就去。"

秦小松忽地站起来，用手指着岳洋喊道："岳洋，我告诉你，刘双寒的东西不是我偷的，你千万别诬陷好人！"

岳洋还在嬉笑，说："秦小松，你就招了吧。"

秦小松一把将岳洋手中的口香糖抢了回去，说："岳洋，你太不够意思了，居然怀疑到我的头上来了。这件事不是我做的，不是我，就不是我！"

岳洋说："不是你，会是谁呢？"

秦小松说："刘双寒得罪的人那么多，我怎么知道会是谁！"

岳洋笑眯眯地看着秦小松，说："你猜测一下，这件事可能是谁做的？"

秦小松不高兴地说："我不猜，也猜不出是谁！但我知道，谁做的并不重要，重要的是刘双寒这小子得到了应有的惩罚！"说完，他一脸幸灾乐祸的样子，原地转了一个圈。

岳洋还想再说点什么。秦小松有些不耐烦地说："不跟你玩了，我打球去了！"说完，他掉头向球场跑去。

岳洋望着秦小松远去的背影，自言自语道："难道真的不是秦小松？"说完，他又若有所想地摇了几下头。

事情过去都二十多天了，"失窃案"仍然不上不下地在半空里悬着，至今没任何线索。

这么多天过去了，暗地里议论这件事的同学越来越少，同学们似乎已忘掉了这桩“失窃案”。可是，岳洋整天还是为这件事心神不宁。

“失窃案”的事情真相还没水落石出呢，另一件烦心事又凑热闹似的接踵而至。

第
2
章

谁是最佳人选

周末的铃声骤然响起，刚才还鸦雀无声的教室，顿时变得嘈杂起来。

一阵人声鼎沸的喧闹过后，楼梯和走廊渐渐平静下来，不一会儿，整座教学楼陷入静寂之中。

和以往不同的是，这次周末放学，岳洋并没有急着回家。他兀自一人坐在座位上忙着做功课。

他时而埋头思索；时而透过明亮的窗户玻璃凝视一下校园里正在渐渐散去的同学；时而把那支碳素笔放在手心转来转去。

到了周末，学生们像出笼的小鸟，一个个心急火燎地赶着回家。何况，有些家长已早早待在校门口焦灼地等候了。不过是几天时间没见到孩子，父母们早已是望眼欲穿了。

有的家长刚吃过午饭就来了，一个个站在瑟瑟的秋风里，歪着脑袋长颈鹿似的往校园内窥视。那一刻，若是谁望见了自己孩子的身影，对他们来说，应是最大的幸福了。

放学铃一响，等候多时的家长们，就会抢先将孩子接上，然后打道回府。

岳洋俨然是一副神不守舍的样子，他一定有心事。今天，他的确有些反常。

在以往，每次周末，岳洋都会早早地收拾好书包，翘首期待放学铃响起那一刻的到来。放学的铃声在他眼里简直就是发令枪，一旦响起，他就像蹲在起跑线上的运动员，抢先冲出教室。

他像只袋鼠，从楼上一蹦一跳地下来，再快速地在车棚里找到那辆海蓝色自行车。不过，每次放学岳洋并不急着走出校门，而是先侦察兵似的向四周环视一阵，等锁定了要寻找的目标，才缓缓地随着人流离开学校。

像今天这样，独自留下来做一会儿作业再离校回家，对岳洋来说，还是第一次。

天色已有些晚了。岳洋终于慢腾腾地拾起书包，书包收拾好了。他又仔细检查了一遍教室的窗户，确定都已关好，才心事重重地走出来。

锁好教室门，岳洋抬眼看了下头顶上那个白底红字的八（2）班门牌，无奈地苦笑了一声，然后快步向楼下走去。

岳洋长得高高的，瘦瘦的。他身高足有一米八，是班里的第一高峰。他弹跳特别好，在篮球队里司职中锋。

校园里静悄悄的，连个人影也没有。

岳洋感到一下子轻松了许多，仿佛走在了真空里，稍一用力就可以飞起来。于是，他情不自禁地哼起了刘欢的那首《从头再来》。

岳洋是天生的五音不全，唱起歌来一张嘴就跑调。岳洋是有自知之明的，当着外人的面，是从来不唱歌的。今天校园里没人，他才一展歌喉的。

岳洋喜欢这首歌，是因为“看成败人生豪迈，只不过是从头再来”这句歌词。这首歌常会让他有一种热血沸腾的感觉。

岳洋是个懂礼貌的孩子，见到学校老师，甭管是教过他的，还是没教过他的，都会主动打声招呼。虽说这些都是再普通不过的事，可是，对眼下的孩子来说，这已是非常难得了。

现在的孩子大都被父母宠坏了，啥事儿都是有求必应。溺爱过度的孩子们在家里是“皇帝”，在外面是“帮主”，都以自我为中心，高高在上。见了给自己上课的老师还会象征性地问候一声，若是遇见其他老师就会视若不见，或是扭头走开，连这最起码的礼貌也没有。

这大概与岳洋从小所受的家庭教育有关，他的爸妈在这方面一直对岳洋要求很严格。

另一个重要的原因是，小时候岳洋是由乡下的爷爷带大的。爷爷是一名退休的小学老师，教育孩子还是很有一些方法的。

学校的门卫李兵是非常负责任的。

也难怪，现在校园安全事故频频发生，搞得学校和家长人心惶惶。作为一名门卫，当然明白这项工作的分量有多重。

因此，上课时间若有学生离校，或是有人迟到，李兵都会打电话进行证实，得不到班主任的许可，就决不放行，或是扣人，有时会让班主任来认领。

为此，同学们十分憎恨他，背地里都称他“老李头”。岳洋却不这样，一直都很有礼貌地称李兵为李大爷。

李兵见岳洋这么晚才回家，就急忙从门卫室走出来迎了过去。

别看育英中学有四十多个教学班，近两千名学生，可是，岳洋对李兵来说，却十分熟悉。

原因有两个：一是岳洋每次见到李兵，都会非常有礼貌地喊一声“李大爷”；二来岳洋的爸爸岳一博是医院的外科医生，去年李兵的妻子阑尾炎动手术，就是岳一博主刀做的。

虽说是一个小手术，可也住了近十天的院。岳一博听说李兵是儿子所在学校的门卫，当然给了他不少关照。为此，李兵对岳一博分外感激。

在当今这个物欲横流的社会里，谁又会把一个门卫看在眼里呀！门卫是什么？说白了，还不是个看门的！

当着病友的面，岳一博能主动过来亲切地询问病情，还嘘寒问暖的，病友们纷纷向李兵投来了艳羡的目光。那次住院，岳一博让李兵挣足了面子。于是，李兵对岳洋就有了一份很特殊的感情。

“怎么才走呢?”李兵伸长了脖子，老远冲岳洋喊起来。

岳洋叫了声“李大爷”，然后微微一笑。

李兵见岳洋一脸轻松，不像有什么事，悬着的心也就放了下来。他再三叮嘱岳洋，路上要当心。岳洋一边点头，一边走过了那道半开着的推拉式电动大门，随后飞身跨上了自行车。

秋日的黄昏，还有几分暖意，金色的阳光懒洋洋地洒满了城市的街道。正是下班时间，又是周末，走走停停的车辆密密麻麻地填满了一条条柏油路。

岳洋的车技是很不错的，他左冲右突，自行车像长了眼睛，躲闪着路上的行人和缓缓驶过的机动车。

前面就是那个风景怡人的人工湖了，岳洋情不自禁地用力蹬了几下自行车，车子箭一般向前驶去。

人工湖不是很大，形状像一个鸡蛋。骑自行车，用不了一分钟，就能将它甩在身后。每次路过这里，岳洋都会故意放慢速度，为的是能更长时间欣赏湖面的风景。

清澈的湖水映照着垂柳的倒影，湖面荡漾着粼粼波光，路过人工湖时，岳洋的心情仿佛好了许多。可是，当他从空荡荡的湖畔驶过时，落寞又莫名地涌上心头。

学校离家约三公里的路程，不一会儿，岳洋就到了楼下，把自行车锁好，他快步上了楼。

门铃只响了一下，门就开了。

岳洋比以往整整晚了一个小时才到家，妈妈袁霞早已急成了热锅上的蚂蚁。要不是刚刚给学校保卫室打了电话，从李兵那里打听到岳洋刚离开学校，她早就催着岳一博到学校找岳洋了。

一见到儿子，袁霞喜出望外地迎上来亲手把岳洋背上的书包接在手里。

袁霞的目光像是抹了万能胶，牢牢地粘在了岳洋身上，从头到脚仔细地看了好几遍。除了鞋底之外，岳洋身上能看到的，她全都瞅了个遍，生怕几天时间没见，儿子身上缺了什么。

和以往相比，岳洋这次放学回家，岳一博显得要平静许多。他懒洋洋地从沙发站了起来，习惯性地用手抚摸了一下满头的短发，说："回来就好，赶紧吃饭。”

和袁霞相比，岳一博的表现似乎有一些冷淡，要知道，以前岳洋放学回家，从肩上接过书包的都是岳一博。这次却换成了袁霞。

饭菜实在是太丰盛了，怕是招待尊贵的客人也不过如此。

每次回家，袁霞总是准备很多饭菜。三口人放开肚皮吃，连一半都吃不掉，剩下的全都倒进垃圾桶，的确有些浪费。对此，岳洋一直很有意见。每次提醒袁霞少做点，袁霞答应得倒是干脆，可是，下一次还是按照“满汉全席”的标准去做。

从走进家门到在餐桌前坐好，岳洋只是尴尬地冲着爸妈咧嘴笑了一下，他并没有说一句话。

岳洋瞅了一眼面前的煲鸡汤、大闸蟹、清真鲫鱼等满桌子的美味佳肴，居然一时不知道吃哪样儿好了。

他睨视了一眼正目不斜视地望着自己的袁霞，压低声音说：“妈……以后不要做这么多菜了，吃不掉怪可惜的。”

“洋洋长大了，也懂事了，都知道勤俭节约了。”袁霞咯咯地笑着，把一大块鲫鱼肉的鱼刺剔除干净，然后夹到岳洋面前，说，“多吃点，功课那么累，多补一补，看你瘦的，怕是刮阵风都能把你吹倒了。”

岳一博也随声附和地说：“就是，只要能考出好成绩，花再多的钱咱都不怕!”岳洋一脸感激地望着爸妈，只好低下头一声不吭地吃起来。

大概岳洋是真的饿了，顷刻间，他嘴里已填得满满的，腮帮子鼓了起来。袁霞一边叮嘱岳洋慢点儿吃，一边瞅着岳洋直乐。

快吃完饭的时候，一直沉默不语的岳一博忽然开口了：“我已经收到学校发来的短信……怎么会是这个样子，真让人难以置信啊！吃完饭咱们好好谈一谈。”听了岳一博的话，岳洋闷闷不乐地放下筷子，停下了吃饭。

袁霞狠狠剜了岳一博一眼，故作生气地说：“有事也得等洋洋吃完再说，正吃着饭呢，乱说什么?”

岳一博也知道自己过于心急了，自知理亏，低下头不再说话。

岳一博的话让岳洋原本已经平静了的心情，又变得沉重起来，仿佛胸口处压了一块沉甸甸的大石头，他感到有些喘不上气来。

每次考试完成，学校都要把学生的考试成绩用短信的方式，第一时间发送到家长的手机上。这一举动还被校方美其名曰“家校通工程”，并且，经过问卷调查，这一举措还得到了百分之九十以上家长的认可和支持。

难怪支持率这么高，现在的家长，的确太在意孩子们的考试成绩了！家长对孩子成绩的关注程度，从某种意义上来说，已经胜过了爱惜自己的生命。

岳洋忽然莫名地厌恶起手机来。

手机，这个精美的小玩意儿，曾经让他不止一次地感到惊奇。记得小时候，岳洋每次哭闹，岳一博都会摸出手机逗引他。不管岳洋哭得多么凶，一抓起手机，哭声总是戛然而止，每次都是那么灵验。因此，岳洋对手机向来是情有独钟的。可是，此时此刻，能够接发短信的手机让岳洋感到无比憎恨。

这次联考，从校领导到任课教师都格外重视。试卷是请外校的名师专门命题，考试的组织过程也是无比严格。考试前学校还表示，等考试出来还要专门召开一次表彰大会。家长们自然对本次联考充满了期待。

可是，岳洋却在如此重要的一次考试中，成绩在班里下滑了十几个名次。考试又不是跳伞比赛，名次下降了这么多，对岳洋来说，意味着什么，他心里再清楚不过。

哎，这能怪手机吗？即便没有手机，没有“家校通”，这件事也只能躲得了一时，该来的终究会来。

屋里的空气骤然紧张起来，岳洋顿时有了一种缺氧的感觉，他感到一阵窒息。岳洋慢悠悠地吃着饭，脑袋变成了一个垃圾桶，里面被乱七八糟的东西塞得满满的。

吃过晚饭，岳一博和岳洋并排着坐在了沙发上。袁霞手脚麻利地收拾完碗筷，把一杯热牛奶和一盘核桃仁放到了岳洋面前。

袁霞是医院的护士，她曾专门咨询过营养科的一位专家。专家说，牛奶和核桃有利于儿童的大脑发育，对提高儿童的智商来说是有一定作用的。于是，岳洋从小到大，就整天和牛奶、核桃打交道。

其实，究竟有没有科学依据，谁也不知道。

也许是牛奶和核桃发挥了作用，也许是岳洋原本就睿智聪明，反正从小学到现在，每次考试，岳洋总保持在班里的前三名，从未出现过一次差错。这一次，他出人意料地“败走麦城”，又怎能不让岳一博夫妇“如临大敌”呢？

袁霞坐在了沙发边上，半开玩笑地率先开了口：“洋洋，当初你爸给你起这个名字，可是费尽了心思。你的名字是别有用意的，是盼着你长大后，能够‘越洋’到国外留学哩。”说完，她自顾自地哧哧笑了几声。

岳洋白了袁霞一眼，并没说什么。

岳一博呷了一口茶水，语气凝重地说：“这件事还没敢跟你爷爷说，要是老人家知道你这一次考得这么糟糕，非急着从乡下赶过来不可。”

岳洋把脑袋埋在了胸前，一句话也没说，俨然是一副“打不还手，骂不还口”的架势。

别看岳一博平时不爱说话，给儿子做起思想工作来，却是口若悬河，理论还真是一套接一套的。其实他那些古董级别的话，岳洋早听腻了，可又不能不听。岳洋是个听话的孩子，对父母的话向来言听计从。

三个人围坐在沙发上。岳一博每说一句话，岳洋都会答应一声，或是点点头。袁霞在一旁还时不时地插一句，帮一帮岳一博的腔。

岳一博语重心长地说：“洋洋啊，这次考试失利的原因，一定要查找出来。另外，时间的安排上也要做一番调整。”岳洋点了点头，顺从地嗯了一声。

岳一博所说的每一句话都是“命令式”的，他仿佛是一名将军，岳洋就是个士兵，只有服从的份儿。除此之外，岳洋别无选择，这又能怪谁，要怪也只能怪他自己，谁让他在这次考试中马失前蹄呢？

“周日一个小时的上网时间取消吧，把这些时间用到数学上吧，这次的数学成绩比上次整整少了十分！”

“嗯。”

“周日下午一个小时的打篮球时间，改为半个小时，省下的半个小时，用在外语上吧，这次的外语成绩太不理想了！”

“嗯。”

“晚上就不要再画画了，先忙其他功课。”

“嗯。”

……

谈话就是在这样一种沉闷的气氛中进行的，岳一博所说的每一句话都没有丝毫的商量余地。

想不到，岳一博一个外科医生，替儿子考虑得居然比老师还要周全，看来在这次谈话之前，他已经做了精心的备课。

岳洋所有的课余时间，让岳一博又做了统筹安排。

那一刻，他仿佛变成了一个受人操控的机器人，已没有丝毫的自由活动时间。岳一博所说的每一句话，岳洋都打心眼里表示反感，也可以说是无比厌恶，可他又不能不无条件地去服从。

这怪不得谁，谁让自己不争气，成绩考得这么差！

时钟指向九点的时候，谈话已接近尾声。袁霞用修长的手指，轻轻拢了一下弹簧一般弯曲的长发，于是，她那张白皙的脸愈加完整地暴露了出来。

就在这个时候，袁霞向岳一博使了一个眼色。

岳一博心领神会地喝了一口茶水，摆出一副恍然大悟的样子，说：“噢，洋洋，还有件事，我想跟你谈一谈……”说这些话时，他的语调明显发生了改变。岳一博看似轻描淡写的话顿时让岳洋不安起来。

每个人都有自己的预感，可是在预感成为现实之前，又从来不相信预感会在将来的时间里发生。人们也从来不会将潜意识里的这种即将成为事实的感觉当作一回事，更不会去提前采取措施。有时候，预感原本就是一张毫无痕迹的白纸，直到事情发生时，它才如约而至。

岳洋的预感一向灵验，他缓缓抬起头，一脸茫然地看着岳一博。

岳一博停了一下，说：“担任班长的事，我看就算了。班长是个苦差事，咱不当了，谁愿干谁干吧！我看……这次没考好，八成就是这个班长惹的祸。”

岳洋的眼里散发出灼灼的目光，脸顿时变成了红纸，脖子也粗了许多，他支吾了一下，才说道：“这件事……怕是项老师不同意呢！”

岳一博并没有注意到岳洋身上所发生的变化，他干笑了一下，说：“这你就不用担心了。我已给项老师打了电话，把这个想法跟她都说了……项老师也基本同意了。”

岳洋的脑袋嗡地一下响起来，天哪，爸爸竟然给项老师打了电话！

岳一博的话，像一把冰冷的手术刀，无情地划开了岳洋的肌肤，他感觉到滚烫的血已从他的体内汩汩地流出来。

那一刻，岳洋早已怒不可遏，他的眼里喷着火，真想冲着岳一博大声吼道——你凭什么给项老师打电话，替我把班长辞掉！

可是，岳洋没有半点勇气，他脸色苍白，牙齿咯咯作响，浑身不停地在颤抖。

岳洋还清晰地记得，竞选班长时的情景。那天，他站在讲台上，用激昂的话语打动了全班的每一位同学，赢得了一阵又一阵的掌声。最终，他以绝对的优势战胜了另外两名参加竞选的同学，从而高票当选班长。

岳洋更不能忘记，竞选班长时，班主任项雪菲曾找他谈话，说：“担任班长会分散你的一些精力，可能会影响到你的考试成绩。难道你不怕？”

岳洋的话掷地有声：“不会的，班长是同学们的表率，当了班长，学习成绩只能越来越好！”

事实上，自从岳洋担任了班长，八年级二班方方面面的工作的确有了很大的改观。不光学习风气变好了，而且同学们的集体荣誉感也得到了加强。

短短两个月时间，班里已经连续两次获得了“卫生流动红旗”。在全年级的篮球比赛中，他们班还取得了第一名的好成绩，当然，这与岳洋在球场上的精彩表现分不开。

除了这次考试自己的表现大跌眼镜之外，所有的一切，都和岳洋之前所预料的一样，前景乐观又美好。

爸爸在没向自己征求任何意见的情况下，就给项老师打了电话，还替自己辞去了班长的职务。那一刻，岳洋仿佛感到，光天化日之下，爸爸将他的遮羞布一把扯了去，他真不知道该如何去面对项雪菲，该如何面对班里的同学们。

尽管岳洋不能确定这次考试没考好的真正原因是什么，可是，他完全能够断定，这次考试失利是与担任班长无任何关系的。

房顶上的吊灯散发着一道道柔和的光，客厅里白茫茫的。岳洋仿佛走进了一个冰雪世界。

三个人谁都没说话，屋子里阒然无声，静得有些让人感到可怕。

岳洋大口喘着粗气，脸也憋得通红，两只手紧紧地攥在了一起。

岳一博用焦灼的目光定定地看着岳洋，期待他的表态。屋里除了岳洋呼哧呼哧的喘气声，再听不到任何声响。

时间一分一秒地过去了。蓦地，岳洋不知从哪来的勇气，他居然忽地从沙发上站了起来，然后快步走进了卧室。门“嘭”的一声，紧紧地关上了！

这突如其来的一切，让岳一博和袁霞陡然怔住了。从小到大，岳洋还从来没有冲着岳一博夫妇发过火。这一次是怎么了？两个人你看看我，我看看你，一时间居然不知道该怎么办好了。

片刻后，袁霞噘着嘴巴，愤愤地说：“你就不能慢慢说!？看把孩子气的，洋洋要是有个三长两短，看你咋办！”

岳一博满脸委屈，说：“这……还不是你的主意？现在又怪到我头上了。”

此时的袁霞，已顾不上理会岳一博，她站起身急切地向岳洋的卧室走过去。

门关得严严的，袁霞好话说了一大堆，门也没有打开。袁霞朝着岳一博使了个眼色，不一会儿，岳一博找来了卧室门的钥匙。

门终于打开了。袁霞摆摆手让岳一博先守在门外，她满脸含笑，蹑手蹑脚地走了进去。

片刻后，卧室里传来了岳洋的吼叫声。

深秋的早晨，太阳已有一些懒惰，迟迟不肯从东方升起。然而，忙碌而勤劳的人们却早早地唤醒了城市的大街小巷。

项雪菲今天起得格外早，星期一早到校一直是她的习惯。况且，近几天需要她处理的事情特别多。

项雪菲几年前刚从师范大学毕业，庆幸的是，到育英中学执教的第二年，她就担任了班主任。并且，在全校所有班主任中她是最年轻的。记得刚上任那天，吴校长还专门找她谈了话，他意味深长地对她说，现在的孩子难管着呢，做一名班主任比当校长都难啊！

作为学校最为年轻的班主任，项雪菲当然知道自己肩上的担子有多重。

项雪菲简单地吃了几口饭，骑上自行车就风风火火地向学校赶去。今天，她穿了一身淡青色的运动装，再加上齐肩的飘飘秀发，穿行在人流中的她浑身都充满了青春的活力和朝气。

育英中学的办公楼和教学楼是连在一起的，外加上宿舍楼、实验楼、餐厅，学校的建筑群从外观看很庞大。

学校是一所寄宿制初级中学，学校规定，离家一公里以上的学生必须在学校住宿，学校晚上和早晨安排了晚自习和早读。因此，学生每周只能在周末时回家一次，周一早上再回到学校。

项雪菲快步上楼来到办公室，门还锁着，她又是第一个到的。不过，门口已经有人在等她了，是岳洋。

岳洋见到项雪菲，用手搔了一下头皮，嗫嚅着说："项老师早。"

项雪菲笑了笑，说："听说哭鼻子了，哭鼻子可不算男子汉哦。"

岳洋的脸红了一下，不好意思地说："要不是哭鼻子，老爸又怎么会让步呢？"

那天晚上，一跑进卧室，岳洋就委屈地哭了起来。虽说是男儿有泪不轻弹，眼泪永远都是弱者的专利。可是，有些时候，眼泪也是强有力的武器。

岳一博和袁霞一见儿子流了泪，顿时慌了手脚，知道事情做得有点过头了。

两个人慌作一团，岳一博也就成了袁霞的出气筒，他小心翼翼地站在一旁，一声也不吭。

袁霞又是哄，又是劝，好不容易才让岳洋止住泪水。经过磋商，一家三口终于达成协定，小两口儿同意岳洋继续担任班长，不过，得跟项老师提议，选出一名副班长，协助岳洋做好班级的管理工作，这样岳洋就能少分散一些精力。

当天晚上，岳一博就给项雪菲打了电话，想不到项雪菲听了这个建议后，欣然同意。

项雪菲一边收拾办公室的卫生，一边对岳洋说："我再三考虑，副班长的人选，徐雨婷和秦小松两个人都是很不错的，你看……两个人谁更合适呢？"

听了这句话，岳洋打心眼里佩服项雪菲，副班长的人选，这两个人的确是再合适不过了，项老师居然和自己不谋而合。

不过，要让岳洋短时间说出谁当副班长更合适，他一时难以确定。

见岳洋低头不语，项雪菲当然明白他的用意，于是说："你不用急着回答我，这个人选由你来定，给你两天时间，两天后你再把人选告诉我，怎么样？"

岳洋会心地望了项雪菲一眼，用力地点了一下头。

从办公室出来，岳洋感到无比轻松，他一时兴起，忽然高高跃起，来了一个空中飞腿的动作。可是，当他双脚落地的那一瞬间，禁不住吓得一缩脑袋，这是什么地方呀？就做这样野蛮的动作，是在老师的眼皮底下呀，要是让哪个老师看见了，还了得？

岳洋四下望了望，幸好周围没有老师。

不过，他的举动却被刚从外语组办公室搬着作业本出来的一个女生，看了个正着。怎么那么巧，那个穿着白色运动上衣的女生正是徐雨婷。

徐雨婷是班里的外语课代表，她和岳洋从小学到现在一直都是同班同学，徐雨婷门门功课都好得出奇。从小到大，岳洋虽然成绩很不错，却从来就没有一次考得过徐雨婷。

在岳洋眼里，徐雨婷是他永远都难以逾越的一道屏障。

徐雨婷的爸爸是石油装备公司的工程师，妈妈是高中教师，她从小受到了良好的家庭教育。不过，她的性格有些内向，在同学们面前不苟言笑，待人接物总是一副冷冰冰的样子。尤其是升入初中以来，她的这一古怪性格，愈加明显。即使有同学主动与她搭讪，她也是一副懒得理你的模样，能敷衍你几句，已是很不错了。

徐雨婷喜欢穿白色衣服，走起路来头总是昂得高高的，宛如一只高傲的白天鹅，在她眼里，其他人也就自然而然地变成了一只只丑小鸭。

徐雨婷长得很漂亮，会唱歌，学习又好，是出了名的“冷美人”。

论学习成绩，岳洋还真没服过谁，可是，他就是佩服徐雨婷。徐雨婷在岳洋眼里是完美无缺的。为此，岳洋老想找机会和徐雨婷聊上几句。尽管岳洋是班长，可是，徐雨婷对岳洋总是爱理不理的，似乎对他视而不见。

两个人从小学到现在同学都这么多年了。尤其是升入初中后，两人在一起说话的机会越来越少。也不知什么原因，愈是这样，岳洋想接近徐雨婷的欲望就愈加强烈。

大概是徐雨婷不爱和人开玩笑的缘故，有时，她在班里说句话，就特别管用。“若是徐雨婷真做了副班长，班里的纪律一定会好起来的。”岳洋暗暗地想。

看到徐雨婷的那一刻，岳洋脸上顿时露出了窘态，怎么偏偏是她？岳洋心里感到一阵别扭。

徐雨婷分明见到了岳洋，她却是一副视若不见的样子，面无表情地搂着厚厚的一摞作业本，掉头加快脚步向教室走去。

岳洋愣愣地望着徐雨婷远去的背影，心中忽然莫名地生出了许多异样的感觉。那一刻，他仿佛一下子寻找到了这次考试失利的原因。对！一定是因为徐雨婷。

岳洋完全可以确定，这次考试失利，一定与徐雨婷有关系。

每次周末放学回家，徐雨婷和岳洋有一段是同路的，就是经过城北人工湖的那段路。为此，每次放学岳洋都要等着徐雨婷离校后，再尾随在她的后面。

也不知什么原因，自从进了中学，岳洋愈加缺少了正眼看徐雨婷的勇气。越是这样，他越想找机会多瞅徐雨婷几眼。徐雨婷的冷艳，让他充满了好奇。可是，每次看到徐雨婷那双充满灵气的大眼睛时，就会撞了车似的乖乖地把目光移开。

岳洋曾尝试过多次，每次都是这样，他也曾痛恨过自己那双不争气的眼睛，也多次暗下决心，可都不管用。不过，唯一能让岳洋过把瘾的，就是和徐雨婷一块儿路过人工湖的短暂时刻。

徐雨婷骑着一辆紫色的女式单车在前面慢慢行驶，岳洋骑着变速车紧随其后，二人始终保持一定的距离。

两个人的身影在湖水中缓缓移动，平静的水面上清晰地荡漾着徐雨婷婀娜的倩影。

她洁白的身影在湖面上漂来漂去，像空中的云朵，像飞落的雪花，又像舞动的白纱，真是美到了极致。那时，岳洋会用两只贪婪的眼睛直愣愣地盯着湖面，他可以肆无忌惮地将倒映在水中的徐雨婷看个够。

遗憾的是，那段路太短，不一会儿，两个人就分道扬镳了。尽管如此，岳洋已经很知足了。

记得有一次，两个人一前一后骑着单车正路过湖边，天空中不知从哪里飘来一片云彩，忽然下起了雨，庆幸的是雨不是很大。岳洋仰起头正看着天空，这时，他陡然发现徐雨婷已经停了下来，她打开书包，取出一把花折伞。岳洋手忙脚乱地停住自行车，怔怔地望着那把有着蓝色小花的雨伞在徐雨婷的头顶上撑了起来。就在这时，徐雨婷看到了一脸窘态的岳洋。两个人的距离已很近了，岳洋的脸羞得通红，他真想掉转车头逃离这个曾经让他魂牵梦萦的地方。可是，徐雨婷的目光正死死地盯着他，那一刻，岳洋简直就是一只被钉子钉在了地上的癞蛤蟆。雨还在淅淅沥沥地下着，岳洋低着头不敢看徐雨婷一眼，不知过了多久，徐雨婷终于一手打着伞一手骑着单车缓缓离去。直到徐雨婷的身影在雨幕中消失，岳洋才缓过劲来，这时他才发现自己的头发已被雨滴打湿。这件事过后，岳洋多了个习惯，不管天气多么晴朗，书包里也要放一把雨伞。

考试前的十几天，岳洋曾主动找徐雨婷研讨过一道数学题。

作为班长，学习成绩又是那么优秀，找哪个同学讨论问题，对方都应该感到很荣幸才对，可徐雨婷就是对岳洋不理睬。

直到再次问徐雨婷的时候，她才草草地把解题思路向岳洋做了讲解。尽管如此，岳洋已是激动不已了。岳洋是这样想的，也就是我，要是换作别人，即便是问上十遍，徐雨婷也是不会理睬的。想到此，岳洋心里别提有多美了。

可是，过了没几天，岳洋就乐不起来了。

那天吃过午饭，刚从餐厅出来，他清晰地见到，徐雨婷加快脚步追上了走在前面的郑宇，把一本习题集递了过去。不仅如此，两个人还有说有笑地一起走向了教学楼。

所有这些，岳洋全都看在了眼里。那一刻，他的胸口仿佛被钢针扎了一下，猛地痛了起来。

难道我在徐雨婷心中的地位，还比不上郑宇？他怔怔地站在餐厅门口，望着徐雨婷和郑宇在他的视线里消失，许久没有缓过神来。

郑宇跟徐雨婷和岳洋都是小学时的同学，三个人以前都是非常要好的朋友。应该说，郑宇学习成绩和岳洋是不相上下的。但是，和徐雨婷相比，两个人就有一些差距了。

进入中学后，岳洋和徐雨婷都分到了二班，郑宇却分到了别的班级。仍和徐雨婷在同一个班，这是岳洋一直都暗自庆幸的。

虽然和郑宇不在一个班了，可彼此间还是好朋友。

让岳洋百思不得其解的是，徐雨婷怎么会对个子比自己整整矮了一头的郑宇那么亲切，对自己却是冷若冰霜？想到这些，岳洋的心几乎要碎了。

岳洋一连几天都反复思索这个问题。徐雨婷白天鹅般的身影，幽灵似的在岳洋脑海里飘来飘去，搞得他整天都心神不宁。

要是只这些也许没什么。凑巧的是，考试的时候，岳洋的位子恰好排在了徐雨婷的后面。

那天，徐雨婷穿着一件印着英语字母的米白色休闲服。岳洋着了魔似的，一低头答题，徐雨婷的身影就在他眼前晃来晃去，脑子里完全是一片空白。他曾无数次告诫自己，认真做题，把徐雨婷忘掉！可他怎么也无法做到。

结果，这次考试，岳洋在每张试卷上都犯下了低级的错误。成绩一路下滑十几个名次，自然是情理之中的事情了。

终于找到了这次考试失利的症结，岳洋如释重负地长出了一口气。他怔怔地望着徐雨婷远去的身影苦笑了一下，然后兀自回了教室。

当前，岳洋所面对的主要问题是——确定副班长的人选！

岳洋心里很矛盾。若是让徐雨婷当副班长，她若是知道了是我推荐了她，一定会十分感激我的，说不定以后对我的态度会来个一百八十度大转弯呢。可是，秦小松呢，这个鬼精灵知道了这件事又会怎么想呢？

这个问题困扰了岳洋一整天，直到晚自习的大课间，也没有考虑出最终结果。

这个夜晚，没有星星，也没有月亮。

岳洋独自一人坐在了教学楼一侧的花池旁边，高大的楼房遮住了所有灯光，四周一片漆黑。

他脑子里乱糟糟的，他在考虑着副班长人选的事。

“山羊，原来你在这儿呀？让我找得好苦啊！”岳洋循声望去，一个黑影向自己走来，听声音就知道来人是秦小松。

“山羊”是秦小松给岳洋起的绰号，“岳”字下面是个“山”，“洋”字右边是个“羊”，这就是绰号的由来。再说，岳洋性格随和，和谁都是一样的热情，待人又热心。真别说，岳洋还真像一只善良温驯的山羊。

见秦小松朝自己走来，岳洋心里猛地揪了一下，他怎么来了?

在八年级二班，若是问谁是岳洋最要好的哥们儿，每个同学都会脱口而出：当然是秦小松!

的确，两人的关系非同一般，秦小松影子似的跟在岳洋身后，整天都是寸步不离。

秦小松性格比较调皮，学习成绩也是很一般，可他爱管班里的闲事，正义感强，不怕得罪人，点子也多。他的这些性格特点，也许就是项雪菲把他确定为副班长人选之一的重要原因。

岳洋和秦小松读小学时，并不是一个学校的，到了中学两个人才认识。两人之所以有这非同寻常的关系，是因为两个人都有着相同的爱好——打篮球，两人在球场上的配合是相当默契的。除此之外，更重要的一个原因是，岳洋曾经有恩于秦小松。

秦小松是个知恩图报的人，因此，两个人也就越走越近了。

那天，正上着外语课。

外语老师沈大山已过不惑之年，是一个有着二十多年教龄的老教师。他个子虽不算太高，但身体强壮，身上到处都是结实的肌肉，一点儿也没有教师所特有的文质彬彬的样子，看上去他倒更像是一个拳击运动员。在同学们眼里，沈老师哪样都好，就是脾气急了点儿。

秦小松最不愿意上的就是英语课，然而，沈大山又偏偏盯上了秦小松，每次上课，秦小松的一举一动都不会逃得过沈大山的眼睛。

沈大山用流利的英语上着课，心里一直在纳闷，这节课秦小松怎么那么老实呢？他一定又是在下面搞什么鬼。

于是，沈大山使了一个声东击西的招数，他转身摆出一副往黑板上写英语单词的架势，可是只写了一个字母“N”，就突然转身，朝着秦小松冲过去。

秦小松正把一本漫画书掩在英语课本底下，看得津津有味呢，哪里想到沈大山会拍马杀到。当发现沈大山来到他面前的时候，一切都来不及了。

姜还是老的辣，秦小松被逮了个正着。

沈大山气得脸色铁青，一把抓起了漫画书，把它撕了个粉碎。这还不算完，秦小松也被请出了教室，在门外站起了岗。

按理说，这件事要是在以往，等到下了课，沈大山消了气，把秦小松叫到办公室再进行一番思想教育，也就没事了。

今天却是个例外。

岳洋的位子紧靠着窗户，他一歪脑袋就可以把窗外的事看个真切。就在这个时候，正在做笔记的岳洋忽然瞥见，一个中年男子在门卫室做完登记后，臂弯里夹着一个公文包朝着教学楼方向走过来。

这个人，岳洋认识，他是秦小松的爸爸秦二勇。

秦二勇是医药推销员，经常出差，每次出差前都要来学校找秦小松交代一些事情，岳洋当然认识他。

岳洋心想：坏了，要是让秦叔叔见到秦小松在门外罚站，秦小松可就倒大霉了。秦二勇对秦小松要求很严格，岳洋是知道的。况且，爸爸到学校找儿子，见到儿子在门外“站岗”，心里也肯定不是滋味，说不定他会当众掴秦小松几个耳光的。

想到这里，岳洋举手向沈大山示意。

沈大山停住讲课，问岳洋有什么事。岳洋急忙站起来，用手指了指窗外说：“沈老师，秦小松的爸爸来找他了……您还是让秦小松先回到座位上去吧。”

很显然，沈大山的火气还没有消，他气呼呼地说：“那不正好吗？也让他看看自己的儿子在学校的‘良好’表现！”

“可是……”岳洋欲言又止。

“别说了，你先坐下吧。”沈大山显得有些不耐烦。

岳洋透过窗玻璃，瞅见秦二勇已经走进了教学楼。时间紧迫，眼看就来不急了。

岳洋也不知从哪来的勇气，他忽地站起来，大声说道：“沈老师，还是让秦小松回座位上吧，要不会伤害到他的自尊心的！”他说话时憋足了劲，声音铿锵有力，震得每个人的耳朵都嗡嗡作响。

等他把话说完了，全体同学全都愣住了，连岳洋本人也顿时蒙了。居然在课堂上用这种口气跟老师说话，况且，面对的又是脾气火爆的沈大山。

岳洋知道自己闯祸了。于是，他耷拉下脑袋，大气也不敢出了。

在课堂上冲老师大声说话，岳洋还是第一次。教室里突然静了下来，同学们都感到了一种前所未有的紧张。大家猜想，沈大山一定会大发雷霆的。

瞬间的宁静过后，出人意料的是，沈大山并没有对岳洋发火。

岳洋英语成绩很优秀，又是班长，沈大山对他一直有着较好的印象。看来，沈大山给岳洋留了情面。

沈大山看了岳洋一眼，然后冲着全班同学笑了笑，说："岳洋说得有道理，秦小松！到座位上去吧。"沈大山就是这样怪，做事总是让人费解。他的话一出口，全班同学终于如释重负地长出一口气。

站在门外的秦小松，听见了教室内所发生的一切。见沈大山叫他的名字，早已松鼠似的溜到了座位上。

秦小松刚在座位上坐好，爸爸就来找他了。

这件事过后，秦小松就成了岳洋最忠实的追随者。

记得，岳洋在竞选班长那会儿，秦小松在班里到处分巧克力，为岳洋拉票。结果，有人把这事告诉了项雪菲，秦小松为此被叫到办公室，挨了批，还写了检查。

秦小松的做人宗旨是，受人滴水之恩，当涌泉相报。为了岳洋，挨了老师的批评，他心甘情愿，居然毫无半点怨言。

做人要懂得感恩，尤其是正处在青春期的懵懂少年，更是拥有一颗感恩之心，他们单纯、率真，情感上没有任何添加剂。他们在遇到困难的时候，若是有人帮了忙，这份恩德是要牢记在心的。一个人身处困境的时候，伸过来的那只无任何所图的手，愈加难得，的确是要铭记一辈子的。

秦小松是个知恩图报的人。

看见秦小松朝着自己走过来，岳洋急忙从看台上站了起来，他有一种直觉，这次秦小松找他，肯定有事……难道秦小松已经听到了什么消息？

一切都在岳洋的预料之中，秦小松一见到岳洋就直截了当地说明了来意，这是他一贯的做事风格。

“山羊，副班长人选，你可一定要推荐我呀。就凭咱哥俩的关系，若是我当了副班长，还能不支持你的工作？”说着，秦小松把一只胳膊搭在了岳洋的肩上，脑袋也凑在了岳洋的肩膀上。

“你是怎么知道这事的？”岳洋看都不看秦小松一眼，低声说道。

“昨天我遇见你爸了，他说已经给项老师打了电话，说咱班要选一名副班长出来，协助你的工作。并且我还到项老师那里证实了这件事。”秦小松嬉皮笑脸地说，“岳洋，我是最合适的人选，推荐我吧！”

秦小松一口气把话说完，岳洋依然没吱声。

这一下，秦小松急眼了，说道：“你不是喜欢我那套金盔金甲吗？只要你推荐我，我的所有装备，任你挑选，怎么样？”

岳洋叹息一声，说：“我的上网时间已被老爸全部剥夺了，网络游戏是与我无缘了，我还稀罕你的装备做什么？”

秦小松的嘴巴几乎凑到了岳洋的脸上，说：“事成之后，请你吃炸鸡腿，怎么样？”

岳洋冲着秦小松摇了摇头。

秦小松用哀求的语气说：“我怎么做，你才让我当这个副班长？”

微弱的亮光下，岳洋怪异的目光，死死地盯住秦小松，说：“除非你把偷刘双寒零食的经过告诉我……”

秦小松被看得心里直发毛，他先愣了一下，接着笑嘻嘻地说：“这件事你已问过多次了，这事又不是我做的，怎么告诉你！”

“你瞒不了我，除了你，没人能把事情做得那么干净利落。你不说出事情真相，副班长的事免谈。”说完，岳洋把头扭向另一侧，不再理会秦小松。

秦小松思索片刻，仿佛做出一个重大决定似的，终于压低声音说：“你答应我，这事一定替我保密！”

岳洋说：“放心吧，我答应你！”

秦小松又叮嘱了岳洋一阵，然后四下看了看，见周围的确没有其他人，才扬扬自得地讲出了事情经过。

秦小松最看不惯刘双寒爱吃零食的毛病了。薯条、汉堡包之类的东西，一有时间他就从壁橱里拿出来吃，不管是在宿舍，还是在教室，嘴巴整天都不停。

其实，那些东西秦小松也挺想吃，可他又不好意思伸手向刘双寒要，再说，他是要面子的人，即便是刘双寒主动把东西送给他，他也不会吃的。

为此，秦小松想惩罚刘双寒一下。

秦小松真是个鬼精灵，他事先买了一把和刘双寒壁橱上一模一样的铁锁。

那天，是课外活动时间，刘双寒下了课就回到了宿舍，他狼吞虎咽地吃完一袋薯条后，从壁橱里取出洗漱用品去了洗手间。吃完零食后刷牙，一直是刘双寒的习惯。

这时，躲在隔壁宿舍里的秦小松，溜回了宿舍，迅速从口袋里掏出了事先备好的铁锁，和刘双寒的锁调了个过儿。完事后，他又回到隔壁的宿舍。

不一会儿，刘双寒洗漱完毕，回到宿舍，仔细检查一遍壁橱，见里面的东西完好无缺，就“啪”的一声锁上壁橱，然后放心地回了教室。

刘双寒哪里知道，壁橱上的锁已换成了秦小松事先准备的那一把。

等刘双寒走了，秦小松嘿嘿一笑，回到宿舍，摸出钥匙，打开壁橱，把里面的零食偷了个精光。然后，他再把刘双寒的锁换了回去，重新锁在壁橱上。秦小松一连串的动作，不仅麻利，而且天衣无缝。

听完秦小松的讲述，岳洋捧着肚子哧哧地笑了起来。

可是，岳洋和秦小松都没有察觉到，躲在花池另一侧的一个黑影悄悄地离开了。这个人听到了两个人所有的谈话。

岳洋翻了一下白眼，问：“你当了副班长，难道就不怕影响到你的学习成绩?”问完了，岳洋心里有点儿好笑。这原本是当初项雪菲问自己的话，今天他却原封不动地把这个问题丢给了秦小松。

秦小松一晃脑袋，说：“我要当了副班长，学习成绩只能上升，决不下降。再说，我爸都说了，只要我把歌唱好了，到时候，到《星光大道》栏目上一唱成名，就什么都 OK 了，连大学都不用上！”

岳洋没辙了，只好不耐烦地说：“好吧，咱们先回教室上课吧。”

“你答应了？”秦小松一脸惊喜。

岳洋冲他点了一下头。

秦小松一蹦老高，说：“我先回教室，待会儿你再回去，若是咱俩一块儿回去，会遭人怀疑的。”说完，他撒腿先行跑回了教室。

岳洋怔怔地望着秦小松消失在夜幕里，心里却是很不平静。

那天晚上，岳洋失眠了，直到全宿舍的人都发出鼾声，他才迷迷糊糊地进入梦乡。

那晚，岳洋做了一个梦，他和徐雨婷考进了同一所大学，两人手牵着手漫步在了大学校园的花前月下。

第二天，直到起床号响起，岳洋才一骨碌从床上爬起来。秦小松早已给他打好洗脸水，岳洋也没客气，洗了一把脸，就匆忙地跑向了操场。

刚吃过早饭，岳洋就急匆匆地去了项雪菲的办公室。把确定下来的副班长的人选告诉了项雪菲，项雪菲赞许地点了点头。

上午第一节是项雪菲的语文课，她提前了十几分钟来到教室。进门后，原本乱哄哄的教室一下子安静下来。

项雪菲表情有一些严肃，她先是站在讲台上环视了一下教室四周，又沉默了片刻，才说：“我们班要新增选一名副班长，这件事我做了充分考虑，也征求了岳洋的意见。副班长是要协助岳洋工作的，所以人选是由他来推荐的。我们大家应该尊重他的意见。”

话音刚落，教室里顿时静得出奇，仿佛空气都凝滞了。同学们的目光齐刷刷地落在了项雪菲身上，期待着她快点公布副班长的人选。

岳洋却低着头，不敢看项雪菲一眼。然而，秦小松却胸有成竹地昂着头，气定神闲地望着项雪菲。

项雪菲再次扫视了一下全体同学，说："秦小松同学富有责任心，工作积极性也高，以后将由他担任我班的副班长，协助岳洋同学的工作。当然，这也是岳洋的意见！"说完，项雪菲带头鼓起掌来。

秦小松激动得从座位上站了起来，他两只手使劲地鼓着掌，头不停地往两边看，示意其他同学也为他鼓掌祝贺。可是，即便是这样，教室里的掌声也是稀稀拉拉。

看得出，秦小松担任副班长，同学们的认可度不是很高。

这时，徐雨婷的同桌路小西小声说道："为什么不推荐徐雨婷呢，岳洋偏心眼！"

这句话声音很低，虽然项雪菲没有听到，可是，有不少同学都听到了。岳洋也听到这句话，他的脸上顿时感到一阵火烧火燎的。可是，他低着头，假装什么也没有听到。

过了一会儿，岳洋偷偷地瞄了徐雨婷一眼，只见昔日的"白天鹅"，终于耷拉下了脑袋，她的脑袋低得厉害，整个人几乎是趴在了课桌上。

见到徐雨婷失落的样子，按理说，岳洋心里感到高兴才对，可事实却恰恰相反，他心里酸酸的，有种说不清道不明的愧疚感。

这时，刘双寒唰地站了起来，大声说："秦小松不能当副班长！"这句话宛如一个惊雷，同学们都呆住了，大家又齐刷刷地将目光汇集在了刘双寒身上。

项雪菲满脸疑惑，问："秦小松为什么不能当副班长呢？"

刘双寒大声地说道："因为是他偷走了我壁橱里的东西！"

秦小松腾地跳了起来，大声说："刘双寒，你不要诬赖好人！"

刘双寒歪着脑袋，用鄙夷的目光看着秦小松，说："你昨天在花池边和岳洋说的话，我全听到了。你为了当副班长，还讨好岳洋。这些事，我原本不想把真相说出来的，现在秦小松要当副班长，就怪不得我了。"说完，刘双寒又把秦小松偷走零食的过程详细地说了一遍。

离奇的失窃案终于公之于众，教室里又是一片哗然。

项雪菲一脸茫然，等刘双寒把事情说完，她直愣愣地看着岳洋，问：

“这……到底是怎么回事?”

纸里已包不住火。岳洋羞涩地低下头，只好把事情的前后经过说了一遍。项雪菲听了，狠狠地哼了一声。

秦小松像是被浇了一盆冰冷的水，他绝望地瞥了岳洋一眼，懊悔地耷拉下了脑袋。

事情来得很突然，项雪菲一时间也没了主意，她低头思索了片刻，说：“副班长人选的问题，以后再说吧。”

岳洋见事情又要拖下去，急忙说：“项老师，要不这样吧，全体同学投票来决定怎么样?”

听了这句话，秦小松狠瞪了岳洋一眼，他心里清楚，若是投票，他几乎没有胜率。

最终，项雪菲还是同意了岳洋的意见。全班同学投票，副班长人选在徐雨婷和秦小松两人中间产生。

投票完成，几个同学开始现场统计票数。

徐雨婷和秦小松两人的得票数交替上升，秦小松激动得脸通红，徐雨婷干脆趴在了桌子上，紧张地不敢看黑板。

出人意料的是，秦小松以一票的优势，当选副班长。

结果一出来，岳洋心里有些纳闷，胜出的怎么会是秦小松？过了片刻，他才渐渐缓过神来，终于明白个别同学为什么临时倒戈支持秦小松了。

秦小松虽然偷了东西，可这件事，对于同学们来说，却是大快人心的好事情。

另一个原因，徐雨婷的高傲，班里一些同学也是很有成见的。

不过，不管怎么说，这件事也足以说明，同学们对秦小松还是挺喜欢的，他还是蛮有人缘的。

副班长人选的事总算尘埃落定了，岳洋终于有了一种如释重负的感觉。

岳洋这次没有推荐徐雨婷当副班长，她对岳洋的意见可大了。以前徐雨婷见了岳洋有时还会冲他笑一笑，现在见了岳洋看都不看他一眼了。

岳洋决定和徐雨婷当面进行一次谈话。

课外活动时间，岳洋来到教学楼一侧的花池旁边，那是徐雨婷经常去的地方。东张西望的岳洋，果真在这里找到了徐雨婷。

她正独自一人闷闷不乐地坐在石凳上，低头思考着什么。岳洋快走几步，来到徐雨婷跟前，结结巴巴地说："雨婷，我……"

"你怎么了?"徐雨婷没抬头，更没有看岳洋一眼，只是冷冰冰地问了一句。

"我没有推荐你，是……怕影响你的学习。"岳洋费了老大的劲，才把话说完。

徐雨婷朝着岳洋翻了一个白眼，苦笑了一声："噢，这样说来，我倒是应该好好感谢你了!"说完，她起身走了。

夕阳散发着金黄色的光芒，花池旁边留下了岳洋孤单的影子。他怔怔地站在那片已经泛黄的花草旁边，凝望徐雨婷白色的身影渐渐远去，心里像被掏空似的，难受极了。

第
3
章

求人有多难

秦小松担任副班长后，像换了个人似的。以前，在班里老出洋相的秦小松，现在，若是谁违反了纪律，他会第一个站出来，板着脸一本正经地对犯错误的学生进行批评教育。另外，班内要是有什么事，秦小松会冲在最前面，有时候他比岳洋管事还多。

那天，上午第一节是语文课，项雪菲上课时见讲桌上有一层灰尘，就问："谁有抹布?"

秦小松第一个站了起来，高声喊道："我有!"说完，他就跑向了讲台。

项雪菲从秦小松手里接过"抹布"后，差点儿气歪了鼻子。原来，秦小松把自己擦脸用的一块崭新的毛巾递了过去。

同学们见了，也都哄堂大笑。秦小松却一板一眼地说："用就行，没啥。"

还有，政教处每天都让学生会的同学，对各班卫生区进行检查评分。为了能获得一个高分，秦小松就买来了糖果和瓜子之类的东西，给检查组的同学挨个儿送了去。结果，一连几天，八年级二班的卫生得分都是全校第一。

这件事，岳洋并不赞同秦小松的做法，就跟他说："咱可不能弄虚作假，这事若是项老师知道了，肯定不同意。"

秦小松脑袋一歪，狡黠一笑，说："你别管了，只要咱俩不说，项老师不会知道的，到时你就等着上台领奖状吧！”岳洋想再劝几句，可他知道秦小松的脾气，即使他表面答应了，背后也会偷偷去做这件事的。

于是，岳洋主动把这件事告诉了项雪菲，直到项雪菲把秦小松狠批了一顿，他才罢手。

后来，这件事被其他班的同学告到了政教处。结果，八年级二班当月卫生积分，被扣掉二十分。秦小松是个勇于承担责任的同学，为了这事，他当着全班同学的面还做了检讨。

真还别说，自从秦小松担任了副班长，岳洋觉得的确比以前轻松多了。秦小松不仅班级工作积极，连学习似乎也比以前刻苦了。不过，秦小松管事太多，他的一些做法，也惹得不少同学对他不满。

这天，是大课间时间，做完课间操，岳洋正一个人在校园四处转悠。

这时，班里的两名男生气喘吁吁向他跑来，边跑边喊：“不好了，秦小松和刘双寒在教室里打起来了！”岳洋二话没说，拔腿就往教室跑。

岳洋赶到教室时，屋里已乱成一锅粥，一张课桌横在地面上，书本也撒了一地。

秦小松和刘双寒分别扯着对方的衣领，正扭打在一起，几个女孩儿吓得躲在一旁大声尖叫，劝架的同学，喊破嗓子也无济于事。

一看这阵势，岳洋脑袋里像飞进几只大号的蜜蜂，“嗡”地响起来。

到底发生了什么事，两个人竟然在教室动起手来。这要是让学校领导知道了，本学期的优秀班级评选准会没戏。那又该如何跟项老师交代呀？

岳洋的确急眼了，他迈大步走向前去，一手抓住刘双寒，另一只手抓住秦小松，大喊一声：“你俩都撒手！”

也许是岳洋用尽了力气，也许是秦小松和刘双寒见岳洋来了，感到有些心虚，岳洋还真把两人分开了。可是，秦小松和刘双寒都还呼哧呼哧喘着粗气，各自用血红的眼睛怒视着对方。

岳洋的胸脯一鼓一鼓的，两眼像是在喷火，嘴唇气得变成了铅紫色，额角的青筋跳得老高老高的。

刘双寒个子比秦小松略矮一些，可他长得胖，力气自然要比秦小松大得多。看样子，两个人是打了个平手，不相上下。

说起刘双寒，岳洋一直对他颇有成见，这并非是因为刘双寒品质多么坏，而是他坏习惯的确太多。

刘双寒学习成绩平平，其他方面也不是很突出，他的爸爸是房地产公司的老总，生活上格外奢侈，从来不知道节俭。就拿穿衣服来说吧，除了学校规定的星期四团队活动时间必须穿校服外，其余时间刘双寒穿的全是名牌，一双鞋都得上千多元，且每天都要更换。

刘双寒整天打扮得像个少爷，只是这一点，就让岳洋很是看不惯。

岳洋曾经找刘双寒谈过话，让他在穿衣服上注意影响，可刘双寒满不在乎，半开玩笑地说：“大班长，你若是喜欢，也弄一套名牌给你穿，咋样?”

岳洋气得直翻白眼，他本想再对刘双寒说上几句。可是，没等他开口，刘双寒又阴阳怪气地说：“学校规定不准穿名牌了吗？我并没有违反学校规定。你是不是有点狗拿耗子啊！”

岳洋哑口无言了。对呀，人家并没违反学校规定，凭什么不让人家穿呀，是不是管得太宽了。于是，岳洋也就无话可说了。

后来，岳洋把这件事和项雪菲说了，想不到，在这件事上，项雪菲的观点却是：穿戴上只要不是很出格，还是尊重个人喜好吧。既然项老师都这样说了，岳洋也就没有什么好说的了。

见刘双寒和秦小松居然在教室里大打出手，岳洋颤抖着声音，说：“走……到项老师的办公室去。”

秦小松一甩头，说：“这件事，不用惊动项老师，我自己能处理！”说着，他又挣着身体向刘双寒扑去，幸亏有两个男同学死死拽住了他。

刘双寒也不服气，用手指着秦小松，大声喊道：“你不过是个班副，有什么了不起，管事还那么多！”

秦小松一听这话也急眼了，声嘶力竭地吼道：“你这个死胖子，我今天跟你没完！”

“你喊谁‘死胖子’？”

"就喊你，怎么了！"

"你再喊一句?!"

"刘双寒，死胖子！"

……

两个人依然谁也不服谁，若不是同学们将两个人拽着，两个人准会又扭打在一起。

岳洋知道两人都是犟脾气，再说，在同学们面前，为了面子，谁也不会服输。这种情况下，事态若是得不到及时控制，要是再进一步升级，后果难以想象。

就在这个节骨眼儿上，项雪菲闻讯赶来了。

一见老师来了，秦小松和刘双寒顿时像泄了气的皮球，两个人垂头丧气地站在了项雪菲的面前。

教室里静得出奇。项雪菲脸色铁青，环视了一下教室四周，怒吼一声："到办公室去！"对同学们来说，这句话，宛如一个惊雷。

秦小松和刘双寒头也没抬就灰溜溜地出了教室。

两个人在前，项雪菲和岳洋走在后面，一行四人向办公室走去。四个人一走，同学们都纷纷在教室里收拾起了"战场"。

项雪菲目光如电，紧盯着秦小松，始终一言不发。许久后，她才愤愤地说："秦小松你是副班长，你先说，这到底是怎么回事?"

秦小松满脸委屈，用几乎要哭出来的腔调说道："咱班的垃圾几乎全是刘双寒丢的食品包装袋，值日生早就有意见了。我劝他以后不要在教室里吃东西，他就和我吵了起来。"

秦小松话音刚落，刘双寒就狠剜了他一眼，说道："秦小松给我起外号！"

项雪菲问："怎么给你起外号了?"

刘双寒说："他叫我'死胖子'，还说我越吃越胖，会变成肥猪。"

"你要是不在教室里吃东西，我会管你吗?"

“有你这样管的吗?”

“我就这样管了，怎么了?”

……

秦小松和刘双寒当着项雪菲的面又你一言我一语地争吵起来。

岳洋看见项雪菲的脸色越来越难看，知道这次她真的生气了。于是，他偷偷拽了一下秦小松和刘双寒的衣角。这时，两个人才意识到是在办公室，接着两个人的脑袋又齐刷刷地耷拉了下来。

项雪菲忽地站了起来，厉声说道：“你们再吵啊！在教室里没打够是不是？到了办公室还吵个没完，真不像话!”

停了片刻，项雪菲又说：“刘双寒你吃零食的毛病，一定要改，以后不准再往学校带零食，听见了没有?”

“嗯。”刘双寒低声回答。

秦小松扬扬自得地瞥了刘双寒一眼。

项雪菲把目光又落到了秦小松身上，秦小松正在咧嘴偷着笑，见项雪菲又盯着自己，心里有些发毛。项雪菲提高了嗓门说：“秦小松！作为一名班干部要注意工作方式，同学之间应该相互尊重，以后不准再给人起外号!”

“是。”秦小松低声回答。

“你们两个回去后，每人写一份检讨书，班会时间在全班同学面前进行检讨!”

过了片刻，项雪菲又说：“班里发生了打架事件，影响很坏，性质也极其恶劣，这是二班的耻辱，家丑也要外扬啊。”项雪菲说完这些话，三个人顿时紧张起来。

项雪菲看了看岳洋，说：“岳洋，你把这件事的前后经过，形成书面材料立即上报到政教处。看来……咱们班只好放弃本学期的优秀班级评选了!”

“项老师……”岳洋急切地喊道。

项雪菲抬起一只手，阻止了岳洋继续说下去，说道：“要敢于把自己的缺点亮出来，决不护短，这是咱们班一贯的宗旨。难道你忘了?”

岳洋一脸沮丧，嘴巴接连张了几次，终究一句话也没有说出来。

要知道，学期结束时，能拿到“优秀班级”的奖牌，一直是岳洋最大的心愿。可现在，机会已经没有了，他能不伤心吗？那一刻，岳洋把刘双寒和秦小松两个人恨透了，要不是项雪菲在场，他一定会给这两个家伙每人一个耳光。

岳洋暗自想，这件事，都是刘双寒害的。于是，他白了刘双寒一眼，说：“项老师，刘双寒除了吃零食外，还有穿名牌服装的毛病，在同学们中影响很坏。您看……是不是以后要求他天天都穿校服……”

见岳洋当面告了自己的状，刘双寒很生气地瞪了岳洋一眼，然后目光直勾勾地瞅着项雪菲，期盼着她能对自己网开一面。

项雪菲望了一眼刘双寒，说：“这件事……就算了，只要穿得不是太离谱就行。”

“嗯。”刘双寒如获大赦一般，欣喜地答道。

项雪菲对三个人又做了一番思想工作，才让他们离开。三个人走出办公室的时候，岳洋气愤地狠瞪了刘双寒和秦小松一眼，头也不回地快步去了教室。

秦小松担任副班长后，尽管偶尔会招惹出一些麻烦来，可他毕竟有着较强的责任心，为了班级工作总是忙前忙后的。并且，秦小松成了班干部以后，他身上的一些小毛病也越来越少了。

这段时间，学校没有组织大型的联考，可学科的阶段性测验还是有的。每次考试，岳洋发挥得都不错，和上次联考相比，成绩有了很大进步。这些小小的胜利，也让岳洋慢慢地从上次考试失利的阴霾中挣脱出来。

深秋的早晨，天气已经有一些凄冷，同学们已换上了稍厚一点儿的衣装。

校园里杨树上的树叶也都落了大半，枝杈上只剩下了稀稀疏疏的几片枯黄的叶子。校园也因此而显得有一些凄凉。在这落叶飘飘的日子，因为有了叶与枝的生死别离，总会给人们或多或少地带来一些感伤，原本开心愉悦的心情蒙上了一层灰暗的雾纱。

又是一个周末。天气不错。秋风习习，阳光明丽，蓝蓝的天空飘着朵朵白云。

下午终于又可以回家了，和父母团聚的日子总是美不可言的。吃过午饭，对同学们来说，就意味着已经进入了回家的“倒计时”。

一周的最后一个下午终于熬过去了。

放学铃响了。岳洋背上书包匆匆地走出教室，到了楼下，从车棚推出自行车后，下意识地四下望了望，他并没有看到徐雨婷的身影。这时，他才猛然想起，这个周末是徐雨婷值日。她要等着同学们都离开，才可以回家。

于是，岳洋推起自行车走了。没有徐雨婷的一路同行，他心里难免会有些失落。

家是温馨的，也是安逸的，有了父母的呵护，永远都是幸福的。岳洋这次回家，岳一博夫妇的心情分外愉悦。

近些天，岳一博已通过各种渠道打听到岳洋学习上有了很大的进步。对于岳一博夫妇来说，这应该是他们的最大喜讯了。因此，岳洋一回家，岳一博就满面红光地迎了上去，袁霞也忙前忙后的，两个人顿时围着岳洋团团转。

晚饭后，一家三口围坐在沙发上，看电视，喝茶，嗑瓜子，聊天，一家人其乐融融。

袁霞心疼地抻了抻岳洋的衣角，说：“读书可真够辛苦的，看把洋洋累的，几天没见，又瘦了！”说完，她起身又取来了牛奶和核桃，放在了岳洋面前。

岳一博的心思全在电视上，他没有搭话。

袁霞坐在岳洋身边，问这问那，仿佛岳洋身上有数不完的问题要回答。刚开始，岳洋还耐心地回答着袁霞的每一个问题，偶尔还会扑到袁霞身上撒撒娇。过了一会儿，岳洋对袁霞的唠唠叨叨有一些反感了。

于是，岳洋冲袁霞做了一个鬼脸，说：“不跟你玩了，我要和老爸聊一会儿。”说完，岳洋坐在了岳一博旁边，用胳膊紧紧地搂住了岳一博的脖子。

就在这时，岳一博两只眼睛像着了魔，直勾勾地盯着电视屏幕，表情凝重地说："看人家，去年刚买的房子，现在已经快翻倍了。"

电视上演的是一个关于房价调查的直通车节目，岳一博最喜欢看这类节目了。袁霞喜欢看"韩剧"，对这些社会类的节目丝毫不感兴趣。

袁霞不屑地瞄了一眼岳一博，说："咱又没买房产，你激动啥。"

袁霞的话，岳一博仿佛压根儿没听到，又兀自说："现在物价涨得那么快，咱给洋洋准备上大学的钱，存在银行里，天天在贬值。洋洋现在上初中，这钱还用不着。真还不如买套房子呢，说不定将来把房子卖掉也会翻倍呢！"

岳一博的话，顿时引起了袁霞的兴趣，她下意识地向前挪了挪，说："这个主意不错。我有个同学，前几天就刚买了一套房子。"

岳一博叹息一声，说："现在两套房、三套房的遍地都是，就咱至今守着一套房，还是九十平方米的。"说着，他环视了一下客厅四周。

袁霞说："要不咱再买一套？"

岳一博说："买！"虽然只说了一个字，他却是仿佛用尽了身上的力气。

袁霞转转眼珠，一脸无奈地说："现在一套房子要一百多万呢，咱的存款哪里够啊。"

岳一博说："咱的存款交首付是没问题的，其余房款按揭贷款呗。"

听了岳一博的话，袁霞像是刚打了一针强心剂，她在靠近岳一博的地方重新坐下来，神秘兮兮地说："你知道吗？我那个同学买房时，在房地产公司找了个熟人，听说还是个副总呢。人家给了个九七折优惠，还挑选了一个好楼层。你在房地产公司有没有熟人？"

岳一博用手来回不停地拍打着脑门，想了半天，说："房地产公司……还真是没熟人。"

现在，办什么事都得找熟人，买房子这么大的事当然也不例外。

岳一博的话，让袁霞感到非常失望，她喃喃地说："九七折，一百多万的房子，能省三万多块钱呢，况且还能挑个好楼层。唉，到哪儿能找个熟人呢？"

岳一博和袁霞所聊的话题，岳洋一点也不感兴趣。趁着两个人说话的工夫，他早已把电视调到了体育频道，看起了 NBA 球员的灌篮表演。岳一博和袁霞的谈话，他半句也没有听进去。

袁霞歪着脑袋想了片刻，忽然尖叫起来："哎呀，洋洋有个同学，他的爸爸不是房地产公司的董事长吗？"说完，袁霞兴奋地拽了一把岳洋。

岳洋看电视正看得入迷，不耐烦地说："妈，你干吗？我在看电视呢。"

袁霞说："洋洋，妈求你做点事。跟你同学说说，咱到他爸的公司买套房子，看能不能给点优惠。"

岳一博又补了一句："顺便让咱挑个好楼层。"

这时，岳洋才知道了爸妈刚才谈话的内容。想到这件事得找刘双寒帮忙，岳洋脸上露出了难色，说："妈妈，这样做不太好吧。"

袁霞见岳洋很为难，就对岳一博说："别让洋洋犯难了，我看还是算了。"

这时，岳一博发话了："这有什么为难的？同学之间互相帮个忙不算啥。这点儿事对于董事长来说，就是一句话的事儿。"

袁霞说："这事儿对你同学的爸爸来说，是九牛一毛的小事。对人家来说，是举手之劳，对咱来说，就是天大的事。你和他儿子是同学，这个关系，不用白不用。"

岳洋听了岳一博夫妇的话，沉默不语。

袁霞亲昵地拉着岳洋的手，说："你可认识那个叫李兵的门卫？"

岳洋点点头。

袁霞继续说："去年他妻子住院做手术，你爸听说他在你们学校当门卫，就给了他一些关照。举手之劳的事，何乐而不为呢？现在你爸去学校，车刚开到门口，大门就开了。校长的车来了，门开得都没这么及时呢。人和人之间，就是你帮我，我帮你的。"

岳一博夫妇你一言我一语地轮番劝说着岳洋。岳洋仔细一想，觉得爸妈的话也有一些道理。若是刘双寒真能帮上忙，正如妈妈所说，能省下三万多块钱，那可是一笔不小的数目啊。爸妈整天起早贪黑地挣钱养家多不容易呀！

想到这儿，岳洋终于说："好吧，等周一开学，我就跟刘双寒说说这事。"

袁霞高兴得笑起来："咱洋洋是大班长，这事儿准能成。"说完，她在岳洋的脸颊上使劲亲了一口。

周一开学，岳洋很早就来到了学校。到教室时，他发现刘双寒还没来，刘双寒从来没有早到校的习惯。

岳洋坐在座位上，两眼直愣愣地瞅着一张还没完成的数学试卷，心里直犯嘀咕。

平时，我对刘双寒一直抱有成见，还多次到项老师那儿告他的状。前几天，还当着项老师的面告过他的状呢！妈妈所说的买房子的事，他能帮忙吗？万一拒绝了我，可怎么办？丢面子是小事，如果这件事办不好，怎么向妈妈交代呀！还是一班之长呢。唉，早知道这样，以前多讨好一下刘双寒就好了。

现在，临时抱佛脚，怕是来不及了。想到这里，岳洋心里一阵后悔。

岳洋猛然想起，刚当上班长时，妈妈就曾经叮嘱过自己，当班长一定要少得罪人。当初自己还不以为然，现在想来，还是妈妈考虑得周全。现在说什么都晚了，能做的，只有厚着脸皮试一下了。

刘双寒又是最后一个到教室的。他耳朵里塞着耳麦，嘴里嚼着口香糖，耳朵和嘴巴都闲不着。

刘双寒上身穿了一件蓝白相间的小格子休闲装，下身是一条浅蓝色牛仔裤，脚上穿着一双雪白的旅游鞋，肩上还背着一个鼓鼓囊囊的大书包，从头到脚全是名牌。

今天，他的发型特别酷，是头发的前半部分一根根立在了头皮上的那种。

一走进教室，刘双寒就冲着全班同学一摆手，喊了一声："嘿，我来了！"

同学们都忙着做作业，根本并没有人去理会他。不过，岳洋今天格外留意刘双寒，从他一进教室开始，就转动着脖子，两只眼睛探照灯似的目送刘双寒从门口一直走到座位上。

岳洋暗想：今天一定找机会和刘双寒好好谈谈。其实，刘双寒还是很乐意帮助人的。那次考试我的笔坏了，他不是一下子递给我两支吗？说不定买房的事他会很爽快地应下来呢？想到这儿，岳洋心里平静了许多。

只要耐心等待，机会总是有的。

第二节下课，老师刚离开，刘双寒就急匆匆地走出了教室。岳洋早已看在眼里，他急忙丢下手中的笔，快步跟了过去。

岳洋走进宿舍的时候，刘双寒正躲在里面吃着烤鱼片，屋里散发着淡淡的烤鱼片的鲜香气味。

见岳洋来了，刘双寒的表情显得很怪异，从他的表现可以看出，对岳洋的到来，他很不欢迎。

刘双寒慌忙把手中的烤鱼片藏到了身后，定定地望着岳洋。岳洋没说话，只是很尴尬地冲刘双寒笑了笑，然后下意识地向前走了两步。

刘双寒身子稍稍往后挪了挪，用充满敌意的语气，说："你……你来干什么?"

岳洋感到一阵好笑，项老师已不准他往学校带零食。可他又偷着到宿舍来吃烤鱼片，这小子可真是个馋猫。岳洋满脸是笑，是一副很友好的样子。不过，他并没有立即回答刘双寒的话。

过了片刻，岳洋终于鼓起勇气，说："双寒，有件事，我想求你帮个忙。"

刘双寒向前探了探脑袋，神秘兮兮地问："难道……不是项老师让你来的?"

岳洋心里直想笑。原来，刘双寒把自己当成是项雪菲专门派来查他是否在宿舍吃零食了，难怪他慌里慌张的。

岳洋一脸诚意，说："我来这里与项老师没有任何关系。我真的有事需要你帮忙。"

刘双寒半信半疑，晃动了一下大脑袋，说：“我才不信你的鬼话呢。你发誓!”

岳洋差点儿没笑出声来，他连忙把右手举过肩头，一本正经地说：“我发誓，我的话是真的。否则……”

不等岳洋说完后面的话，刘双寒抢先制止住了他。见岳洋的确不是项雪菲让他来的。刘双寒急忙把藏在身后的鱼片，递到岳洋面前，说：“来，尝尝，可好吃了。这事你可千万别告诉项老师。”

岳洋接过烤鱼片，细细品尝起来。还真别说，烤鱼片味道很鲜美，的确好吃。

刘双寒见岳洋也吃起烤鱼片，紧张的心情也放松了许多。他边吃烤鱼片，边叮嘱岳洋：“你答应我，千万别告诉项老师。对了，千万别告诉秦小松，那小子，嘴巴很不严实。”刘双寒知道，这事要是告诉了秦小松，就等于告诉了项老师。

岳洋点点头，再没吭声。

刘双寒见岳洋沉默不语，为了进一步讨好他，又把一块大点儿的烤鱼片递过来。这一次，岳洋没有接刘双寒手里的烤鱼片，他用手挡了一下烤鱼片，很认真地说：“有件事，我真的需要你帮忙。”

刘双寒先是一愣，接着笑嘻嘻地说：“别逗了。你是大班长，我是一个兵，能帮你什么忙?”

岳洋两手抱着脑袋，低头不语，一副很难为情的样子，许久，才做出一个重大决定似的，说：“是这样的，我家想……买套房子……”

不等岳洋把话说完，刘双寒忽地站了起来，伸出右手示意岳洋不要再说下去，说：“别说了，我明白了，你是想让我爸给弄个优惠，对不?”

刘双寒趾高气扬的样子，让岳洋愈加感到无地自容，他的脸一下子红到脖子根儿。那一刻，他恨不得找个地缝钻进去。

岳洋喃喃地说：“是这样的……”

刘双寒走了过来，一只手搭在岳洋的肩上，另一只手拍着胸脯说：“我不是吹牛，老爸最听我的话了。你放心，这件事包在我身上。”

岳洋兴奋地站起来，满脸感激地看着刘双寒，说：“这事如果办成了，一定请你美餐一顿。”

“一言为定。”刘双寒笑了。

“一言为定。”岳洋也笑了。

四只手的手心，“啪”的一声碰撞到一块儿。

“那咱以后就是好哥们儿了，对不？”刘双寒两手用力晃动着岳洋的肩膀，兴奋地说。

岳洋笑着点点头。

不知道是什么原因，刘双寒脸上的笑容居然渐渐消失了，他眉头紧锁，两只手不停地搓来搓去，全然是一副心事重重的样子。

刘双寒用手搔了一下耳朵，用期待的目光盯着岳洋，说：“其实，有件事我也想让你帮个忙，不知道你肯不肯？”

岳洋愣愣地望着刘双寒，一句话也没有说。刘双寒反过来让自己帮忙，这是岳洋始料未及的。刘双寒让我帮什么忙？难道让我在项老师面前给他说情，允许他可以带零食到学校？真是这样，我又怎么跟项老师开口呢？

刘双寒眼睛眯成了一条缝，一脸神秘地说：“只要你帮了我这个忙，别说是买一套房子，就是买十套，这个忙我也得帮！”

听了刘双寒的话，岳洋的心情愈加紧张起来，问：“什么事需要我帮忙？”

“也不是什么大事。”刘双寒仍然是一副无所谓的样子。

“到底什么事？我怕……未必能帮得上。”

“这件事对你来说，是小菜一碟。”

“到底什么事嘛？”

见岳洋有些着急，刘双寒朝前伸了一下脖子，费力地吞下一口唾沫，然后下意识地瞅了一下四周，其实，屋里只有他们两个人。

这时，他才说：“岳洋，你先答应我，这件事一定替我保密。”

岳洋的眼睛一眨不眨地看着刘双寒，说：“好的，我会替你保密的！”

“不行，咱俩得拉钩！”刘双寒表情凝重地把弯曲的食指，伸了出去。

还得拉钩？什么事这么重要！岳洋心里愈加忐忑不安。他极不情愿地也把食指伸了过去。刘双寒用力钩住岳洋的手指，一边晃来晃去，一边嘴里念念有词：“拉钩，上吊，一百年不许变。”

拉完钩，刘双寒亲昵地牵着岳洋的手，在床沿上坐下来，说：“岳洋，你要是帮我这个忙，我会感激你一辈子的。”

岳洋对刘双寒神神秘秘的样子，早已不耐烦了，说：“废话少说，到底什么事？弄得跟国家机密似的！”

刘双寒咧嘴笑了：“帮我送点儿东西。”说着，刘双寒起身从壁橱里取出一个信封，是牛皮纸的，看上去有点儿厚。

岳洋接过信封，翻来覆去地看着，信封上面光光的，既没有收信人姓名，也没有发信人姓名。

岳洋满脸疑惑地瞅着刘双寒，问：“给谁送？”

虽然屋里就他们两个人，可刘双寒还是又四下看了看，压低了声音，说：“你的同桌……叶小霜。”

是她？那个文静瘦弱的女孩。岳洋脑海里忽然闪过一个不祥之兆，他瞪大眼睛，提高嗓门儿说：“刘双寒，你可千万别犯傻！”

刘双寒连忙把两只手放在胸前，笑嘻嘻地说：“看你想到哪儿去了，这封信绝对是纯洁的。我可以对天发誓！”

岳洋翻了翻眼珠，问：“那你怎么不自己送？”

刘双寒苦笑了一声，难为情地说：“叶小霜整天总躲着我，见了我像老鼠见了猫似的，我根本无法接近她，怎么送？再说，我给她，她也肯定不收！”

岳洋猛然想到，叶小霜的确整天故意躲避着刘双寒。有刘双寒的地方，叶小霜从来不去。两个人仿佛就是磁铁的同极：相互排斥。

就拿那次秦小松借刘双寒的名义，分零食的事儿来说吧。叶小霜把分到的食物全给了岳洋。叶小霜说，刘双寒的东西，她不吃。岳洋曾劝她，吃点吧，可好吃了。叶小霜似笑非笑地说，膨化食品，有啥好吃的。岳洋又问，怎么整天跟刘双寒有仇似的？叶小霜随口答道，他的样子，我看不惯。

岳洋见叶小霜真的不吃，也就全包圆了。

叶小霜怎么那么讨厌刘双寒呢？岳洋边想，边仔细地查看着信封，他的两个眼珠几乎凑到了上面，似乎这样做能窥探到里面的内容似的。

刘双寒在一旁急切地问道：“别瞅了，你到底送不送？”

岳洋想了片刻，说：“你还是找别人送吧，这事我不合适，要是项老师知道了，我又是班长，怎么向她交代呀？”

刘双寒说：“我保证这件事是干净的。我不说，你不说，这事没人知道。”

见岳洋仍旧沉默无语，刘双寒急了：“刚才还好哥们儿呢，一会儿成软蛋了！”他用蔑视的目光看着岳洋，一把把信封夺了过去。

岳洋的脸红了一下，说：“既然信的内容是纯洁的。双寒，能让我看一下吗？”

刘双寒的脑袋摇得像个拨浪鼓，说：“你不能看，这是我的个人隐私。”

岳洋暗自发笑，这不是强人所难吗？想看人家的私人信件，况且还是送给女生的。这个条件也太苛刻了，亏自己想得出。于是，他又问：“你能保证信的内容真的没问题？”

刘双寒神情凝重地点了点头。

岳洋转念一想，其实，刘双寒除了有穿戴上爱赶时髦和好吃懒做的坏毛病外，其他方面的表现还是挺好的。他也不是那种道德多么败坏的学生。

刘双寒和叶小霜之间的关系真是怪怪的。叶小霜有时候刻意躲着刘双寒，可有时候似乎又很在意他。

记得有一次，学校组织体育测试，是 1000 米跑。前面的同学已经跑过终点，而刘双寒还扭着屁股，上气不接下气地落在最后。

刘双寒的狼狈样，让班里的女生们笑得前仰后合。然而，叶小霜却没有笑。她却一反常态，跑到刘双寒的旁边，一边给他加油，一边奋力给他带跑。

要知道，叶小霜跑完 1000 米，刚从跑道上下来。为了给刘双寒领跑，叶小霜累得满头大汗。她心急火燎的样子，看上去，甚至比刘双寒本人都着急。

叶小霜和刘双寒若即若离的关系，真让人琢磨不透。现在，刘双寒又要给叶小霜送信，岳洋越想越感到这件事有点儿蹊跷。

岳洋本想拒绝刘双寒，可又想到了托他帮忙买房子的事，他思量了许久，终于下定了决心，说："好吧，把信给我。"说完，他从刘双寒手里又重新接过了信封。

刘双寒憨憨地笑了，两条粗大的胳膊，紧紧抱住岳洋，大声喊道："这才叫好哥们儿呢。"

岳洋也咧嘴笑了一下，只不过，他的笑比哭还要难看。

和刘双寒相比，叶小霜的生活习惯和做事风格是截然不同的。

叶小霜身材纤细，肤色白皙，说起话来细声细语，走路的样子有点儿像《红楼梦》里的林黛玉。可是，她刚毅的性格却像奥斯特洛夫斯基笔下的保尔。

叶小霜穿着很朴素。都什么年代了，全班只有叶小霜还穿着"千层底"的布鞋。据说，鞋还是她妈妈一针一线缝制而成的。不过，全班同学没有人敢小看那双鞋。

别看叶小霜长得弱不禁风，她可是八年级二班跑道上的主力战将。

去年的春季运动会，叶小霜的项目是长跑，3000 米。到了最后一圈冲刺的时候，叶小霜还处在第二位，可是她与第一名的距离，正在快速缩小，全班同学已是欢声雀跃，期待最后的胜利。眼看，叶小霜就要追上前面的同学。

这节骨眼儿上，叶小霜脚上的一只鞋掉了，淡蓝色的碎花布鞋打了一个滚儿，躺在了跑道上。

赛场上传来阵阵嬉笑声，全班同学顿时鸦雀无声，心都一下子凉了大半截。

不可思议的一幕终于发生了。叶小霜紧咬嘴唇，奋力摆动双臂，只见她脚下生风，速度居然未受到任何影响。叶小霜竟然神奇地光着一只脚，闪电般超过了前面的同学，第一个冲过终点。

欢呼声、呐喊声再一次响彻运动场。那一次，就是刘双寒抢先捡回了那只布鞋，亲自送到叶小霜手里的。

生活上的节俭，叶小霜也是出了名的。岳洋常常见到，她为了省钱，时常不去餐厅吃饭，一个人留在教室吃方便面。

两个人的生活习惯竟然有着如此大的反差，也难怪叶小霜平时处处躲避着刘双寒。

岳洋并不想当面把信封直接交给叶小霜。给一个文静、清秀的女孩送信，若是被人发现，一定会有流言蜚语的。岳洋不想因为这件事，而产生不必要的误会。

下课铃响了。岳洋没有急于离开教室，等教室内只剩下他一个人了，才把信封偷偷地放进叶小霜的抽屉，然后急匆匆地走出教室。

叶小霜正一个人在草坪边跳绳，岳洋走过去，小声说："你抽屉里有封信，是刘双寒的。"

叶小霜停住跳绳，笑着望了岳洋一眼，说："谢谢你。"

岳洋顿时怔住了！眼前这一切，大大出乎岳洋的意料。他原本以为，叶小霜听到刘双寒给她送信的消息会很生气，甚至会掉眼泪。可事实，却恰恰相反。难道……

岳洋不敢继续想下去。那一刻，岳洋的心底莫名其妙地生出一种异样的感觉，那种感觉酸酸的，麻麻的。

信已经送到。岳洋终于如释重负，长这么大，第一次给女孩子送信。

虽然信不是自己写的，可是，岳洋从小在老师眼里，都是品学兼优的学生，他又是班长，一点顾虑没有，那是假的。要不是为了完成爸妈交代的事，他才不去担这个风险呢。

当前，只要不再节外生枝，事情就会过去了。这将意味着爸妈托给他的事，很快就有一个圆满结果。

两天过去了，给叶小霜送信的事，一直相安无事。岳洋一直忐忑着的心也渐渐平静了下来。

晚风习习，光秃秃的树枝晃动着干瘪的身体，满地的落叶被风吹得四处滚动，发出沙沙的声响。

天的确有些冷了。岳洋早已换了一件厚点儿的外套。第一节晚自习课间，岳洋独自来到单杠场地，他想在单杠上转几圈，锻炼一下手臂上的力量。

他舞动着手臂，正做着准备活动。这时，他发现远处有个女孩向这边走来。

暮色四合，天色已变得有点暗，朦胧中岳洋认出来人是叶小霜。难道是因为送信的事？这是岳洋的第一感觉，他的心情陡然变得紧张起来。

叶小霜走近岳洋，说："信在你的抽屉里，麻烦你给刘双寒退回去好吗?"她说话的声音很低，岳洋刚好能听得见。

岳洋想说点什么，他又实在想不起该说些什么，最终他什么也没说，只是会心地点了点头。

叶小霜走了。岳洋目送叶小霜的身影走远，他忽然发现，暮色里的叶小霜愈加好看漂亮。

信原封未动。也就是说，叶小霜连看都没看，就决定给刘双寒退了回去，说明叶小霜的态度很坚决。也不知什么原因，叶小霜把信退给刘双寒，岳洋却感到很舒心。

在去宿舍的路上，岳洋见到刘双寒。岳洋把信递给刘双寒，然后摊开两手，表现出一副很失望的样子。

刘双寒接过信封，快速放进衣兜，脸上是一副怅然若失的样子，仿佛遭受什么重大打击似的。

岳洋看见刘双寒很失落，很沮丧。临别时，刘双寒再三叮嘱岳洋："买房子的事，会尽快办好的。"

岳洋走出几步，又转过身，说："以后，还是别捎零食到学校了。要不，项老师早晚会知晓的。"刘双寒的目光变得有一些呆滞，他看了岳洋一眼，有心事似的，缓缓地点了一下头，并没有说话。

下午放学时，刘双寒没有急着去餐厅，他用电话卡拨通爸爸的电话。

其实，刘双寒是有手机的，并且有两部，一部是银灰色的，一部是黑色的，都是能唱歌，能照相，能上网的那种当前流行的机型。但是，学校有明确规定，学生不准带手机到学校。手机只能在学校外面使用，在校园里打电话，只能用固定在学校外墙上的公用电话。

刘大贵正在会议室召开公司的中层领导会议，一看来电号码是儿子学校的公用电话，知道是儿子打来的。于是，他摆了一下手，先停住讲话，然后快速地按下手机的接听键。

刘大贵先是一阵哈哈大笑，然后问："双寒呀，有事吗？"

刘双寒的语气似乎不太高兴："当然有事，要不给你打电话干啥。"

"没事就不能给老爸打电话聊聊啦。老爸正在想你呢。"刘大贵歪着肥大的脑袋，满脸都是笑。

"老爸，有件事想求你帮帮忙。"刘双寒害怕旁边的同学听到，故意压低了声音。

"噢，我一猜就知道儿子有事，要不怎么会打电话呢？不会又是看中哪件名牌服装了吧？"说完，刘大贵又大笑起来。

刘双寒在电话里把岳洋托他的事，一五一十地说给了刘大贵听。

听完后，刘大贵乐得都合不上嘴了："我儿子有出息了，都能帮同学的爸爸买房子啦。"

父子俩在电话里又闲聊了一通。围在椭圆形会议桌边的公司的头头脑脑们，都睁大眼睛望着手舞足蹈的刘大贵，跟着一起乐。

刘大贵晃着脑袋，一边在浅红色地毯上踱来踱去，一边冲着手机的话筒喊："儿子交代的事，我会尽快办的。这样吧，让你同学的爸爸，直接来公司找我就可以了。"

挂了电话，刘双寒在第一时间把跟爸爸通话的全部内容，告知了岳洋。

岳洋很兴奋，那一刻，他打心眼儿里感激刘双寒。他也在第一时间，打电话把这件事告知了岳一博。

“地缘”房地产公司的广告牌，在全市同行业中是最大的，位置也是最好的，大多都高高地挂在了黄金地段的交叉路口。

岳一博驾驶着一辆银灰色的家用小轿车，驶过繁华路段的一个红绿灯时，下意识地望了一眼右前方的那块广告牌。

也难怪，广告牌上的图画也的确太吸引人的眼球了。硕大的广告牌上，除了排列着一幢幢整齐新建的楼房外，小区旁边有清清的湖水，有花红柳绿的公园。小区门口正好停着一辆世界级名牌跑车，是红色的，一位穿着白色衣裙的漂亮少女，正晃动着婀娜的身姿，向名车姗姗走来。

岳一博已经被眼前这幅迷人的画面，完全吸引住了。直到后面的车辆焦灼地响起汽车鸣笛的声音，他才恋恋不舍地踩下油门，快速向前驶去。

岳一博驱车来到“地缘大厦”，他稍微整理了一下衣领，上了八楼。刚从电梯里走出来，一位工作人员拦住他，问：“先生，您找谁?”

工作人员是一位俊美的年轻女子。岳一博先是一愣，一时间竟不知如何回答才好，想了一下，才说：“我找刘总……刘董事长。”

工作人员很有礼貌地说：“您稍等一下。”然后，转身走了。

岳一博在宛如铜镜般的地板上走来走去，心里有些忐忑不安。不一会儿，那位年轻的女工作人员满面春风地回来了，说：“董事长让您去他办公室。”

岳一博轻轻地敲了一下门，屋里传出一个洪钟般的声音：“进来。”

他定了定心神，然后推开门，走了进去。

办公室十分宽敞，里面装饰得简直跟皇宫似的，金碧辉煌。

岳一博感到有些不适应，他仿佛被房间里炫目的光线灼伤了似的，不停地眨巴着眼睛。

宽大的红木老板桌前，端坐着一个中年男子。男子留着板寸，浓眉大眼，体形微胖，穿着西装，打着领带，看上去，显得格外精神。不用问也知道这位就是大名鼎鼎的地缘公司的董事长刘大贵。

见岳一博来了，刘大贵连忙起身，伸出两只手，握住岳一博的胳膊摇来晃去，“你就是岳洋的爸爸，岳大夫吧。”一看刘大贵就是个爽快人，说话很直接，快人快语，没有一点儿的拐弯抹角。

岳一博仔细打量了一下刘大贵，然后毕恭毕敬地答道："是的，是的。"

两人寒暄几句后，刘大贵回到老板桌前坐好，岳一博坐在了乳白色的软绵绵的真皮沙发上。

岳一博再一次扫视了一下房间的四周，心里居然萌生出一个怪异的想法。若是把这个办公室改成手术室，若是能在这里给病人做手术，该是一件多么惬意的事啊。果真是那样，这将是世界上超一流的手术室了，当然做出来的手术也一定会是一流的。

见岳一博沉默不语，不等他说明来意，刘大贵早已口若悬河地说起来："儿子在电话里把事情都和我说了，岳洋和双寒是要好的哥们儿，这事儿你放心就是了。"

岳一博连连点头，说："好，好。"

虽然两个人是第一次见面，可刘大贵问这问那的热情劲儿，倒会让人感觉到两个人仿佛是久未谋面的老朋友。

刘大贵依旧滔滔不绝，说："岳洋那么优秀，等他们长大了，说不定双寒要跟着沾光哩。"

想不到，刘大贵考虑事情还这么长远，居然连将来的事都想到了。岳一博满脸堆笑，连声说："同学间相互帮助呗。"

桌上的电话响了，刘大贵接通电话，只说了一个字："行。"他就将电话挂掉了。随后，他又笑呵呵地对岳一博说："九七折是公司优惠的底限。这一次，破个例，我给你的房子打九五折，位置随意挑。怎么样?"

没想到刘大贵会这么爽快，岳一博感到有些喜出望外，他禁不住欣喜地从沙发上站起来，连声致谢。

刘大贵在电话机上快速地按下几个号码。不一会儿，一个穿着时髦的女子走进来。刘大贵冲着女子，用命令的口吻，说："九五折优惠，位置随便选，你马上带岳先生去办理。"

女子很有礼貌地领着岳一博走了。刘大贵起身送出门来，不停地说：

“岳洋是班长，双寒还得需要他的关照哩。”

岳一博兴奋得眼睛眯成了一条缝，连声说：“是的，是的。”

岳一博走后，刘大贵拨通一个电话：“王行长吗？你好啊，那批贷款的事……”

两个人在电话里你一言我一语地聊着。最后，刘大贵笑吟吟地说：“王行长，咱们晚上一块儿吃海鲜，怎么样？”

电话那头的王行长似乎不是很友好，两个人在电话里谈了很久，才好像有了一个结果。

刘大贵怏怏地挂掉电话。

他沉思片刻后，忽然站起身来，两手按在桌子上，透过明亮又宽大的落地窗玻璃，他用两只炯炯放光的眼睛凝视着这座美丽的城市，思绪一下子回到了二十多年前。

刘大贵出生在一个偏僻而又贫穷的小村子，读完小学四年级，他就因为家庭困难辍学了。刘大贵永远难以忘却那个情景，父亲牵羊似的拽着他的手，从教室里走了出来，他无奈地一步一回头，最终还是离开了那个连围墙也没有的校园。

十六岁那年，刘大贵怀里揣着一把冰凉的瓦刀，跟随着村子里的瓦工们来到这座城市，这是刘大贵第一次离开那个生他养他的小村子。

那个时候，这座城市到处都是建筑工地，随处都能听到搅拌机的轰鸣声。尽管工地上有饥饿，有寒冷，有屈辱，有艰辛，可是，一年下来，刘大贵的工钱，足以抵得上全家田地里庄稼的所有收入了。

那年冬天，寒流来得格外早，天寒地冻，工程不得不停工。那个一脸横肉的建筑工头，一边扯着嗓子骂着鬼天气，一边把薪水甩给了每一个等着回家的民工。

刘大贵背起铺盖卷刚要离开，就被工头叫住了。工头让他留下来，在工地上看门，这将意味着刘大贵不能回家过年了。

工头之所以留下刘大贵，大概是他还没成家的缘故。这对于刘大贵来说，应该是幸运的。虽然看门的薪水仅是平时的一半，但刘大贵和其他民工相比，可以多赚一些钱，总比回家闲着玩要好得多。

民工们都走了，建筑工地上一下子变得冷冷清清，只剩下刘大贵一人，独自住进了那个比鸡窝大不了多少的板房里。

那天是除夕，从早上开始，天上就飘起雪花。雪越下越大，傍晚时分，地面上的雪已有厚厚的一层了。

雪，还继续下着，棉絮般的雪团在空中飘来飘去。这时候，远处已有鞭炮的响声陆续传来。

刘大贵躺在被窝里，两只手不停地摆弄着那个砖头大小的收音机。都整整一天了，在刘大贵听来，里面的声音，已有些沙哑了。

已是晚上七点，刘大贵还没有吃晚饭。

鞭炮声愈加密集，一阵接一阵的鞭炮声，让刘大贵心里愈加无法平静。也不知家里的鞭炮放了没有？在这个万家团圆的时刻，刘大贵想家了。以往过年，家里的鞭炮，都是刘大贵用一根长长的香火点放的。看来，今年的鞭炮只有老父亲自己去点放了。

刘大贵挪了挪身子，透过板房的缝隙，望了一下外面丝毫没有减小的风雪，猛然间他觉得有点儿饿了。

刘大贵想吃水饺，往年的这个时候，全家人都是围在一起吃水饺的。

刘大贵终于从被窝里钻了出来，他穿上那件已多处露着棉絮的大袄，走出板房。

一阵凛冽的寒风袭来，刘大贵打了个寒战。地上的雪已经快没过膝盖，刘大贵“咯吱咯吱”地向工地附近的那个小饭馆走去。

刘大贵远远望见，饭馆里漆黑一片，里面没有半点儿灯光。他知道，饭馆的主人已关门歇业，回家过年去了。他哀叹一声，心中暗想：“无论如何，今天晚上要吃上水饺！”

刘大贵的性格从小就有点儿犟，他想做的事，达不到目的，决不罢休。于是，他继续深一脚、浅一脚地往繁华市区走去。

刘大贵几乎敲开了路边的所有亮灯的饭馆，依然没有吃到香喷喷、热乎乎的水饺。他怅然若失地站在漫无边际的风雪中，绝望了。

倔强的刘大贵依然没有死心，稍作停留，他继续朝着大街上最后一家亮灯的店铺走去。

店主是一位老者，他用怪异的目光上下打量了一下刘大贵，然后从一个旧冰柜里翻出了仅有的一袋速冻水饺。水饺像窗外的冰雪，又硬又冷。可是，在那个风雪交加的除夕之夜，已足够让身在异乡而又饥肠辘辘的刘大贵欣喜若狂了。

那个时候，刘大贵还是一个民工，民工共有的特征是太容易满足，刘大贵也不例外。

向来买东西爱砍价而又斤斤计较的刘大贵，那天晚上，连价格都没问，就买下那袋速冻水饺，更谈不上讨价还价了。

刘大贵兴奋地用冻僵了的手，从怀里摸出一大把皱巴巴的零钞，递给了老者。

刘大贵捧起冰冷的速冻水饺的那一刻，他仿佛闻到了水饺的香气，仿佛看见了在白色的雾气里母亲正从锅里捞饺子的身影。

风越来越大，刘大贵艰难地走着，他被风刮得东倒西歪。

走着走着，刘大贵像突然被点中了死穴似的，怔怔地站在雪地里一动不动。刘大贵清晰地看到路边有一辆自行车，正四脚朝天地横躺在雪地上，他惊愕地张大了嘴巴。

好长时间，刘大贵才回过神来，他向前快走几步，弯腰环视一下四周，发现自行车旁边，居然还有一个人倒在地上，那个人的身体已完全被冰雪覆盖了。

虽然刘大贵并不是一个胆小的人，但是，此种情况下，心里也难免有一些紧张。他壮着胆子慢慢地走了过去，把手指放到那人的鼻孔处，竟然能感觉到他的呼吸气若游丝，同时也闻到了一股浓浓的酒精气味。

刘大贵从小就喜欢听评书，他知道“救人一命胜造七级浮屠”这话的含义。这个人的身体已变得有些僵硬，这样下去，用不了多久，这人就会被冻死的。刘大贵决定要救这个人的命。

刘大贵先用手拍打掉堆积在那人身上的雪花，这时，才发现那人是个男子。刘大贵小心翼翼地抓住男子的手臂，然后一用力把他背在了身后。

在如此的雪夜里，一个人行走已是寸步难行，何况又背上一个人，其艰难程度可想而知。刘大贵几乎什么样的苦都吃过，这让他练就了一副刚毅的性格。刘大贵用瘦弱的身体背着这个高大的男子，在雪地里步履蹒跚地走着。一路上也不知摔了多少跤，背不动了，刘大贵就拖着男子走，累了，就在雪地上歇一歇。

也不知过了多长时间，两个人终于来到板房。

刘大贵把男子轻轻地放在床上，说是床，其实就是在砖头上搭了两块木板。然后，他把自己的棉被盖在了男子身上。这时，刘大贵才发现男子三十来岁，长得眉清目秀，面色有点儿白胖，一副文质彬彬的样子，只不过嘴唇已经冻得发紫，脸苍白得没有一点儿血色。

刘大贵脱掉男子粘满雪的鞋袜，把那双冻僵的双脚放进怀里，然后盖上棉被，不停地来回搓男子的脚。他的胸口像贴在了冰上，禁不住打了个冷战。刘大贵焦急地睁大眼睛，期盼男子快些醒来。可是，男子仍然紧闭双目，不省人事。

刘大贵一停不停地搓着，搓着，那一刻，他完全忘掉了窗外呼啸的风雪。

远处的鞭炮还此起彼伏地响着，夜已经很深了。刘大贵已经给男子换了三盆热水，这时候，男子忽然呻吟了一声，终于微微睁开了眼睛。他扫视了一下四周，瞅了一眼刘大贵，似乎明白了什么。

刘大贵见男子醒过来，瑟瑟地问："你是干啥的，怎么睡在了雪地里?"

男子知道就是眼前这个瘦弱的小伙子救了自己的命，他用感激的目光望着刘大贵，有气无力地说："我在机关工作……今晚和朋友在酒店喝酒喝多了。"

那时，刘大贵还不知道"机关"是什么东西，但他隐约知道"机关"里的人，都是当官的。

正因为"机关"这两个字，刘大贵对男子照料得愈加细致入微了。他的言语和举动，甚至有一些讨好巴结男子的意思。那一刻，两个人的身份，似乎一下子换了过儿，好像男子成了刘大贵的救命恩人似的。

又过了些时间，男子酒醒得差不多了，脸也有了一些红晕。他提出要回家，说再久了，家人会着急的。

其实，那个晚上，刘大贵多么想让男子多待上一会儿，能多一些时间陪他熬过那个寂寞的大年夜。可是，男子想走，是留不住的。

刘大贵站在雪地里目送男子消失在夜色之中，一个人在风雪中又站了许久，才回到屋里。

板房内又只剩下刘大贵一人，孤零零地守着那个冰雪之夜。

当刘大贵从锅里把“速冻水饺”捞出来时，才突然想起，自己竟然忘记了问男子姓啥叫啥，家在哪里住。刘大贵懊悔得用手使劲地拍了拍后脑勺。

刘大贵再一次见到男子的时候，已是两年后。

那天，正是烈日炎炎的夏天。刘大贵光着黝黑的臂膀，正用小推车在工地上运砖。

这时，男子和建筑队经理等一行数人，从一辆黑色轿车上走下来。下车后，男子在工地上边走，边指手画脚，建筑队经理还有另外几个人，跟在男子后面，毕恭毕敬地直点头。

刘大贵一眼就认出了男子，他惊喜地丢下小推车，撒腿跑过来。经理急了，刚要一把推开刘大贵，却被男子拦住了。男子愣愣地看了刘大贵一会儿，忽然惊喜地说：“原来是你!”

刘大贵生怕男子会忽然从自己眼前消失掉似的，两只手紧紧握住男子的手，激动得一句话也说不出来。男子拍了拍刘大贵的肩膀，笑着对身边的人说：“这个小伙子曾经救过我的命呢。”

男子从工地上走的时候，再次握住刘大贵的手，全工地的民工都用艳羡的目光注视着刘大贵，刘大贵激动得面色通红。那一次，刘大贵也没来得及问男子的名字。

男子走后不久，刘大贵就成了建筑队的工头。后来，经多方打听，才知道男子叫张军，在市政府上班。

那一次，刚发了工钱，刘大贵就买了两瓶好酒去了张军家。临行前，刘大贵还狠狠心到商店里买了一套西装，那是他有生以来第一次穿西装。穿上西装后，刘大贵整个人都精神了。

那天，张军留下刘大贵一块儿在家吃了饭，想不到，两个人谈得竟然很投机。

从那以后，刘大贵就成了张军家的常客。后来，在张军的帮助下，刘大贵拉起了自己的建筑队。

一晃二十年过去了，这座城市发生了翻天覆地的变化，宽阔的柏油路四通八达，高楼大厦雨后春笋一般平地而起，还有车水马龙的繁华街市……这所有的一切，都是刘大贵以前想都不敢想的。

发生巨变的还不止这些，曾经被刘大贵救过命的张军如今已是青云直上，如日中天。

二十年间，他从副局长提升为局长，又到现在的副市长，真可谓官运亨通。在张军精心关照下，刘大贵昔日名不见经传的小建筑队，如今已成了全市最大的房地产公司。

近些年，房地产行业蓬勃发展，房价如同刚开花的芝麻节节拔高。如今的刘大贵已不再是当年那个很容易满足的民工，他的胃口越来越大，“地缘”公司开发的楼盘一片连着一片。

刘大贵站在窗下凝视远处那片楼盘很长时间后，又重新坐到了老板椅上。刘大贵凝眉立目，沉思了片刻后，猛地伸手抓起桌上的电话。拨通电话，刘大贵用讨好的语气，说：“我约了王行长，晚上一块儿吃海鲜，你能一起来吗?”

电话那端是一个男子有些沙哑的声音：“晚上有应酬，怕是来不了。”

刘大贵往前凑了凑，说：“还是尽量过来吧，那笔贷款已经拖了很久。若是您出面，事情就会不一样了。”

两个人在电话里聊了很久，刘大贵才依依不舍地扣上电话。

二十年过去了，那个风雪交加的大年夜，对刘大贵来说，是永远都难以忘怀的。在刘大贵眼里，那个冰冷的夜晚是上天对他的一个恩赐。正因为那个夜晚，他才迎来了人生中的重大转折。如果没有那个雪夜，现在的刘大贵或许仍然还是一个普普通通的建筑民工，或许现在已经回到家乡，成了一个地地道道的农民。刘大贵深信，没有那个夜晚，自己绝不会有今天的辉煌成就。

正是那个风雪之夜，彻底改变了刘大贵的人生轨迹。他相信命运，也相信缘分，因此，他的建筑队注册成公司时，为公司取名“地缘”。

人生就是这样，有时一个偶然的经历，就可能是你人生中一次重大的机遇，从而让你的人生轨迹发生重大改变。

第4章

相逢其实很简单

已是初冬，天冷了。起床的时候，天上就飘着蒙蒙细雨，雨点很小，落在行人脸上，凉凉的，麻麻的。漫天的丝雨飘来飘去，像雾，又像烟。

远远望去，整个世界被漫无边际的烟雨所笼罩，像婀娜的少女穿着洁白的裙纱，在尽情地飘舞。如此的雨景，总会给那些多愁善感的少男少女增添几分忧伤。

上午第一节是项雪菲的语文课。今天，她穿得很时髦，上身是乳白色的羊毛衫，下身是紧身的青色牛仔裤，颜色搭配恰到好处。

窗外的雨景，的确让项雪菲感到了几分神伤，她不喜欢下雨，因为那年的雨季已经给了她太多的伤害。

这节课学的是范仲淹的《岳阳楼记》，大概是窗外雨景与“霪雨霏霏，连月不开”遥相呼应的缘故，项雪菲讲得很投入，大有一气呵成之势。

同学们也都听得认真仔细，大有意犹未尽之感。空中飘落的雨丝注定了今天的语文课能取得最佳授课效果。

项雪菲讲起课来娓娓动听，同学们很是喜欢。她的课的确很美，每次都能让同学们听得入迷。

这时，忽然响起“咚咚”的敲门声。

项雪菲停下来，屋里一片宁静。她放下手中的教案，然后用沾满粉笔末的手开了门。

门口站着一个小伙子，神色有点焦急。就在门打开的那一瞬间，两个人顿时都愣住了。

小伙子眉清目秀，帅气十足，眉宇间透出几分精明与干练，看上去，是一副很阳光的样子。这倒没什么，让人称奇的是，小伙子上身穿着白色的夹克衫，下身也是牛仔裤，颜色搭配居然和项雪菲不谋而合。

项雪菲眨巴着眼睛，愣愣地看了小伙子一会儿，忽然用手指着小伙子，惊讶地说："原来是你！"

这时候，对方也认出了项雪菲，他的脸微微一红，腼腆地说："怎么会是你？"看得出，两个人之前曾经见过面。

项雪菲的嘴角动了几下，似乎有很多话要和小伙子说。可是，全班几十双眼睛正齐刷刷地望着她呢。也不知什么原因，项雪菲猛然感到心里有些慌乱，脸颊也灼热起来，她想起什么似的，急忙问："你……找谁？"

小伙子下意识地往教室里望了一眼，问："岳洋在吗？"原来小伙子是找岳洋的。这时，岳洋已经走过来，惊喜地小声喊道："小舅，你怎么来了？"

小伙子一把拉住岳洋的手，定定地望着项雪菲说："家里有点事，我要接岳洋回去，可以吗？"

项雪菲脑子里一片茫然，其实，她并没有听清楚小伙子说了什么，可还是冲着小伙子连着点了几次头。

小伙子握住项雪菲的手，连声道谢。

项雪菲一脸茫然。

岳洋和小伙子消失在长长的走廊里，项雪菲目送他们远去，心底却莫名其妙地荡起了阵阵涟漪。

岳洋走后，最着急的要数秦小松了。因为明天课外活动，有一场篮球赛，是二班和一班的友谊赛，到时岳洋要是缺席比赛，二班必输无疑。

每次下了课，秦小松都会在教室里重复着那句话：岳洋走了，也没说是啥事，不知什么时候才回来。不过，我相信，岳洋一定不会耽误比赛的。

开始的时候，秦小松每次说完，其他几个篮球队员都会围过来，随声附和着他的话。后来，说得多了，也就没人再理会他。秦小松只好自顾自地继续重复那句话了。

直到下午放学，岳洋也没有回来。秦小松真有点儿着急了，忙往岳洋家里打了电话，竟是无人接听。这一下，秦小松慌了神。

第二天一早，秦小松就来到校门口，他期盼着能在第一时间见到岳洋。可岳洋一直没有出现，上课铃马上要响了，他还迟迟不肯离开，以至于门卫李兵认为他想逃课，一连问了秦小松好多遍是几班的。秦小松是老江湖了，当然不会轻易说出是几班的。

李兵终于沉着脸说："你不说我也知道你是几班的。"

秦小松知道李兵在说谎，笑着说："知道，还问啥？"

李兵说："你整天和岳洋在一块儿，你俩一定是一个班的。"

听到"岳洋"两上字，秦小松急忙凑了上去，说："李大爷，你认识岳洋啊，我就在等他呢。他若是来了，你可让他快点去教室，我正盼着他回来打比赛呢。"

李兵见秦小松是来等岳洋的，脸色也好看了许多，说："好吧，我一见到岳洋，就让他回教室。"

上课的铃声已经响了，依然没有见到岳洋，秦小松彻底失望了。

中午上课的时候，岳洋仍然没有来。秦小松知道岳洋将要缺席下午的比赛了，他先前一直重复的那句话也变了，他逢人就说："这只死山羊，若误了下午的比赛，等他来了，非煮了他不可。"

岳洋果真缺席了那场球赛。

那场球，秦小松几乎玩了命，可是，二班还是输掉了球赛，并且还输得很惨。

中场休息的时候，比分已落下了二十多分，有的队员提出认输算了。可是，秦小松死活不肯，为了提高投篮的命中率，下半场，他居然还戴着眼镜上了阵。

结果，眼镜被对方球员打落在地上，镜片变成了玻璃碎末，镜框不等捡起来，就被运球的队员一脚踩成了麻花。

这场比赛，秦小松成了最大的输家，真是赔了夫人又折兵。

秦小松从球场上一下来，就破口大骂："死山羊来了，我一定煮了他，请大家喝羊肉汤。这个死山羊！"

秦小松一边走，一边骂。回到宿舍，他简单地洗刷了一下，就匆匆向教室走去。

没了眼镜，秦小松仿佛进入一个朦胧的世界，眼前一片模糊，什么都看不清了。

秦小松垂头丧气地上了楼，一到教室门口，气就不打一处来，他一脚踢开门，走进了教室。

同学们都在做作业，屋里静悄悄的。秦小松一进门，就冲着全班同学扯着嗓子喊上了："死山羊来了，我非把他煮了不可，到时请大家喝羊肉汤！"同学们哄堂大笑。

秦小松隐约看见，坐在最前排的一个女生直冲他挤眼，他的两只眼睛瞪得像电灯泡，气愤地对那个女生说："你挤眉弄眼的干什么？等岳洋来了，喝'羊肉汤'吧！"说完，他歪着脑袋回到了座位上。

坐在教室后排的一位"同学"发话了："秦小松，你给别人起绰号的毛病怎么还不改？"

秦小松心里正郁闷着呢，见有人指责他，刚想发作，可一听这声音不太对劲，就眯缝着眼睛，朝那个"同学"走去。

等走近了，秦小松顿时冒出一身冷汗。

原来，那个"同学"是坐在了学生座位上的项雪菲，课间时她就一直在教室后排坐着。

刚才那个女生冲秦小松使眼色，就是想提醒他，项老师在后面坐着呢。可秦小松没了眼镜，眼前模糊一片，什么也没有看到。

秦小松被项雪菲当众狠狠地训斥了一顿。输了球又挨了老师的训，秦小松的心情糟糕到了极点，他像霜打的茄子，无精打采地坐在座位上。

教室里安静下来。项雪菲沉默了片刻，说道："我刚接到岳洋爸爸打来的电话，岳洋急着回去，是因为他乡下的爷爷去世了。那天接岳洋回去时，怕他伤心，所以没当面讲明原因。”

秦小松还沉浸在输球的悲痛之中，对项雪菲的话根本没有听进去。可是，当秦小松听到“岳洋”两个字时，耳朵一下子灵敏起来。

知道了岳洋的爷爷去世的消息，秦小松的胸口猛地揪了一下，忽然有了一种说不出的难过。

他还清晰地记得，不久前，项老师在课堂上读过岳洋的一篇作文，写的就是爷爷的故事。那优美的文字和感人的情节曾让秦小松艳羡不已。

秦小松曾暗想，要是自己也有这么一个和蔼可亲的爷爷该有多好啊！可是，秦小松的爷爷却在自己还没有出生前就死去了，是生病死的。听爸爸说，也不是啥难治的病，老人心疼钱，就是不去医院。那时家里也的确没钱，家人也就没再坚持。

确切地说，秦小松的爷爷是不治而终的。

秦小松想起曾当着全班同学的面大骂岳洋的事，心头猛然有了一种歉疚感。那一刻，他真想抽自己几个嘴巴。他不知道，面对这突如其来的噩耗，岳洋会是什么样子。

岳洋和爷爷的感情是很深的，小时候，爸妈工作忙，他是由爷爷带大的，直到进幼儿园时，岳一博才把岳洋接了回来。爷爷的过世对岳洋的打击实在太大了。

岳洋知道，一个人总会老的，也总有一天会离开这个世界的。可他从来没有想到爷爷会离开人世。爷爷这样和蔼可亲的老人也会死掉吗？岳洋从来没有想过这个问题。

他一直以为，爷爷会永远地活下去，看着自己慢慢长大，考上大学，参加工作……这个想法，岳洋从来都没有怀疑过。在漫长而又短暂的人生旅程中，岳洋第一次经历了与亲人的生死别离，对于一个人来说，这应算是一生中最大的悲痛了。

爷爷悄无声息地走了，这已是不争的事实。岳洋终于懂得了岁月的无情。这突如其来的变故，让他感觉自己一夜间长大了。

岳洋走在去学校的路上，心头一直像压了一块巨大的磨盘，爷爷的音容笑貌放电影似的不停地浮现在脑海里，让他感到悲痛万分。

快到学校了，岳洋用力蹬了几下自行车，下意识地抬头向前望了望，猛然见到校门口有个人正在张望，这个身影真眼熟啊。

这个人是秦小松，他的脸阴沉得像是要下雨，见了岳洋，说道："岳洋……别难过了。"

岳洋停住脚步，只看了秦小松一眼，泪水又差点流下来。秦小松接过岳洋的自行车，见岳洋的眼睛布满了血丝，心里又是一阵难过。

岳洋的话语哽咽了，问："球赛……输了吗？"

秦小松的嗓门儿一下子大了起来："输了又咋了，下次会赢回来的！"

岳洋知道是因为自己的缺阵才输掉比赛的，他禁不住用歉疚的眼神望了秦小松一下。

走过学校不锈钢的电动推拉式大门，岳洋看见刘双寒等人正向自己走过来。看见岳洋，他们喊叫着跑过来。如此情景下，岳洋又是一阵伤心，眼睛顿时变得湿漉漉的。

走进教室，同学们都忽地一下围了上来，七嘴八舌地安慰起岳洋来。

岳洋在座位上坐好，教室渐渐安静下来。他忽然又想起了爷爷，泪水莫名其妙地淌下来。这时，一块洁白的手帕出现在岳洋面前，一个柔美而又低沉的声音说："坚强点，别难过了。"

岳洋猛地一抬头，居然是徐雨婷。也不知是什么原因，徐雨婷的举动让岳洋好一阵感动，蓦然间，泪水愈加流得厉害了。那一刻，伤心难过的岳洋居然猛地感到有股暖流在心头涌动。

岳洋用泪眼感激地望了徐雨婷一下，伸手接过那块雪白的手帕。可是，他并没有用手帕去擦拭满脸的泪水，而是紧紧地把它攥在了手心，生怕会被谁抢了去似的。

时间是医治伤痛的良药。随着日子的一天天过去，岳洋渐渐从悲痛中走出来，很快便投入到了紧张的期末考试复习中，他在班里也开始有说有笑起来，昔日那个活泼开朗的岳洋终于又回来了。

再有一个月就是期末考试了，教室里的气氛也随之紧张起来，同学们起床后就急匆匆往教室跑，放了学，又一溜小跑冲向餐厅，吃过饭再快速往教室赶，完全是“三点一线”式的枯燥无味的生活。

临近期末，各学科的试卷雪片似的向同学们飞来，大家的确有些吃不消，一个个都熬得眼珠上布满红红的血丝，真是苦不堪言。

不止这些，这段时间连老师们的脾气也比平时大了许多，如果哪个同学稍有不慎，或答错问题，或做错作业，或测验成绩不理想，都会招来一顿训斥。更有甚者或许还会被老师叫到办公室进行一番“改造”。真是一段难熬的日子啊！

又是周末，午饭刚过，同学们回宿舍收拾了一下东西，已做好回家的准备，苦苦煎熬了一星期，大家早都归心似箭了。

下午最后一节课是自习，各科老师走马灯似的走进教室布置着周末的作业。同学们早已无心恋战，一个个都装腔作势地在面前摆了一本书，若是老师来了，就象征性地看上一眼，同学们只等着放学铃响。

马上就要放学了。这时，门开了，项雪菲走进来，她先是把周末在家要注意的问题一一做了强调。随后，把手中的一本练习册举在空中扬了扬，故意拉长语调，说道：“布置一下语文学科的家庭作业。”教室里顿时响起一片叹息声。

项雪菲笑呵呵地说：“怎么了？不欢迎语文作业呀。”

刘双寒忽地站了起来，说道：“倒不是不喜欢语文作业，而是周末作业的确太多了，我粗略估算了一下，除了睡觉吃饭，剩下的时间也不一定能完成作业啊！”

项雪菲收住笑，冲刘双寒翻了个白眼，说：“会有那么多?”

“快期末考试了，老师们都快疯了，布置作业特别多！”这时，坐在一旁的徐雨婷顺手挥动了一下手里厚厚的一摞试卷。

岳洋也站了起来，说：“咱班已有一些同学进行作业交易了，帮着完成一张试卷，价码都涨到十块钱了。”说完，岳洋瞟了刘双寒一眼，刘双寒快速地低下了脑袋，再不理这个茬。

项雪菲望着面前的孩子们，猛地感到他们也的确太难了。科目那么多，每科都有作业，压力不言而喻。难道学业成绩对一个孩子的成长来说，真的有那么重要吗?

那一刻，架在孩子们鼻梁上的一副副锃亮的眼镜所发出的白色的光芒，刺痛她那颗跳动不已的心。

项雪菲想了片刻，大声说道：“好吧，这个周末，语文就不布置作业了。”这句话她虽是笑着说的，脸色却很难看。

项雪菲话音刚落，教室里顿时响起暴风雨般的掌声。

项雪菲的脸猛地沉了下来，说：“我知道这段时间作业多，同学们很辛苦，可作业必须要独立完成，绝不允许再有找人代做的现象。”说完，她瞪了刘双寒一眼。

刘双寒把脑袋埋在胸前，大气不敢出一口，同学们瞅着他那副可怜兮兮的样子，都忍不住哄堂大笑起来。

苦日子虽然过得很慢，但总有一天会过去的，期末考试终于如期进行。两天时间，紧张又忙碌的期末考试完成了，走出考场，大家如释重负，一身轻松。煎熬过后，等待他们的将是一个快乐的寒假。

考试成绩出来了，全班第一名的桂冠，毫无悬念地被徐雨婷摘走。岳洋考取了全班第二名的成绩，这个成绩对岳洋来说，已是很满意了，和以往的考试相比，这足以让爸妈兴奋一阵子。

岳洋心里别提有多高兴了。

就要放寒假了，同学们欣喜若狂。苦尽甘来，寒假，对同学来说，当然是一年中最美好的时光了。

岳洋收拾好书包，跟班里几个要好的哥们儿正说笑着，这时，刚从教室外面走进来的徐雨婷大声喊道：“岳洋，项老师有请!”

见是项老师找他，岳洋急忙放下书包，转身向门外走去。

办公室静悄悄的，里面只有项雪菲一个人，她正埋头忙着准备明天开家长会的材料，见岳洋走进来，笑了笑，说：“这次考得不错，继续努力啊。”顿了一下，她又眨着眼睛，问：“假期有什么打算？”

岳洋笑笑，用手搔了搔头皮，说：“还没想好呢。”

项雪菲抬头望了岳洋一眼，似乎还有什么话要说。她眨了一下眼睛，心不在焉地说：“等想好了，给我打电话，先回去吧，回家路上要注意安全。”说这话时，项雪菲脸上的表情怪怪的，仿佛有什么心事。

岳洋低着头，慢腾腾地向门外走去，就为这事让我来办公室？项老师一定还有别的事！项雪菲刚才欲言又止的样子，让岳洋感到有些莫名其妙。

果不出岳洋所料，他刚走出办公室，就听到项雪菲在身后喊道：“岳洋，你再等一下。”

项雪菲怔怔地看着岳洋。岳洋问：“项老师，您还有其他事吗？”

项雪菲忙说：“没事，没事了。”

岳洋满脸疑惑，问：“没事，您叫我回来干什么？”

“噢，是有点事。”项雪菲一副如梦方醒的样子，问，“上次到课堂上接你回去的，是你舅舅，对吗？”

岳洋有些奇怪，项老师问这事做什么？可是，那一刻又容不得他多想，他忙说：“是，他是我小舅。”

项雪菲停了片刻，才问道：“你有他的电话号码吗？”

岳洋连声说：“有，有！有什么事吗？”

项雪菲并没有回答岳洋的话，她依然笑着，脸上微微露出一些红晕。岳洋似懂非懂地看着项雪菲，他实在无法读懂写在项雪菲脸上的那些莫名其妙的羞涩。

过了片刻，他像明白了什么似的，急忙抓起桌上的碳素笔快速地写下了一串数字，说：“这是小舅的手机号码。”

项雪菲目不斜视地看着纸上的那个号码，笑眯眯地对岳洋说：“好，你回去吧。”

望着岳洋离去的身影，三年前的那桩让她刻骨铭心的往事，又在项雪菲的脑海中翻腾起来。

那年，项雪菲刚从师范大学毕业，在爸妈的再三请求下，她终于放弃了报考研究生的计划，回到了她长大的这座城市。凑巧的是，市里正好要公开招考一批事业单位工作人员，其中就有一百多名教师，这个消息让项雪菲兴奋异常，能成为一名教师是项雪菲多年以来的梦想，于是她报了名。

后来得知，这次报考的人数非常多，仅报考教师职位的就有两千余人，被录取的难度可想而知。

报完名，项雪菲就全身心地投入到了紧张的复习备考中。考试时间日益临近，尽管困难重重，可项雪菲自我感觉还不错，她信心满满的。

考试这一天，项雪菲起了个早，吃过早饭，收拾完毕后，她骑着单车上路了。本来距离考点“市职业学院”只是几站公交车的路程，乘坐公交车或是打的都是极方便的。可是，骑单车出行，已成为项雪菲的一种习惯。

项雪菲出门时，天还比较早，马路上的车辆和行人不是很多，空气也显得有一些清新。赶早开张的店铺门口已放起了悦耳的音乐，那动人的旋律给原本有些冷清的街道或多或少地增添了一些温婉。

时间尚早，项雪菲慢悠悠地骑着单车行驶在马路的人行道上，来往的车辆从她身边快速驶过，她晃动着身体躲闪着驶过的机动车，脑子里却放幻灯似的回顾着每一道考题。

有些事来得总是那么突然，一辆摩托车忽然从后面急驰而来，项雪菲有些措手不及，她毫无防备，急忙下意识地往路边闪去。

尽管她的反应足够敏捷了，可是，那辆蓝色摩托车是故意冲她来的，粗壮的车轮冲着她的单车撞了过去。摩托车长了眼睛似的，分毫不差地撞在单车的后轮上。

项雪菲的车轮卡在路边的岩石上动弹不了，情急之下她连人带车摔倒在地上。

让项雪菲意想不到的是，见她已摔倒在地，摩托车后座上倏地跳下一个戴着头盔的男子，那人非但不去扶起倒在地上的项雪菲，反而大声喊道：“你是怎么走路的，不长眼睛吗?”说完，男子快速地抢走项雪菲肩上的背包。

那个男子飞身跨上车后座，摩托车疯了似的向远处驶去。

这一连串的事情几乎是在眨眼间完成的，项雪菲顿时明白了，她遇到抢包贼了！

项雪菲站起身，活动了一下四肢，发现自己并未受伤。她扶起已被摩托车撞得扭曲变形的单车，惊魂未定地站在马路边不知所措。

这时候，项雪菲才忽地想起，被抢走的包里除了手机外，还有几百块钱。这些倒是无所谓，重要的是准考证和身份证全在里面。马上就要考试了，没了这两样东西，自己连考场都进不去呀。辛辛苦苦复习了这么长时间是小事，这次考试的机会多么难得啊！难道就这样错过了？谁知道等到哪年哪月才会再有这样的招考机会呀？

项雪菲气得直跺脚，她歇斯底里地冲远去的摩托车大声叫喊："快把我的包留下！"

贼人已走远，哪里还听得见。无助的泪水从项雪菲的脸上流下来。

不一会儿，项雪菲四周已围满许多的看客，他们都愣愣地站在旁边指手画脚地相互议论，竟然没有一个人去追赶贼人。

就在项雪菲茫然无助之际，又是一辆摩托车嘎的一声停在了项雪菲的身边。

一朝被蛇咬，十年怕井绳。项雪菲下意识地闪在了一边。大家发现，来的是一名交警，那人戴着头盔，虽然看不清对方的面目，可看得出是个小伙子。

他简单了解了一下情况，连摩托车都来不及下，就大声地对项雪菲说："你先到考点等我，待会儿我把包送过去！"说完，那人骑着摩托车一阵风似的向抢包贼逃跑的方向追去。

从惊吓中刚刚缓过神来的项雪菲，望着疾驰远去的摩托车，心里缓缓升起了一线希望。

过了片刻，项雪菲心间原本就非常渺小的希望，又肥皂泡似的瞬间破灭了。她暗想，贼人已走出那么远，还能追得上吗？即便是追上，抢包贼是两个人，交警只有一个人，能制伏他们吗？渐渐地，项雪菲开始替那个年轻的交通警察担心起来。

围观的行人渐渐散去，路边只剩下项雪菲一个人，路两侧已渐渐恢复了之前的平静，除了贼人的摩托车留在马路边上的那道黑色的车痕和严重受损的单车外，这里似乎什么事都没发生过。

项雪菲已别无选择，只有把所有希望寄托在那个年轻的交警身上，于是，她先把单车送到了附近的一个维修店，然后打车向“市职业学院”赶去。

市职业学院的门口停满了车辆，偌大的校园广场上聚满了考生，有的在商讨着考题，有的在复习着功课，有的在放松心情……考生们都是一副如临大敌的样子。

项雪菲心情糟糕到了极点，一向要强的她，是很少流泪的。项雪菲不喜欢眼泪，也从来不相信眼泪，她知道，眼泪是不能解决任何问题的。可是，此时此刻，项雪菲却像换了个人似的，眼泪一个劲地往下淌。

她曾不止一次地暗示自己，镇静点，别再流泪了，事情总会过去的。可是，项雪菲糟糕的心情却没有丝毫的改变。

项雪菲把唯一希望全部寄托在那个交警身上，可是，这个让她坚持留在考点继续苦苦等待的希望，又是何等的渺茫啊！时间一分一秒地过去，那个交通警察依然没有出现。

项雪菲暗暗地想，如果运气好，即便是能找回准考证，怕是也耽误考试了。况且，能不能找回准考证，目前还是个未知数。

项雪菲又转念一想，万一交通警察制伏不了那两个贼人怎么办？自己总想着找回准考证的事，那个交警万一有个三长两短，咋办？想到此，项雪菲愈加惶恐不安。她在心底默默呼唤，警察同志，你快点回来呀。只要你能平安归来，即使找不回准考证也好。

过了片刻，项雪菲好像累了，她慌恐地一屁股坐在了广场一角的大理石上。向来爱干净的她，已顾不上满地的灰尘了。

一阵刺耳的铃声响了起来，考生们纷纷收起手里的复习资料，开始向大楼的门口涌去。广场上的考生都陆续地走进教学楼，四周顿时变得空荡荡的。

她孤零零地站在广场上，望眼欲穿地盯着学校的大门口，期盼着奇迹的出现。

等考生入场的铃声响过，也不见那个交警出现。项雪菲彻底绝望了。

这时候，项雪菲猛然想起，她还记得自己的考场和座号，若是和监考老师讲明情况，或许会让她先进行考试的，到时找回了准考证，一切就万事大吉了。

项雪菲抱着试试看的念头，来到考场的入口。

不等她开口说话，一个胸前挂着工作人员标志牌的中年男子拦住了她，示意项雪菲出示准考证和身份证，项雪菲一脸为难地向男子说明了情况。尽管男子表示很同情，可他还是很坚决地冲着项雪菲摆了摆手。意思再明确不过，没有准考证和身份证，谁也不能进去。

连眼前的入口都难以通过，更别说进入考场考试了。项雪菲绝望地退了回来。这时，开考的铃声响了。她知道，考生们已飞快地开始答题。

铃声还在响着，就在这时，奇迹终于出现了。

一个身着警服的小伙子飞快地向项雪菲跑来，是他！项雪菲的心几乎要从她的胸腔里蹦出来，她快步迎了过去。

项雪菲清晰地看到，警察中等个头，长得很英俊，圆脸，短发，看上去，虎头虎脑的样子。他满头是汗，脸上还有一道被抓破的伤痕，不用问就知道，这一定是和歹徒打斗的过程中留下来的。

见到项雪菲，他一句话也没说，只是呼哧呼哧地喘着粗气，两手把白色真皮背包递到了项雪菲面前。项雪菲一句话也没说，只是眼泪哗哗地往下淌。

项雪菲多么想说一句感谢的话呀！可是，她的喉咙像被堵住了似的，一句话也说不出来。

项雪菲接过背包，百感交集，一时间竟忘记了考试已经开始。警察大口地喘着粗气，说："误点了……快去考试吧……考完……再去派出所录口供吧。"

这时，项雪菲才回过神来，她想说点什么，可是她哽咽着说不出一句话。于是只冲着警察点了点头，然后掉头向考场跑去。

这次考试，项雪菲虽然遭遇了"抢包事件"，可丝毫没有影响到她在考场内的发挥。项雪菲居然以优异的成绩入了围，并且还通过了最后的面试。她终于梦想成真，成为一名中学教师。

项雪菲考试完成后，就急匆匆地去了派出所。录口供，惩治歹徒，对她来说并不是最重要的，重要的是，项雪菲想立刻见到那个警察，当面向他致谢。

当项雪菲兴冲冲地走进派出所的时候，想不到，接待她的并不是那位交通警察。

后来，经多方打听，才知道那位挺身而出的交警叫袁波，去年大学毕业后，也是通过招考到市交警队上班的。

项雪菲买了一大包礼品，到交警队找到袁波当面致谢，可袁波红着脸连人带东西一块儿推出了门外，还不止一次地说："这点小事，是我应该做的，这本来就是我的工作。"

话虽这样说，可项雪菲心里一直感激着袁波。

事情已过去三年了。时光的流逝，生活的奔波，让这件事在项雪菲的记忆硬盘中渐渐淡忘，袁波潇洒英俊的身影也在她的视线里渐行渐远。

事情竟是如此凑巧，想不到那天到教室里接走岳洋的就是袁波，更想不到的是，袁波还是岳洋的舅舅。

袁波的出现，让项雪菲原本平静的心河再次荡起涟漪。

相聚不需要太多理由，生命原本就是一种缘分。一个人苦苦追寻的未必能得到，朝思暮想的也未必会出现。缘分不是巧合，你所牵挂的人，随着时光的年轮渐渐走远时，两个人却毫无征兆地不期而遇了。彼此挂念，是前世修来的缘，是五百次回眸凝望换来了今生今世的牵手走过，是千年不变的等待铸成了两颗心的默默相守。

项雪菲从来不相信什么缘分之说。可是，自从袁波从学校接走岳洋，她终于信了。

项雪菲忙起工作来，像高速运转的机器，半点空闲也没有。这个学期的工作即将结束，学生就要放假回家了，项雪菲终于如释重负，感到一身轻松。于是她有了找袁波单独见个面的念头。此时此刻，项雪菲似乎有许许多多的话要和袁波说。

项雪菲把袁波的手机号，小心翼翼地存进了手机的通讯录。

学生已经离校，明天开完家长会，项雪菲也就彻底自由了。为了顺利开好家长会，项雪菲没有顾得上吃晚饭，直到夜色降临才记起，妈妈曾打电话来，等她回家吃晚饭。

腊月的夜晚很冷，寒风刺骨，她骑着单车，孤零零地消失在了寒冷的夜色中。

第二天，项雪菲又是第一个到校的，她走进教室，仔细地查看着教室的每一个角落，直到确定没有什么不妥，才从包里取出一大摞信封。她把信封再一次清点了一遍，生怕缺了谁的。

其实，从昨天晚上开始，她已记不清这是第几次清点信封了。项雪菲做事一向缜密，生怕会出现差错，在全体家长面前出丑。

这些信封是八年级二班全体同学给自己的爸爸和妈妈写的一封信，题目是《我想和爸妈说》。项雪菲希望通过这封信，让家长和孩子们进行一次心灵上的沟通，她要求学生把藏在内心深处的真实话语写出来，为保密起见，信写完后，都用胶水密封了起来。

在项雪菲看来，这封信的作用是至关重要的，现在家长和孩子心灵上的沟通实在是太少了。孩子在家长眼里是永远的孩子，家长在孩子眼里是永远的家长，彼此间很少平等地进行交流。

家长对孩子从来都不缺少关爱，缺少的恰恰是朋友式的心灵之间的交流和互动。这样的交流，语言的效果是十分有限的，只有通过文字的形式才可以产生震撼心灵的奇效。有时候，文字的力量是强大无比的。

项雪菲把书信一封一封地放进了学生课桌的抽屉里，每放进一个信封，她都要认真核对学生的名字，生怕出现什么差错。

项雪菲把最后一个信封放入抽屉时，竟然突发奇想，萌生了也给自己的爸妈写封信的念头。

项雪菲的爸妈都是市纺织厂的工人，爸爸年龄大了，在厂里的信件收发室工作，因妈妈身体不太好，两个人都提前内退了，在家里闲着。老两口儿就项雪菲这一个宝贝女儿，最关心的事当然是项雪菲的终身大事。

每次回家，项大妈必问的一句话就是，谈对象了没有？这句话，项雪菲早就听烦了。为此，她甚至都有点害怕回家了。直到有一次，她被问急了，冲着妈妈大声喊道："再问这个问题，我可就搬出去住了！"

别说，自从那次后，妈妈真的很少再提这件事了。这样一来，项雪菲回家后自然消停了一些。可是，每次见到妈妈那黯然神伤的样子，她反而愈加感到心里不是滋味了。

有些家长已陆续来到教室，他们和项雪菲并不陌生，一见面就亲昵地和项雪菲了解起自己孩子的情况。项雪菲被家长们围了个水泄不通，她只好把两只手高高地举在半空，大声喊："大家先在自己孩子的位子上坐好，待会儿你们将会有意外的惊喜。"

家长们倒也听话，一个个都在座位上坐好了。

项雪菲环视了一下教室，发现家长来得已差不多了。当她看见第四排还有一个座位仍然空着时，心里禁不住有一些纳闷，岳洋的爸妈每次家长会都是来得最早的，这一次岳洋的考试成绩在班里是极其优秀的，没有理由到现在还没来呀！

又过了片刻，仍不见岳一博出现。

项雪菲下意识地看了看表，时间已经到了。"不等了，开始吧。"项雪菲边说，边往讲台上走。

这时，门口忽然出现了一个小伙子，他张开的双臂扶着门框，正大口地喘着粗气。

项雪菲第一反应就是，肯定是走错了教室的其他班级的家长。可是，当她仔细看时，心跳骤然加快起来，脸颊也变得有些灼热。

门口的小伙子竟然是岳洋的舅舅——袁波。

项雪菲半晌儿没有反应过来，她愣愣地看着袁波，一时间竟不知说什么好。袁波长长地喘了一口气，满脸歉意地说："对不起……我……来晚了。"

这时，项雪菲才回过神来，她欣喜地冲袁波笑了笑，说："你是替岳洋开家长会来了吧，快进来!"

说完，她快步向前，怕袁波跑了似的，伸出右手想把他拽进来。手臂伸出去了，才意识到教室里还坐着几十个家长呢，她顿时感到不妥，只好一脸窘态地顺势把手臂伸开做出了一个有请的姿势。

袁波快步走进教室，满脸谦意地环视了一下已坐好的家长们。

袁波的出现，是项雪菲始料未及的。她从岳洋那里打听到袁波的手机号码，本来是想过几天打电话约袁波单独见个面的。可是，他却突然出现在了家长会上。

今天来的家长，有机关干部，有个体老板，有普通职工，也有教师。徐雨婷的妈妈今天就参加了家长会，她是市重点高中的教师，并且还多年担任毕业班的班主任工作。

面对各种职业的学生家长，每次开家长会项雪菲都能坦然面对。

可是，今天袁波的到来，却让项雪菲感到有一些紧张。她的胸口像藏了一只小兔子，咚咚跳个不停。项雪菲曾多次暗示自己镇静一点，内心深处却怎么也难以平静下来。

家长会开始了，项雪菲也渐渐进入角色，她的话语充满了感染力，简短的几句开场白，就已经征服了在场的所有家长。

家长会的第一项内容，是项雪菲刚才所说的给家长的惊喜，就是放在抽屉里的孩子给爸妈写的书信。

这项议程的效果的确很好，家长们争先恐后地歪着脑袋从抽屉里找出孩子的亲笔信，小心翼翼地撕开信封，认认真真地看了起来。教室忽然安静下来，那独特的宁静，让项雪菲感到有些意外。她发现有些家长把信读完后，又继续读起了第二遍。

想不到，读完孩子的信后，有几个家长，尤其是当妈妈的，眼圈都红了，有的还在偷偷地抹眼泪。

此种情景下，项雪菲心里也有一种酸楚的感觉。她也想起了自己的妈妈，的确，她心里也有许多话要和妈妈说。

家长会开得很顺利，项雪菲把每个孩子的情况都做了简要的介绍，每当谈到自己的孩子，家长都生怕落下一个字，把耳朵竖得老高，有的还不停地做笔记。

家长会的最后一项内容，是项雪菲代表学校向家长征求学校工作的建设性意见。这一下，教室里热闹起来，尤其是当妈妈的家长，她们叽叽喳喳地说个没完。

刘双寒的妈妈黄美丽，穿着雍容华贵，一身流光溢彩，她微胖的脸蛋沾满了浓香的化妆品，那张涂满了口红的小嘴，问题一个接一个："孩子正长身体，伙房的饭菜又难吃，为啥不让往学校带零食呢？""连手机都不允许带，和孩子联系起来也不方便啊，项老师你可要把这个问题反映一下呀……"

问题实在太多，还真把项雪菲搞了个手忙脚乱。不过，通过项雪菲耐心地解答，教室里也渐渐恢复了平静。

家长会就要结束了，项雪菲做完总结发言后，说："散会后，岳洋的家长留一下。"别看项雪菲说这话的时候是一副轻描淡写的样子，其实，留下袁波，是她临时决定的。说这句话时，她的脸上像是有团火在熊熊燃烧。

留下袁波做什么？单独向他介绍岳洋的在校情况，还是因为袁波帮过自己？只是单独留下岳洋的家长，其他家长又会怎么想？这些问题，项雪菲已来不及考虑。在她看来，袁波的出现，是千载难逢的机会，她无论如何也不能让袁波从自己面前走掉了。

听见项雪菲要留下岳洋的家长，袁波也有一些吃惊，他睁大眼睛看着项雪菲，木木地点了点头。其实，对于一个家长来说，能被老师单独留下，又是一件多么求之不得的事情啊。

项雪菲宣布家长会结束，家长们开始陆续离开了，可仍有部分家长围住项雪菲，继续询问起孩子在学校的情况。

近午时分，家长们终于陆续离开了，教室里的学生家长只剩下黄美丽和袁波。黄美丽拉着项雪菲的手，亲昵地问起了刘双寒的情况。

黄美丽问题一个接一个，刚开始项雪菲对每个问题都是耐心解答。袁波还在旁边等着呢，她见黄美丽丝毫没有离去的意思，也渐渐没了耐心。

其他班级的家长会大都结束了，外面静了下来。项雪菲看了一下表，有些不耐烦地说："天不早了，对于刘双寒同学的问题，我们以后找时间再聊好吗？"

黄美丽仍然没有离开的意思，拉住项雪菲的手说："中午我请客，咱们边吃边聊！"说完，她拽着项雪菲就往外走。

项雪菲瞅了一眼旁边的袁波，沉下脸来说："千万别，你知道我是不会参加家长的吃请的！今天我还有事，只能改天再聊了。"

项雪菲从不参加学生家长的吃请，是每个家长都知道的。黄美丽失望地看了看项雪菲，又说了些客套话，才一步一回头地走出教室。

教室里只剩下了项雪菲和袁波，两个人沉默了片刻，项雪菲莞尔一笑："人家都是爸妈来开家长会，你这当舅舅的咋来了？"

见被单独留下，袁波有些担心，问："项老师，岳洋这孩子让您操心了，这次他非要让我来参加家长会，不会是出了什么事怕让他爸妈知道吧？"

听了袁波的话，项雪菲猛地意识到了什么。昨天她向岳洋询问了袁波的电话号码，今天就"安排"袁波来参加家长会。这个鬼精儿，原来他已看透我的心思。想到此，项雪菲脸上飞过一丝不易被人察觉的红晕。

项雪菲笑了笑，说："岳洋没事，他很优秀。留下你，是我想和你单独聊聊。"

袁波先是愣了一下，随后，笑着说："好啊，今天我请客，找个地方慢慢聊，怎么样？"

项雪菲咯咯地笑了起来，说："我是不会接受学生家长吃请的！你是我的恩人呢，我一直想报答你还没来得及，还是我请吧。”

袁波笑着说：“咱别争了，AA 制怎么样？”

项雪菲并未说话，她愣愣地看着袁波，直到把袁波看得不好意思地低下了头。

第
5
章

谁的眼泪在飞

假期是一年中最美好的时光，这些时间，同学们尽管有许多辅导班要上，可毕竟晚上有了充足的睡眠，还能每时每刻感受到家的温馨。闲暇之余，还可以读课外书，看电视，玩扑克，下棋，甚至还可以打开电脑上网玩游戏。

幸福的时光过得总是飞快，鞭炮声响过，传统节日春节过后，每个人的年龄又长了一岁。转眼，又是新学期开始。

岳洋骑着单车早早地来到学校。走进教室，大家一个个都换上了过年的新衣裳。短短几十天没见，一个个仿佛都长大了许多。同学们神采飞扬，意气风发，见面后，彼此间总有说不完的话，都三五成群地尽情闲聊着假期的见闻。

开学第一天，学校还处在一个比较松散的状态，就像一台放久了的机器，所有的部件都尚未高速运转起来。

同学们到校后，也没什么要紧的事，不过是打扫一下环境卫生，然后再做一些开学前的准备。因此，教室里的说笑声此起彼伏，久久难以平静。

上课时间快到了。岳洋有一些纳闷，向来到校非常准时的叶小霜，却还没有来。岳洋从抽屉里，拿出抹布再次仔细地把叶小霜的课桌擦了一遍。

随后，他又站起身，伸着脖子透过窗户向外面望了望，窗外有几个刚到校的老师正慢腾腾地向教学楼走来，并没有看到叶小霜的身影。

上课铃响了。

岳洋有点沉不住气，急忙站起来，挥动着两只手臂，大声喊道："有谁知道叶小霜今天为啥没来上学?"

教室忽然静了下来。大家你看看我，我看看你，然后都各自摇了摇头。

看来，没人知道叶小霜缺课的原因。岳洋愈加感到奇怪，即便叶小霜生病或是有什么事，她都会请假的，凡是请假的同学，项老师会在第一时间告诉自己的。可刚才在走廊上遇见项老师，她并没有提到叶小霜请假的事啊。难道项老师也不知道叶小霜缺课?

刘双寒急匆匆地从座位上站起来，走到岳洋身边，一脸焦急地问："叶小霜不会有什么事吧，要不咱们到外面找找她? 看门的老头跟你关系不错，你打个招呼，我去找，怎么样?"

岳洋白了刘双寒一眼，说道："我先跟项老师汇报一下吧，说不定她知道叶小霜为啥没来上学。"

刘双寒一脸凝重地看着岳洋，说："好吧，你可要快点问啊。"说这些话时，刘双寒是一副忧心忡忡的样子。

秦小松笑眯眯地望了刘双寒一眼，用又尖又细的腔调高声喊道："叶小霜一定是生病了，刘双寒要是关心她，就去探望一下人家嘛。"说完，他咧着嘴"哧哧"地笑起来。

刘双寒大声喊道："秦小松，你闭嘴!"

岳洋也扭头瞪了秦小松一眼，说："秦小松，你别胡说。"

秦小松看了一眼岳洋，冲他做个鬼脸，然后规规矩矩地坐好了。

教室安静下来，同学们开始做起自己的事情。

岳洋起身刚想去办公室跟项雪菲汇报叶小霜没来上学的事，教室的门开了，项雪菲走了进来。今天她穿了一身浅蓝色套装，显得愈加年轻漂亮。

同学们的目光齐刷刷地落在项雪菲身上，她脸上很平静，除了淡淡的微笑，没有任何表情。

岳洋原本想从项雪菲的脸上瞧出点什么，可是，他一无所获。项雪菲环视一下四周，把手中的记录本随手放在讲桌上，说："学校刚才召开了班主任会，我来晚了。"

同学们都抬起头，睁大眼睛凝视着项雪菲白皙的脸，似乎要从她那漠然的表情里读出点儿什么似的。

项雪菲的表情变得有些凝重，说："大家寒假过得还好吧？今天开学了，该把心思收到功课上来了。"说完，她朝着同学们呵呵一笑。

岳洋终于忍不住了，忽地站了起来，问道："项老师，叶小霜今天没来上课，不知道向您请假了没有？"

项雪菲看了岳洋一眼，连忙说："叶小霜的妈妈给我打过电话了。"说完，她便不再说话，她并没有立即说出叶小霜没来上课的原因。

此刻，同学们像是预感到了什么，目光再一次整齐地盯着项雪菲，静等她后面的话。

项雪菲停顿了一下，接下来的话有些断断续续，说："叶小霜……她这学期要转学了。"

教室愈加沉静，静得几乎要让人窒息。

项雪菲接着说道："叶小霜是个懂事的孩子，她学习刻苦，爱帮助人，特别能吃苦。她要转学，也是不得已的事，我和同学们的心情是一样的，舍不得她呀。"

秦小松沉不住气了，问道："项老师，叶小霜转到哪个学校了？"

项雪菲看了一眼秦小松，说："是乡下老家的一所中学。"

"为什么要回乡下呢？在这里不是挺好嘛。"岳洋接过话头，问道。

项雪菲用充满伤感的话语说："大家都知道，叶小霜的妈妈原本是一家服装加工企业的职工，可自全球性金融危机以来，公司的效益一直不好，职工的工资收入很不稳定，房租和物价却直线上升。小霜的妈妈有些吃不消，才决定回乡下的。"

"难道不能说服叶阿姨，让叶小霜留下来读书吗？"岳洋迫不及待地说。

叶小霜的妈妈叫叶文娟，以前，叶小霜生病时，岳洋和班里的同学曾探望过她，见过叶文娟。因此，岳洋和班里的同学都称呼她叶阿姨。

项雪菲叹了口气，说："叶小霜转学走了，我和同学们的心情是一样的，也不想她离开我们这个班集体。昨天我和小霜的妈妈在电话里谈了很长时间，也极力挽留过小霜。可小霜妈妈已决定了，她的态度很坚决。"

教室里又是一阵宁静。

接下来，项雪菲又说道："虽然叶小霜走了，可她身上那股特有的优秀品质会在八年级二班永存下来的。咱班有不少同学身上还存在着不少坏习惯，大家应该多向叶小霜学习啊！"

随后，项雪菲又在班里讲了许多开学后应该注意的事项，直到下课铃响的时候，她才收起笔记本，准备离开教室。

这时，岳洋忽然站了起来，问："项老师，叶小霜临走前，还回来和我们道别吗？"

项雪菲停住脚步，定定地望着岳洋，说道："不回来了，叶小霜走得很急，时间也紧，春节前她就回老家了。"

新学期开学的喜庆气氛顿时被叶小霜转学的消息吹得没了踪影。岳洋懒散地坐在位子上，满脑子都是叶小霜的身影，昔日他身边坐着的那个文静的女孩，已离他而去，他的心里变得空落落的。

吃过午饭，岳洋正准备回教室，这时猛然想起在餐厅吃饭时，没有见到刘双寒。刘双寒曾让他给叶小霜送过信件。今天叶小霜没到校，最着急的还是刘双寒。叶小霜转学走了，刘双寒应该比任何一个同学都难过。他没来吃午饭，会到哪儿去了呢？

春节刚过，天气还有些冷，虽是午后，可是，凄冷的西北风打在人的脸上，像刀子划过。

岳洋打了个冷战，下意识地加快脚步。操场上空荡荡的，岳洋远远地看见，在操场一侧的看台上，坐着一个孤零零的身影，这个人正是刘双寒。

岳洋快速地跑了过去，他一边跑，一边喊："双寒，原来你在这儿，快吃饭去！"

岳洋来到刘双寒面前，刘双寒似乎被冰冷的天气冻成了冰雕，他瑟缩着身体待在寒风中，一动不动。

见到岳洋，他只是把埋在胸前的脑袋，缓缓地抬了起来。岳洋清晰地看见刘双寒的眼里盈满泪水。不知什么原因，看到刘双寒的样子，岳洋的眼睛酸酸的，忽然也有了一种想流泪的感觉。

岳洋紧挨着刘双寒，坐在了冷冰冰的看台上，说："别难过，小霜的离开，同学们都舍不得，相信以后我们还会见面的。先去吃饭吧。"刘双寒仿佛根本没有听到岳洋的话，依然静静地坐在那里，一动不动。

岳洋见刘双寒对自己根本不理睬，也着急了，他忽地站了起来，大声吼道："刘双寒，难道叶小霜对你来说真的那么重要吗?"

岳洋的这句话，像一支忽然注入刘双寒体内的强心剂，他猛地抬起头，瞪大了两只红红的泪眼，大声怒吼："真的很重要！怎么了?"

刘双寒像一只愤怒的笨笨熊，死死地盯着岳洋。岳洋见刘双寒真的生了气，他本想再说点什么，可是，嘴角嚅动了几下，再没有说一句话。

人生最痛苦的事，莫过于别离了。每个人都会有离别的时刻，曾经的欢声笑语，曾经的朝夕相处……还有那些年的无数个约定……将会随着汽笛的长鸣，一切都远去了，友谊的相册上除了挥之不去的牵挂和思念，斑驳的回忆里还有伤害和泪水。

让岳洋想不到的是，刘双寒突然把两只手捂在脸上放声大哭起来，晶莹的泪珠从他的脸上飘落。岳洋开始后悔自己刚才说的那些话，他像是犯下了不可饶恕的错误，默默地坐在刘双寒的旁边，一声不响地用一只手轻轻拍打着刘双寒的后背。

时间是个不懂礼貌的家伙，总是连个招呼都不打，就在不经意间悄然而去。转眼已是阳春三月。

每年的"三八"妇女节，学校都要给全校的女教工放半天假，还要给她们发放一些化妆品之类的节日礼物，这是学校多年来的惯例。

今年与往年相比，学校要重视得多。距离三月八日还有好几天，校园里就早早地打出了"祝全校女教工节日愉快"之类的条幅，就连楼外电子屏上来回滚动的字幕也全都变成了与"妇女节"有关的内容。

之所以这样，是因为学校几天前就接到教育局的通知，“三八节”这天有市领导来学校调研，还要和部分女教师一起座谈。为这件事，吴校长已接连主持召开了好几个专题会，布置会场，安排接待，打扫卫生，准备发言稿……学校上下是一副严阵以待的架势。

这次座谈会需要几名女教师代表做典型发言。项雪菲年轻漂亮，形象好，口才又是首屈一指的，她第一个就被吴校长挑中了。

椭圆形会议桌上摆满了青翠欲滴的花草，桌子上也摆放了各种水果，在每个座位前方摆放了印有与会人员名字的桌牌。刻意装扮过的会议室，给人一种喜庆与清新的感觉。

座谈会定在上午九时开始，除了参加座谈的女教工，学校的领导们也都提前来到了会议室。

向来穿着比较随便的吴校长，今天却是西装革履。吴校长等人走进会议室时，项雪菲她们早已依次坐好。

吴校长把手中的记录本放在桌子上，又不放心地往两侧瞅了瞅，直到确定没有什么不妥，才打开记录本，边埋头思索，边在本子上飞快地写着什么。

几分钟后，吴校长看了下手表，然后起身向门外走去。

今天项雪菲穿了一件淡蓝色羊毛衫，还用一个青色的蝴蝶结收住了满头的秀发，这身打扮让她显得更富有朝气。

参加工作以来，项雪菲还是第一次参加规格如此高的座谈会，心里有些紧张是难免的。她一坐下来，就拿出发言稿一遍遍地查看起来。

随着门外的一阵躁动，吴校长陪着一行几个人陆续走进了会议室。

大家知道是市里的领导来了，于是都起身鼓掌相迎。媒体记者的闪光灯亮了起来，几个人鱼贯而入，各自落座。

为首的是个五十来岁的男子，他中等身材，穿着很讲究，鼻梁上还架着一副金丝眼镜，是一副文质彬彬的模样。不用吴校长介绍，在座的很多人都知道这个人就是张副市长，他是市电视台新闻节目里的常客。

项雪菲正埋头核对着发言稿，见到吴校长一行人进来，她下意识地起身跟着鼓了几下掌，脑子里想的却是发言稿的内容。她并没注意到来的是什么样的领导。

她抬起头来细看时，看到了写着“张军”两个字的桌牌。

项雪菲仿佛突然遭了电击，脸色一下子变得煞白，脑袋也嗡嗡地响个不停。他暗暗地想：“怎么会是他?”

会议已经开始，吴校长抑扬顿挫地讲着话。

项雪菲一脸惘然，一个字也没有听进去。几年前的那桩陈年往事，又跃然出现在她的眼前。

那年，项雪菲读大二，她不顾爸妈的反对，一门心思要考研究生。

为能顺利通过研究生考试，项雪菲就提前利用业余时间进行复习。她除了经常到图书馆去查阅资料外，还时常去书店购买相关的考试用书。

那是一个春寒乍暖的三月，周末的阳光分外明丽，吃过早饭，项雪菲就乘坐公交车来到位于市中心的新华书店。听说书店新进了一批图书，其中就有《唐宋词通论》，数量不是很多。为买这本书，她已专门跑了几次书店，但是都没买到。

不知从何时起，读书已悄然成为一种时尚，读书的人多了，买书的人也多了。

书籍，已经成为衡量一座城市文明与否的重要标志。难怪有人说，走进一座城市，先去书店转一转，若是生意红火，不用说这必将是一个文明程度很高的城市。书店里若是冷冷清清，文明也就无从谈起了。一个爱读书的城市该是多么富有生机和充满希望啊!

新华书店还是八十年代的旧建筑，很有一些古色古香的味道。尽管这些年城区的角角落落都有新开张的书店，书的价格和新华书店相比也有不同的打折，但是，新华书店的顾客依然是有增无减。

项雪菲拾级而上，走进书店大门，里面已聚集了很多顾客，有的站在书架旁挑选书，有的坐在条形椅子上看书，还有一些小学生干脆捧着书蹲在地上如饥似渴地看起来。

项雪菲快速地穿过静谧的书店长廊，登上楼梯直接冲着“古代文学史”图书区走去。

畅游在书的海洋，项雪菲便有了一种兴奋不已的感觉，她缓缓地从一个个书架旁走过，仔细地查找着那本《唐宋词通论》，一边查看，她还时不时地把一些图书从书架上抽下来，爱不释手地翻看一番。

“古代文学史”图书区的所有书架，项雪菲已完全查看了一遍，可她并未找到那本迫切需要买到的《唐宋词通论》。

项雪菲有一些失望，只好去询问书店的工作人员。那位阿姨四十来岁，很和蔼，见了项雪菲，她满脸含笑。

阿姨告诉她，书架上应该还有最后一本，项雪菲仿佛吃进一颗定心丸，感到一阵欣喜。阿姨走近书架，仔细查看后，眉头终于皱了起来，她缓缓说道：“《唐宋词通论》刚才还在的，怎么没了，一定是被谁挑走了！”

项雪菲再次失望了，要知道，她为了买到这本书，已是第五次专门乘车跑到书店来了。

项雪菲只好用恳求的口吻对阿姨说：“下次什么时候进货？我能提前付款，到时能给我留下一本吗？”

阿姨似乎很为难，说：“这些工具类用书，进货周期都很长，下次进货至少等到两个月以后吧！”

“两个月，时间也太长了吧！”项雪菲尖叫一声。

阿姨没有说话，只是摊开两手，不停地摇头，是一副很无奈的样子。项雪菲长长地叹息一声，转身要离开书店，因为学校里还有许多功课等着她呢。

项雪菲刚走出几步，一个很帅气的小伙子快步向她走来，小伙子留着长发，说起话来是一口播音员一样标准的普通话，他说：“你想买这本书吗？”

项雪菲猛地抬起头，面前是一个穿运动服的男孩，男孩正冲她微笑，刚好露出两颗洁白的虎牙，样子像极了项雪菲所喜爱的一个歌星。

更让项雪菲为之一振的是，男孩手上拿的正是她做梦都想买到的那本

《唐宋词通论》。

这时，书店的阿姨在一旁说：“就是这本，原来已被这位小伙子挑去了。”

男孩把书递到项雪菲面前，说：“给你。”

项雪菲二话没说，就一把将书拿在手中，然后紧紧地把书搂在胸前，生怕那书会长出翅膀飞走似的。然而，项雪菲幡然醒悟，对方也需要这本书啊，自己买走，人家怎么办？项雪菲开始为她刚才的举动感到歉疚，这样做自己是不是太自私了？

项雪菲刚才的兴奋劲儿顷刻间没了踪影，她只好又把那本书送到男孩面前，说：“我用了你咋办？还是你先用吧，过段时间，书店还会有的。”

男孩用手挡回了项雪菲递过来的书，笑着说：“这本书我暂时不需要，明年这个时候我才用得着，刚才见书店正好有，才有了提前买下来的念头，还是你先用吧。”

大概是项雪菲太需要这本书的缘故，她没有再次推让，向男孩千恩万谢后，又把捧着书的手缩了回来。

项雪菲和男孩的那次偶然相遇，在她看来只不过是人生列车上所观赏到的一道美丽的风景，随着时光的流逝，将会化作人生舞台上飘落的泡影。可谁又会知道，两个人在短短的两个月后又见面了。

那年的“五四”青年节，学校组织了以“青春飞扬”为主题的演讲比赛，项雪菲也报了名。经过激烈的角逐，项雪菲将代表中文系参加最后的决赛。决赛地点在学校的大礼堂，那天全校师生都来到了比赛现场，场面很是宏大。

项雪菲演讲的题目是《我与青春同行》，她是第六个出场的，项雪菲的演讲声情并茂，激情四射，她的精彩表现堪称完美，打动了在场的所有评委和观众。

项雪菲的演讲结束了，评委现场亮分，去掉一个最高分，去掉一个最低分，分数核算完成后现场公布得分。在已比赛完成的六名选手中，项雪菲名列第一。

接下来，其余的选手先后登场亮相。尽管他们的演讲也非常精彩，可没有人最后的得分能够超过项雪菲。

当所有中文系的学生沉浸在喜悦之中，认为这次比赛的桂冠非项雪菲莫属时，一个穿西装、打领带的男生最后一个出场了。他的一段开场白，开始让中文系的学子们心里一下子没了底。

这名男生英姿飒爽，气度不凡，他口齿伶俐，吐字清晰，更重要的是，他的开场白，竟是用一段流利的英文完成的。开场白过后，这名选手用富有激情的普通话开始了自己的演讲。

项雪菲怔怔地望着正在台上演讲的男生，一下子愣住了。他正是在书店把《唐宋词通论》让给自己的那个男孩。事情竟是这么凑巧，项雪菲从节目单上得知，男孩的名字叫张谦，是外文系的。

张谦精彩的演讲同样获得了观众的阵阵掌声。

项雪菲睁大眼睛，竖起耳朵，仔细倾听着张谦演讲的每一句话语，生怕会把哪句话漏掉似的。

张谦的演讲深深地打动了项雪菲，他的演讲题目是《让青春展翅翱翔》。张谦用激昂的话语，从梁启超的《少年中国说》到陈天华的《猛回头》，又从“戊戌变法”讲到“辛亥革命”，又从“五四运动”讲到“新中国的成立”。

他引经据典，说古论今，话语时如涓涓细流，时如暴雨疾风，项雪菲听得心潮澎湃，热血沸腾。

张谦的演讲完了，随着一阵雷鸣般的掌声响过，他向观众深鞠一躬，走下台来。台下所有观众都屏住呼吸，期待着张谦比赛的最后成绩。

然而，项雪菲此时此刻心绪却是异常平静。尽管她非常想拿到这次演讲比赛的冠军，可是，那一刻，项雪菲居然祈盼着评委能给张谦打出一个比自己高的分数，之所以会有这样奇怪的念头，并不是因为张谦曾经帮过自己，而是张谦的演讲确实打动了她。

会场上又响起一阵掌声，张谦的比赛成绩出来了。

让人意想不到的是，把所有评委的打分，去掉一个最高分，去掉一个最低分，进行核算后，张谦的最后得分竟然和项雪菲的得分完全一样。

张谦和项雪菲在这次演讲比赛中并列第一！

一阵轻快的乐曲响起来，张谦和项雪菲一前一后相继走到台上，满头银发的老校长亲自给两人颁了奖。

项雪菲拿着烫金的获奖证书刚要转身走下领奖台，这时候，张谦向她伸出了右手，说："祝贺你。"

台下是全校几千名师生呀，面对张谦这突如其来的举动，项雪菲显得有些措手不及。

其实，那种情景下，两人握手互相向对方表示祝贺，原本是再正常不过的事，可原本大方开朗的项雪菲却感到有一些茫然失措。项雪菲来不及多想，很不自然地伸出了白嫩的手掌，两只手终于握在了一起，项雪菲面色微红，低声说："谢谢你那天的帮助。"

张谦笑了笑，说："没什么。"

说话间，两人的目光碰撞在了一起，项雪菲看到张谦的眼神里闪动着异样的火花。那一刻，项雪菲的胸口突突直跳，一时间竟然不知说什么好。

让人想不到的是，事情过去没几天，项雪菲在去图书馆的路上又碰到了张谦。那天是周末，正好张谦也要去图书馆，两个人一见面，就老朋友似的聊了起来。经各自介绍才得知，张谦和项雪菲的家恰好是在同一座城市。

当项雪菲了解到这一信息时，竟兴奋地挥动着双臂孩子似的欢呼起来，她洁白的衣裙在花丛中翩翩起舞，像一只飞来飞去的蝴蝶。张谦望着蹦蹦跳跳的项雪菲，忍不住咯咯地笑起来。

项雪菲和张谦肩并肩地漫步在校园的小路上，谈论起"考研"的话题。两个人志向相同，自然有聊不完的话语。

那天，两人在图书馆一起查资料，共同讨论问题，彼此间有了新的了解。临别时，为了便于联系和交流问题，张谦还把手机号和 QQ 号都给了项雪菲。

项雪菲和张谦在学习和生活中建立了深厚的感情，很快两个人就确立了恋爱关系。

枫叶红了，又凋零，燕子飞走，又归来。转眼两个人已到毕业之际。

那是一个月光皎白的夜晚，张谦和项雪菲牵手走在校园的甬路上，两人没有说话，都在静静地享受着月光所独有的那份温馨。

近些天，项雪菲正准备毕业前的一些相关事项，忙得有点儿焦头烂额。走在水一样清澈的月光里，项雪菲思绪万千，她仿佛倾听到了千里之外妈妈的呼唤。

其实，此时的项雪菲心里挺矛盾的。昨天她刚和妈妈通了电话，在电话里自己把“考研”的想法告诉妈妈时，妈妈却坚决不同意。

爸妈是这样想的，女孩子大学毕业后最好还是赶紧找工作成个家。要是读了研究生，等上完学，都一大把年纪了，还不啥都耽误了。

项雪菲知道妈妈的脾气犟，她定下的事，九头牛都拉不回。项雪菲一再向妈妈解释，都未获取她的理解和支持。

后来，项雪菲在电话里隐隐听到了妈妈抽泣的声音，那断断续续的呜咽声，让项雪菲渐渐听出了妈妈的担忧，她是怕自己远走高飞，再无法陪伴在她们身边啊！此种情形下，项雪菲只好在电话里暂时答应妈妈放弃考研。

其实，项雪菲静下心来仔细一想，妈妈的想法也不是没有道理。

项雪菲和张谦肩并肩慢慢地走着，项雪菲先开了口：“你的梦想是什么？”

张谦深情地望了一下月光下的项雪菲，说：“和你一起白头到老呀。”

项雪菲用手拢了一下飘逸的秀发，随后挣脱掉张谦拉着自己的那只手，假装生气地说：“别贫嘴，说正经的。”

张谦紧紧地再次握住项雪菲的手，抬头凝望着静谧的星空，许久才说道：“菲，你的梦想呢？”

项雪菲扭头看了张谦一下，然后眨巴了一下眼睛，说：“我的梦想就是……当一名教师，把所学的知识全部教给孩子们。”

说完，项雪菲转过身来面对面地紧握住张谦的双手，她用水汪汪的大眼睛望着张谦，说：“快告诉我，你的梦想到底是什么?”

张谦停下脚步，脸上流露出一副很吃惊的样子，说：“想当一名教师，就这么简单?”

“是的，就这么简单。”项雪菲点点头。

张谦摇头晃脑地说：“听好了，我的梦想嘛，就是……齐家，治国，平天下!”

项雪菲听完张谦的话，愣愣地说：“难道……你要当野心家。”

看着项雪菲傻傻的样子，张谦说：“常言道，好男儿志在四方，男人嘛，就该做大事情。”

“什么才是大事情?”

“暂时还不知道，反正是大事情。”

过了片刻，张谦忽然目不斜视地望着项雪菲，问：“菲，如果有一天我要出国，你会等我回来吗?”

“你要出国?”项雪菲陡然瞪大眼睛，看怪物似的看着张谦。

项雪菲以为张谦一定是在开玩笑。项雪菲虽不曾见过张谦的爸爸和妈妈，可是张谦曾告诉过她，他的爸爸是普通的公务员，妈妈是市百货公司的职工。

项雪菲知道，如今出国留学的费用可不是个小数目，对于这样一个普通收入的家庭来说，是难以承受的。

张谦是一副很认真的样子，并不像是和项雪菲开玩笑。接下来，他又说：“菲，我说的，是真的。”

见张谦一本正经的样子，项雪菲便收住笑，说：“不管你走到哪里，我都会等你的。”

那晚，两个人聊了很多，很多。

大学毕业后，项雪菲的妈妈正好心脏病犯了，住进了医院。在爸妈的一再坚持下，项雪菲终于放弃了考研的计划。

那是一个夏日的黄昏，尽管日头即将西下，可城市的大街小巷依然像下了火，人们像是被关进了蒸笼，即使一动不动，汗水也会不停地淌。

此时的项雪菲正待在家里，边吹风扇边看书。这时，手机忽然响了，是张谦打来的。

自从回到家，张谦居然玩起了人间蒸发，他已很久没有联系项雪菲了，就连电话也少得可怜。项雪菲给张谦打过几次电话，每次都是关机，给张谦在 QQ 上留言，也不见回复。近些日子，张谦不会有什么事吧？想到此，项雪菲赶紧按下手机的接听键。

电话那头，依然是播音员一样美妙的声音：“菲，你出来一下，我有事要和你谈。”

项雪菲懒洋洋地说：“有事在电话里说不行吗？非要出去，外面太热了。”

“还是出来说吧，好吗？”

“近些天你忙啥了？打你手机，老是关机，不会有什么事吧？”

“等见了面再说吧。”

项雪菲猛然觉得张谦在电话里的声音有点儿怪怪的，她暗想：“难道张谦真的遇到了什么事？”

想到这里，项雪菲连忙说：“好吧，我一会儿到，老地方见。”

张谦回答得很简单，只有三个字：“我等你。”

项雪菲穿了一件白色的套裙，背上小包，就急匆匆地出了门。刚出门，汗水就淌了下来。天太热，她没有骑自行车，出了门就打了辆的士车。

在月河公园门口，项雪菲见到了张谦，这是之前两个人约好见面的地方。两个人已有近一个月的时间没见面，见面后，张谦脸上却没有半点别后重逢的惊喜。

见了项雪菲，张谦勉强咧嘴笑了一下，说：“这里热，咱们换个地方聊吧。”

项雪菲见张谦满腹心事的样子，不知道究竟发生了什么事，因此她没有说话，只是点了一下头，表示同意。

张谦和项雪菲又重新打了一辆的士，去了一家比较高档的酒店。酒店里的空调正疯狂地喷着冷气，一走进去就感到凉气逼人。项雪菲嘀咕着说：“到底有什么重要的事，还要来酒店谈，这里消费很贵的。”

张谦一声不吭，径自和项雪菲走进一个装饰得非常华丽的包间。项雪菲挑了靠窗的位子在圆形餐桌边坐下来，张谦草草地点了几个菜后，在距离项雪菲较远的位子上坐了下来，仿佛故意躲着项雪菲似的。

服务员给两人每人倒了一杯上好的绿茶，然后走出了包间。

张谦的举动一反常态，项雪菲预感到准是发生了什么大事。于是项雪菲抢先开了口：“有啥事，就直说吧。”

张谦用手抚摸着摆放在杏黄色桌巾上的白瓷茶杯，沉思不语，过了许久，才说道：“菲，我爸想见你。”

项雪菲白了张谦一眼，问：“什么时候？”

“现在。”

“现在？”

虽说项雪菲和张谦同住在一座城市，两人的家相隔不足二十公里。自两人相恋以来，项雪菲和张谦还真没有到过彼此的家中见过双方的父母，尽管张谦曾不止一次地对项雪菲说，找个时间带你去我家玩吧。可张谦始终没有正式邀请项雪菲去他家见他的爸妈。

向来开朗、健谈的张谦，今天却一反常态，在项雪菲面前变得沉默寡言，项雪菲心里原本就有气，这么热的天，为了这事约自己出来，她气就更不打一处来，于是她沉着脸说：“不见！”

张谦低着头，一言不发，他愣愣的样子，像童话剧里的木偶。

见张谦没说话，项雪菲愤愤地说：“为这事，有必要约我出来吗？”

张谦面露难色，说：“我爸已经来了，就在外面等着呢，还是见见吧。”

张谦的话让项雪菲大吃一惊，张谦的爸爸已经来了！事情来得太突然，她没有丝毫的心理准备。项雪菲忽地从座位上站了起来，大声说：“张谦，你事先怎么不和我商量一下呢？”

张谦难为情地说：“这全是我爸的意思。”

项雪菲刚要再说什么，门开了，从外面走进一个男子，来人一进门，就笑呵呵地说："雪菲，别生气了，这全是我的主意。要怪就怪我吧，都是我不好。来，快坐下。"

张谦急忙起身用手指着刚走进来的男子，说："雪菲，这是我爸。"

眼前的一切来得是那么突然。项雪菲愣愣地望着张谦的爸爸，只是尴尬地笑了笑，一时间也不知说什么好了。等张谦的爸爸在位子上坐下来，她才说了一句："伯父您好。"

三个人边吃边聊。说话间，项雪菲仔细端详了一下张谦的爸爸，她忽然觉得眼前这个穿着极其讲究，肤色保养极好的男人有一些面熟，似乎在哪里见过他，可她又一时想不起来。

张谦爸爸仔细地打量了一下项雪菲，笑呵呵地说："听小谦说，你的爸妈都是纺织厂的工人，对吗？"

项雪菲没吭声，只是微笑着点了点头。

"我在市政府工作，平时事务较多，对于小谦我关心得很不够啊。"

这句话一下子提醒了项雪菲，她终于想起来了，面前的这个戴金丝眼镜，穿着白色T恤衫的男人，是市政府的领导，叫张军。昨天晚上在市电视台的新闻联播里，项雪菲还见过他呢。

项雪菲的脑袋"轰"地响了起来，原来，张谦的爸爸是张军，他为什么没有如实告诉我呢？还说他爸只是一个普通的公务员。今天，他父子俩急着见我到底有什么事？项雪菲心里乱成一团麻。

沉默片刻，张军笑眯眯地说："过几天，张谦就要去美国了，所有手续已经办妥。"张军说话的声音虽然很低，可对项雪菲来说却如同是响了一个惊雷。

项雪菲这才想起，几个月前张谦曾和自己说起过出国的事，看来那天张谦并非是和自己开玩笑。

不等项雪菲反应过来，张军眯着那双老鼠眼，又开口说话了："雪菲，我知道，小谦是爱你的，你也是爱小谦的。可你们在一起，是不会有幸福的，你还年轻，你俩还是分手吧。小谦说，他实在没有勇气和你提出分手，为此我才专门约你出来。"

直到这一刻，项雪菲才完全明白这到底是怎么回事。原来，张谦约自己出来，是为了告诉她，张军不同意她和张谦继续来往下去，让她和张谦分手。

是啊，张谦的爸爸是市领导，而项雪菲则出生在一个普通的工人家庭，门不当户不对。这时候，项雪菲才清晰地知道，她和张谦的相识，只不过是一个美丽的错误而已，最终是不会有什么结果的。

其实，项雪菲并不在乎张谦的父母是干什么工作的，她在意的是张谦这个人。项雪菲原本是想立即起身离开这里的，她平静了一下思绪，暗想："分手的事，也不知道张谦持什么态度?"毕竟项雪菲在张谦身上付出了太多的感情。此时的项雪菲只想知道，这件事是张军个人的意思，还是已经征得了张谦本人的同意。确切地说，她是想知道曾经信誓旦旦的张谦，现在是否还爱着自己。

项雪菲勉强控制了一下愤怒的情绪，问："伯父，这件事张谦同意了吗?"

张军微微一笑，说："虽然张谦是爱你的，可经过深思熟虑、权衡再三后，他还是同意了和你分手。"

想起昔日的海誓山盟，项雪菲绝不相信，张谦会当着她的面说出"分手"二字。项雪菲的嘴角抖动了几下，质问张谦："分手的事，你已经决定了，对吗?"

此时的张谦已没有了往日的风度翩翩，他把脑袋深深地埋在胸前，一言不发。他沉默许久，才嗫嚅着说："雪菲，我们还是分手吧!"

张谦说的每一个字，像一根根锋利的钢针狠狠地扎在项雪菲的胸口，想不到，曾经信誓旦旦的张谦，已不再信守往日的诺言。

这时，张军得意地说："雪菲呀，事情已经说得很清楚了。你若是有什么要求，比如，精神补偿费什么的，尽管提，我会尽量满足你的。"

蓦地，项雪菲感到自己受到了有生以来最大的耻辱，她的脸唰地红了。她知道，已经没有再待在这里的任何必要，于是不等张军把话说完，就起身离开了那个让她窒息的包间。

事情已过去很多年了，这段曾让项雪菲心酸的往事，已随着时间的流逝湮没在了她的记忆长河里。可是，上天总爱和她开玩笑，想不到今天又遇到了张军，而且两个人还近在咫尺。何况，现在的张军还是高高在上的副市长。

会议按照议程，在一阵阵热烈的掌声中有序地进行着，项雪菲脑子里却是乱作一团。

座谈会终于结束了，项雪菲却像做了一个噩梦，她长长地出了一口气。直到张军在众人的前呼后拥下乘车离开学校，项雪菲的心绪都难以平静。

上午放学的时候，项雪菲收到一条短信，这条不约而至的短信总算让她的心情平静了许多。短信是袁波发来的，内容很简单：节日快乐，晚上能一起吃饭吗?

短短的一句话，项雪菲却两只手捧着手机，一遍遍读个没完。

第
6
章

纸条风波

已是初夏，天气也渐渐热起来。这个时节，小草是绿的，树木是绿的，湖水是绿的，就连人的心情也是绿色的，这是一个绿色的季节。

周末放学的铃声总是那么讨人喜欢。铃声一响，教室里便乱作一团，岳洋背起沉甸甸的书包快速地下了楼，然后直奔车棚而去。

车棚里的自行车愈来愈少，长长的车棚里仅摆放着为数不多的几辆自行车，显得有些空荡。

近年来，随着私家车的增多，孩子们上学、放学基本上都是家长开车接送，骑自行车上学的师生已经很少了。虽然随处可见的堵车、限速行驶、红绿灯等诸多因素都可能直接导致开车会比骑自行车还要晚一些回到家或到学校，可是，用私家车接送孩子的家长仍然有增无减。

八年级二班不用家长开车接送的学生只有两个人。

一个是岳洋，他一直都是坚持骑单车上学的。尽管岳一博多次提出要开车送岳洋上学，可都被岳洋拒绝了。

另一个是徐雨婷，她也是一直骑单车上学。

车棚似乎已失去了其存在的必要，里面摆放的自行车屈指可数，岳洋轻而易举地就把自行车从车棚里推了出来。

岳洋刚要回头看一下徐雨婷下楼了没有，这时，猛然听到有人在呼喊他的名字。扭头一看，喊他的原来是郑宇。

郑宇、岳洋和徐雨婷在小学读书时都是一个班的同学，关系非常要好，并且郑宇和徐雨婷的家还在同一个小区。

平时郑宇上学都是爸爸开车接送的，前些天，爸爸去外地出差了，郑宇只好自己骑车来上学。

郑宇和岳洋并肩推着自行车一边走一边聊，聊着聊着，郑宇忽然把脑袋凑近岳洋，小声说："近些日子，徐雨婷说话做事总是怪怪的，仿佛有什么心事似的。"

岳洋一听郑宇提到了徐雨婷，顿时把目光都聚集在了郑宇身上，急忙问："近几天……你见过她？"

郑宇瞥了岳洋一眼，说："那天在小区门口遇到了她，她一反常态，和我聊个没完，让我连晚饭都耽误了。"

岳洋很好奇地问郑宇："她和你聊了些什么？"

郑宇故弄玄虚地说："聊的话题可多了。哎，雨婷还提到了你呢。"

一听徐雨婷还提到了自己，岳洋立即停住脚步，目不斜视地盯着郑宇，问："她说我什么了？"

郑宇面露难色，摆了摆手，说："我答应过雨婷，要替她保密的，不说了，不说了。"

岳洋了解郑宇的性格，知道他在卖关子，于是笑嘻嘻地说："郑宇，你不是一直想借秦小松的琴谱看看吗？我可以帮你这个忙。"

秦小松的声乐在全校是很有名气的，尤其是萨克斯，秦小松吹奏起来那可叫一绝。

不久前，秦小松就曾代表学校在全市中学生声乐大赛中获得过一等奖。郑宇也喜欢声乐，对声乐向来情有独钟。

前不久，秦小松的爸爸到北京出差，为秦小松买回一本琴谱。郑宇做梦都想借来看看，秦小松却一直不答应。郑宇曾多次让岳洋帮忙，可是，岳洋怕郑宇把琴谱弄丢了，到时不好向秦小松交代，就回绝了郑宇。

郑宇一听岳洋同意帮自己借琴谱，语气立马来了个一百八十度的大拐弯。他低声说道："雨婷说，每次放学回家你都幽灵似的跟在她后面，她可烦死你了。”

岳洋听了这句话，羞得脸唰地红了一大片。

郑宇又说：“雨婷还说，岳洋变了，变得连主动和我打声招呼的勇气都没有了。”

岳洋听了，嘀咕着说：“她整天都是一副冷冰冰的面孔，看谁都是不可一世的样子，谁愿意跟她打招呼呀？说不定什么时候就会讨个没趣。”

郑宇歪着脑袋，像是又想起什么似的，说：“你没推荐雨婷当副班长，她至今还生你的气呢。”

岳洋满脸委屈，说：“为这件事，雨婷还到项老师那里告过我的状呢。”

郑宇不解地问：“谁让你不推荐雨婷当副班长呢？还不是为了偏袒你的好哥们儿秦小松？”

听了郑宇这句话，岳洋委屈得都快要哭了，说：“你知道，雨婷的爸爸徐伯伯，和我爸是老同学，他们经常在一起闲聊，我爸劝我辞掉班长时，曾对我说，人家老徐怕影响雨婷的学习，从来不让徐雨婷当班干部，别说是班长，就是副班长也不让她当。你想，有徐伯伯这句话，我又怎能推荐雨婷做副班长呢？这件事，我至今也没和项老师说，说不定项老师对我还有看法呢。”

郑宇“哦”了一下，疑惑地说：“原来，是这么一回事，那你怎么不向雨婷当面解释清楚呢？”

岳洋“唉”了一声，说：“难道你不了解雨婷的脾气？若是把真相告诉她，她一定会找她爸爸吵架，到时徐伯伯肯定会跟我爸急眼。你想，到那时，我爸还能饶得了我？”

郑宇笑了笑，说： “若有合适的机会，我替你向雨婷解释一下吧，好吗？”

岳洋说：“谢谢。”

出了校门，两人骑上自行车，边走边聊，路过人工湖时，岳洋忽然想起了什么，问：“郑宇，你还记得吗？有一次，你和雨婷从餐厅出来，你俩一路上嘀嘀咕咕地说了些什么？”

郑宇先是想了一下，然后咯咯大笑起来，说：“雨婷跟我说，岳洋就在咱俩的后面，咱们表现得亲热一些，气气他。”

岳洋“扑哧”一下笑出声来：“好个徐雨婷，拿我开涮啊。”

两人一路上有说有笑，分手后，各自骑着自行车回家了。

刚来到楼下，岳洋就看见爸爸和妈妈早已在楼下等着他了。

袁霞见宝贝儿子回来了，急忙快步迎过来，抢先接过了岳洋身后的书包，岳一博边帮着岳洋把自行车推进了地下室，边说：“今天晚上不做饭了，咱们到外面吃去。”

一家三口有说有笑地上了车。袁霞紧挨着岳洋坐在了车座上，一上车就不停地盘问起岳洋在学校的情况。

车刚驶出小区，袁霞忽然兴奋地对岳洋说：“洋洋，你同学帮咱买的房子，现在可赚大发了，半年多一点的时间，就升值了几万块呢。你回到学校可要好好感谢一下刘双寒，说不定以后咱们还会用到人家呢。”

岳洋听完妈妈说的这番话，对刘双寒的感激之情陡然而生。

岳一博缓缓地转动着方向盘，接过话茬，说：“咱的房子装饰得也差不多了，要不咱们先去看一下房子，再去吃饭怎么样？自从装饰了房子，洋洋还没去过呢。”

袁霞高兴地说：“行。”岳洋也笑眯眯地点了点头。

岳一博猛打方向盘，驾车向南环路驶去。二十分钟后，车子径直驶进了新建的居民小区“海景庄园”，车子在小区里连着转了几个弯后，在第 20 号楼前停住了。

三个人下了车，有说有笑地乘坐电梯上了 18 楼，出了电梯，岳一博用钥匙打开房门，三个人走了进去。

房子刚装修完毕，浅黄色木质地板，洁白如玉的墙壁，明亮的落地窗……都给人眼前一亮的感觉。三个人从客厅到卧室，再到厨房、洗手间、阳台，每到一处袁霞都很仔细地查看了一番。

岳一博一边看一边深有感触地说：“才半年时间，就升值了几万块。看来，当初买房子的决定是正确的。”

袁霞脸上泛着难以掩饰的喜悦之情，说：“这次买房，咱洋洋可是大功臣啊。”

岳一博看了下时间，说：“天不早了，咱们去吃饭吧。”

一家三口下了楼，岳一博开车向中心城区驶去。

在临街的一家标有“食府”字样的饭店前，岳一博停了车，说：“就这一家了。你们先下车，我找空位停车。”

饭店的停车场上停满了车辆，岳一博好不容易才找了个空场把车停下。

饭店靠街的墙壁，是由透明的厚玻璃砌成的，客人坐在里面吃饭，大街上来来往往的行人和过往的车辆都会一览无余。吃饭、赏景两不误，的确别有一番风味。

饭店一楼的餐厅早已坐满了来吃饭的顾客，几个服务生来来回回地忙着给客人上菜。

临窗的一个位子正好空着，于是三个人就在那里坐了下来。岳一博从服务生手中接过菜单扫了一眼，然后递给了岳洋，说：“洋洋，你来点菜，喜欢吃啥，就点啥，看你瘦的。”

袁霞也在旁边说：“洋洋，快点吧。别怕花钱，想吃什么，点就行。”

岳洋接过菜单，随便点了几个菜，说：“行了，这些就够了。”说完，把菜单递给了袁霞。

旁边的服务生快速地记下了岳洋点下的菜，刚要转身离开，袁霞摆手拦住他，说：“再加两个菜，‘油炸大虾’和‘蟹肉烧冬瓜’。”

岳洋忙说：“别点了，吃不掉的。”

袁霞一边把菜单递给服务生，一边说：“没事。功课这么紧，这两个菜是补脑的，待会儿多吃点。”

岳一博也在旁边随声附和道：“对，洋洋的确需要补一补了。”

岳洋不再说话，只顾歪着脑袋出神地望着窗外来回走动的人群。

不一会儿，服务生已上来了两个菜。岳一博拿起筷子，一边招呼岳洋趁热快点吃，一边慢悠悠地夹起一块红烧茄子往嘴里放。

恰在这时，手机忽然响起来。岳一博急忙把夹好的菜放进了面前的小碗，从口袋里摸出手机，看了看来电号码后，接听了电话。饭店里吃饭的人太多，有些嘈杂，岳一博只好起身到饭店外面接电话去了。

袁霞一边吃，一边对岳洋说："别管你爸，咱先吃。"

不一会儿，岳一博又重新回到座位上，对袁霞说："北京的专家快到了，曹主任来电话说让我一起陪着吃饭。待会儿你和洋洋打车回家吧。"

袁霞放下手里的筷子，有点儿不高兴地说："有曹主任陪着就行了，你一个副主任操哪门子心。刚坐下就要走，难道就不能陪儿子吃顿饭?"

岳一博压低了声音，说："让我陪专家一块儿吃饭，是任院长的意思。"

袁霞的表情顿时严肃起来，她的身体往前凑了凑，低声问："其他两个副主任也都去吗?"

岳一博摇了摇头，说："不清楚，曹主任只说任院长让我一块儿去，还说任院长也去，别的没再说。"

袁霞扭头看了一下四周，压低了声音说："那你快走吧，别让任院长等久了。"

岳一博起身刚要离开，袁霞又拽了一下岳一博的衣角，小声说："曹主任快退了，若是有机会，你和任院长提一下主任人选的问题吧。"

岳一博压低了声音，说："看看再说吧。"说完，他便急匆匆地走了。袁霞和岳洋母子俩边聊天，边吃饭。

夜幕已降临，华灯初上，街道上灯火通明。夜色下，过往的人流和车辆与白天相比不见丝毫减少。

袁霞吃饭的时候，还时不时地扭头瞥一眼窗外美丽的夜景。猛然间，袁霞好像看到了什么，她连手中的筷子都来不及放下，就起身把脸凑近了窗玻璃，眼睛一眨不眨地往窗外瞅了起来。

岳洋正用手剥着一只大虾的外壳，见袁霞看得出神，忙问："妈，你在看啥呢?"

袁霞冲岳洋摆摆手，说："洋洋，你快来看。"

岳洋放下手里的大虾，再用餐巾纸擦了一下沾在手指上的油，凑过去顺着袁霞指的方向望过去。岳洋几乎是惊叫了起来："那不是小舅吗？"

袁霞自言自语地说："想不到你小舅谈对象了，洋洋，你看和你小舅在一起的那个姑娘多漂亮啊。"

"妈妈，你知道和小舅待在一起的那个姑娘是谁吗？"

"她当然是你小舅的女朋友，你未来的舅妈了。"

"我是说，你知道她叫什么名字，是做什么工作的吗？"

袁霞摇了一下头，很吃惊地说："不知道，难道你认识她？"

岳洋很神气地晃了一下脑袋，说："当然。"

袁霞一下子兴奋起来，急忙对岳洋说："好洋洋，快告诉妈妈，那个姑娘是干什么工作的？"

岳洋冲袁霞做了个鬼脸，说："不告诉你。"

袁霞几乎是用哀求的语气，说："洋洋，你就别卖关子了，快点儿告诉妈妈吧。"

岳洋装出一副神秘兮兮的样子，说："那位漂亮姑娘就是——我的班主任项老师。"

袁霞惊得嘴巴张成了鸡蛋状，许久都没有合上，等她缓过神来，才兴奋地说："怎么会这么巧！"

直到袁波和项雪菲的身影渐渐地从袁霞的视线里消失，她才和岳洋重新回到座位上继续吃饭。

袁波的婚事，对袁霞来说，一直是心头上的一块病。袁霞每次回娘家，母亲总是没完没了地唠叨，一个劲儿地催着袁霞托人给袁波介绍对象。

为此，袁霞也的确没少费心思，又是托朋友，又是托同学，给袁波不停地介绍对象。别的不说，只是医院新分来的医生和护士，就给袁波介绍了五六个。让袁霞弄不明白的是，姑娘们个个温柔又漂亮，袁波居然一个都没相中。袁霞的母亲年龄也大了，整天嚷嚷着给儿子找媳妇，袁霞这当姐姐的能不着急吗？

看见袁波和项雪菲两个人肩并肩地在街上散步，袁霞的心情愈加好得出奇。

饭吃完了，菜却剩下大半。要在以往，袁霞准会打包回家，今天好事连连，难得有个好心情，袁霞结了账就和岳洋打的回家了。

到家后，岳洋提出要玩一会儿电脑，袁霞欣然同意。岳洋玩电脑，当然不怕噪声的影响，于是袁霞也顺手打开了电视，坐在沙发上看起了“韩剧”。

很久没有上网了，岳洋打开电脑后，先是登录了 QQ，然后玩起了游戏。岳洋刚打开游戏界面，就看见电脑屏幕的右下角有个“小企鹅”在不停地跳。

“会是谁呢?”岳洋连忙用鼠标点击“小企鹅”。

对话框打开了，原来是好友“七彩露珠”。岳洋看了一眼对话框里的留言，禁不住一阵欣喜。

“七彩露珠”是叶小霜。

有段时间，班里流行起 QQ 聊天。叶小霜家里没电脑，对 QQ 聊天不感任何兴趣，尽管如此，岳洋还是为她申请了 QQ 号，并且还利用去微机室上电脑课的机会，教会叶小霜怎样使用 QQ。

“想不到叶小霜还记着给她申请的 QQ 号，还给自己留了言”。岳洋兴奋不已。

叶小霜的留言是这样的：岳洋，我是小霜，我在微机室上课时，偷着登录 QQ 给你留言的。我没来得及和大家说声再见，就走了，太对不起项老师和同学们了。你们现在都好吗？不知道什么时候才能和你们再见面，我可想你们了。

岳洋一遍遍地读着叶小霜的留言，似乎有千言万语要对她说。可是，面对着那个屏幕上闪动着的对话框，一时间他居然不知该说些什么才好。

这些天，徐雨婷真的有一些反常，说话和做事都是怪怪的。

周一，预备铃响了，徐雨婷还没有到校。

第一节课是外语。上课铃响起，沈大山拿着备课本走进教室，喊了一声："Class begin."

沈大山已经开始讲课了，徐雨婷仍然没有来。岳洋很着急，他猛然想起郑宇曾告诉过自己，近段时间，徐雨婷有些反常，做事总是出人意料。今天徐雨婷的误课，不知道与她反常的举动有没有关系。

这时，岳洋才注意到，近些天，徐雨婷常常闷闷不乐地一个人坐在位子上发愣。她究竟是怎么了?

在以往，徐雨婷时间观念可强了，她是很少误课的。难道她遇到了什么事?

岳洋望了一眼徐雨婷的空位，心里顿时有了一种七上八下的感觉。

课都上了快五分钟了，沈大山这才环视了一下教室，发现徐雨婷没来，问："徐雨婷怎么没来上课?"

同学们你看看我，我看看你，都不知道徐雨婷为什么没来。

这时，岳洋站了起来，说："她可能有事和项老师请假了吧。"沈大山"哦"了一声，不再追问这事。

沈大山开始继续上课，他领读完课文后，用多媒体把"英语单词"投放在大屏幕上，随后又逐个单词进行了详细的讲解。

课已经进行了二十来分钟，同学们都以为今天徐雨婷准是不来上课了。这时，教室的门开了，徐雨婷气喘吁吁地站在了门口，她一边大口地喘着气，一边喊了声："报告!"

沈大山睨视了一眼徐雨婷，装出一副很生气的样子，问："怎么才来?"

徐雨婷声音低低的："有事来晚了。"

沈大山的嗓门儿提得老高："什么事比上课还重要啊，有事就耽误上课吗?"

同学们都知道，徐雨婷是沈大山眼里的"大红人"，平时沈大山总是对她另眼相看。

徐雨婷的外语特别棒，每次考试，她的外语成绩都是全校第一。每次在课堂上提问问题，别的同学都卡了壳的时候，若叫起徐雨婷，她准能脱口说出问题的标准答案。

有一次，沈大山上公开课，教室里坐满了来自全市各个学校的听课老师，据说还有市里的教研员和学校领导。

沈大山在课堂上提出的一个问题，连续找了几个同学都没回答上来，他急得鼻尖都冒了冷汗。

刚开始，沈大山原本不想提问徐雨婷的，因为后面还有一个难度更大一点的问题等着她去回答。情况紧急，沈大山已顾不了那么多，他不得不叫起徐雨婷。

徐雨婷果然不负所望，用流利的英语脱口回答出了问题的准确答案，现场听课的老师都连连叫好。为此，课后当着全班同学的面，沈大山还特意表扬了徐雨婷。

因为有了徐雨婷的绝佳表现，沈大山的那次公开课还获得了市一等奖的好成绩。

岳洋知道，沈大山满脸怒气地质问徐雨婷，只不过是当着全班同学的面做做样子而已。他是不会为难徐雨婷的。

果不出所料，沈大山问了徐雨婷几句，就一甩头，示意徐雨婷回到位上。沈大山也继续上起课来。

沈大山正在黑板上飞快地写着英语单词。

这时，一个雪白的纸团突然飞到岳洋的面前。他下意识地一把抓起纸团，然后扭头瞅了一眼，原来，纸团是徐雨婷扔过来的。

岳洋不动声色地打开纸团，看完后会心地冲徐雨婷笑了笑，再把纸条塞进了口袋。这一连串的举动，都是趁沈大山背对着同学们在黑板上板书时完成的。因此，沈大山丝毫没有察觉到。

下课铃响了。授课内容也刚好结束，沈大山离开了教室。

下了课，岳洋走近徐雨婷，问：“今天迟到了，是有什么事吗？”

徐雨婷一脸木然，说：“跟老爸拌嘴了，所以来迟了。”

徐雨婷的心情似乎很糟糕，为了逗她开心，岳洋半开玩笑地说：“尊敬师长，是中华民族的传统美德，你怎么能与徐伯伯吵嘴呢？”

徐雨婷没有半点儿开玩笑的意思，说：“跟他拌嘴怎么了，要不是他主动服软，向我道了歉，或许这会儿我还待在家里呢。”

说话间，岳洋察觉到徐雨婷的脸上流露着一些让人不易察觉的忧伤。于是，岳洋装作江湖侠客的样子，两手抱拳，连声说：“你到底还是把老爸征服了，厉害，在下佩服。”

徐雨婷“扑哧”一下笑起来，她看了岳洋一眼，说：“快点去吧，千万别误了事。”

岳洋告辞了徐雨婷，急忙转身出了教室。刚下楼梯时，秦小松拦住了他，笑嘻嘻地问：“我看见徐雨婷给你传了张纸条，上面写的什么内容？”

岳洋急着下楼，很不耐烦地说：“上面什么也没写！”

秦小松一把拉住岳洋，说：“别骗人了，快把纸条给我看看。”说着，他就动手动脚地想翻看岳洋的口袋。

岳洋用力一甩胳膊，他的样子，像是要甩掉一只沾在手背上的壁虎，他已经摆脱掉了秦小松，说：“真的没写什么，不信算了。”说完，岳洋飞快地下了楼。

秦小松望着岳洋远去的身影，嘟起小嘴不高兴地自言自语：“不就是女生给递了个纸条吗？看把你美的，把好哥们儿都忘了！”

下午第一节课还是外语。

沈大山一走进教室就阴沉着脸，好像是刚跟谁怄了气似的。

他把课本往讲桌上一摔，然后开始上课，课讲了还没五分钟，就开始了拉网式提问。第一轮提问下来，就有三名同学很不幸地被“请”到了教室后面的墙角处。

“唉，沈老师的脾气就是这样怪，他在别的地方受了气，同学们也跟着遭了殃。”岳洋暗暗地想。

“徐一雨一婷！”沈大山气冲冲地喊叫着。

徐雨婷不慌不忙地站了起来，这就叫“艺高人胆大”，她气定神闲的样子，真让同学们羡慕。

沈大山先是给徐雨婷提问了几个汉英互译的句子，徐雨婷轻而易举地回答出了正确答案。同学们都以为沈大山会先让徐雨婷坐下，把她作为榜样表扬一番，然后再提问其他的同学。

事实却不是这样，沈大山依然穷追不舍地继续给徐雨婷提问难度更大的问题。问题追击炮似的，不依不饶地向徐雨婷袭来，毕竟徐雨婷今天上午耽误了二十分钟的课，她终于被沈大山难住了。

同学们都看得出来，沈大山是在故意刁难徐雨婷。见徐雨婷都被难倒了，同学们都吓得大气不敢出，教室里的空气愈加紧张起来。

沈大山两只眼睛紧紧地盯着徐雨婷，愤愤地说：“平时不把精力用在学习上，老做些见不得人的事，功课还能好?!”

同学们顿时愣住了！沈大山今天究竟吃错了哪门子药，居然用如此刻薄的话训斥徐雨婷。若是这些话用在其他同学身上，也就不足为奇了。这番话用在徐雨婷头上，同学们简直有点儿不相信自己的耳朵。

徐雨婷面对沈大山的批评，也感到很意外。她从小到大，从来没有哪个老师批评过她，更别说是用这等刻薄的话语了。她羞得满脸通红，低着头一声不吭。

沈大山并没有就此罢手，过了片刻，他用手拍打着讲桌，冲着徐雨婷厉声说道：“上课迟到也就罢了，还做些偷偷摸摸的事，这样下去，会毁掉你的大好前程的，你知道吗?”

沈大山的脸狰狞得让人感到害怕，他的嘴角抽动了几下，又怒吼道：“我还从没见过像你这么不要脸的学生!”

要说沈大山第一句话有些刻薄的话，后面的话就有一些恶毒了。别说是徐雨婷，就是换作其他同学，脸上也是很难挂得住。况且，虽然沈大山有时会在课堂上发脾气，可他也从来没有用这么难听的话，斥责过同学们。

徐雨婷满脸通红，泪珠滴溜溜在眼里打着转。她猛地抬起头，猩红的眼睛喷着火。

徐雨婷也中了邪似的，她忽然冲着沈大山喊道："沈老师，我怎么偷偷摸摸了？我怎么不要脸了？我还从没见过像你这么不要脸的老师呢!"

这些话一出口，同学们知道事情闹大了，当着全班同学的面，徐雨婷居然用这样的话冲撞老师，这还了得，何况这位老师又是脾气暴躁的沈大山。

岳洋偷偷地瞅了徐雨婷一眼，看见两行晶莹泪珠已从她的脸颊上淌下来。

同学们原以为徐雨婷的顶撞会让沈大山暴跳如雷。想不到的是，接下来，沈大山并没有什么很出格的举动，相反，他的心情似乎比刚才还平静了许多。沈大山做事，总是有点儿让人捉摸不透。

沈大山呼哧呼哧地喘了几口粗气，似笑非笑地对徐雨婷说："我问你，今天上午你有没有在课堂上偷着给男生递纸条?"

至此，徐雨婷、岳洋，还有班里的其他同学全明白了事情的缘由。今天沈大山一进教室就气不打一处来，原来是冲着上午徐雨婷给岳洋扔纸条的事来的。

"上课迟到暂且不说，还趁我往黑板上写字的时候，给男生传纸条！也太不把我沈大山放在眼里了!"沈大山站在讲台上，一板一眼地说，"若是纸条的内容能见得人，那就把纸条拿出来，当众读给同学们听。"

徐雨婷一声不吭地在原地站着。

岳洋把手伸进口袋，把纸条捏在手里，正犹豫不决是不是把它交出来。这时，徐雨婷冷冷地说："纸条内容是个人隐私，对于这个问题我们有权利保持沉默。"

听了徐雨婷的话，岳洋把伸进口袋的手又抽了出来。

"还'我们'呢，既然不敢拿出来，就说明里面有鬼。哼！居然说我不要脸！我当老师都二十年多了，从来还没有哪个学生这样当面说我呢。"说这话时，沈大山的脸气得像秋后的茄子，又青又紫。

徐雨婷低着头，仍然不吭一声。

"这课没法上了!"沈大山吼道。接着又是"啪"的一声响，沈大山用力一摔黑板擦，甩门而去。

教室里阒然无声，同学们彼此间几乎能听到对方心跳的声音。

岳洋木木地坐在座位上，羞得满脸通红。沈大山刚才一直没有点岳洋的名字，而是只称他为“男生”，这更让岳洋感到忐忑不安。

沈老师是怎么知道传纸条这件事的呢？徐雨婷给我扔纸条时，沈老师绝对没有看到，除非他的后脑勺上长了眼睛。究竟是谁告诉他的？徐雨婷扔纸条的动作很隐蔽，即使班上的同学也没几个人知道。岳洋绞尽脑汁地思索着这些问题。

岳洋终于站了起来，铁青着脸，说：“今天的事，徐雨婷是有一定责任的。可是，若不是有人向沈老师告密，今天的事绝不会是现在的样子。谁告的密，请主动站出来！”说这些话时，他几乎要落下泪来。

教室里静得出奇，大家你看看我，我看看你，没人吱声。

过了片刻，岳洋又站了起来，说：“做人要光明磊落，更要敢于承担责任，既然做了，就要有勇气站出来！”说完，他又坐回原处。

还是没人应声。

这时，刘双寒忽地一下站了起来，他红着脸，用手指着秦小松，大声说道：“秦小松向沈老师告的密！”

刘双寒的话像一把锋利的刀子，一下子划破了教室的沉静。

秦小松倏地从座位上蹦了起来，他额头的青筋跳得老高，厉声说道：“刘双寒，你胡说八道，我没有向沈老师告密，告密的那个人是你！”说着，秦小松就要扑上去和刘双寒拼命，幸好几个同学一把拉住了他。

刘双寒并没有被秦小松吓住，他大声说：“上午课间操时间，我亲眼看见你去了沈老师的办公室，就是你告的密！你就承认了吧。”

秦小松大声说：“你血口喷人！”

说这句话时，秦小松忽然发现岳洋正死死地盯着自己。

看得出，岳洋已经怀疑上他了。秦小松猛地想起，在楼梯口他曾和岳洋开过玩笑，不仅打听过纸条的内容，还想翻看岳洋的口袋找出纸条。

秦小松后悔死了，懊悔得恨不能抽自己几个嘴巴。我怎么非要拦住岳洋打听纸条上写的啥呢？我咋就这么贱呢？秦小松暗暗自责。

秦小松用哀求的目光望着岳洋，说："岳洋，我真的没有告密，请你相信我。我去办公室是去交英语作业了，我的作业本忘了交。对了……今天早上我还抄过你的作业，难道你忘了？"

见岳洋没有理睬自己，秦小松又扭过头去，用手指着刘双寒，说："告密的人是刘双寒，第三节下了课，刘双寒转身就没了影，不是去向沈老师告密，做什么去了？告密的人就是他！"说完，秦小松向两旁看了看，意思是希望旁边的同学为他帮帮腔。

可是，同学们都没说话，看得出，大家都十分痛恨那个告密的人。

刘双寒在一旁不干了，指着秦小松说："就是你，你赖不掉的。课间……我根本没去沈老师的办公室，我饿坏了，偷着去宿舍吃了点东西。"

说刘双寒向老师打小报告，岳洋是不会相信的。他知道秦小松急了眼，乱咬人。在班上刘双寒只有被打小报告的份，老师接到的小报告，大都是关于刘双寒的。刘双寒的小毛病很多，他经常挂在嘴上的一句话就是：这事可千万别跟老师说。

像刘双寒这样的人又怎能向老师打小报告呢？

至于秦小松，向老师打小报告是出了名的。不过，纸条的事与岳洋是有牵连的。岳洋是秦小松要好的哥们儿。这样来看，秦小松告密的可能性就大大减少了。

岳洋看了刘双寒和秦小松一眼，说："我知道不是你俩……"岳洋本来是想再说些什么的，就在这时，教室的门开了。

项雪菲走了进来。

同学们的目光都齐刷刷地落在项雪菲身上，她脸色苍白，显得有一些疲惫。

项雪菲缓缓地走上讲台，用手轻轻地敲着讲桌，说："我们班闹出了这种事，真够丢人的呀！徐雨婷，上课时间你竟然给岳洋传纸条，纸条上的内容我可以不过问，但是这个行为是绝对不允许的。这件事，徐雨婷你应负主要责任。你必须向沈老师当面道歉!”

徐雨婷仍然电线杆似的在原地站着，她把头深深埋在胸前，不敢抬头看项雪菲一眼。

其实，刚才沈大山一走出教室，她就后悔了。在八年级二班所有的任课教师中，对徐雨婷来说，除了项雪菲，感情最深的就数沈大山了。

记得有一次，徐雨婷夜里突然发高烧，那天，项雪菲正好在外地听课没在学校，同学们把这事告诉了沈大山。那可是滴水成冰的腊月寒冬呀，沈大山接到电话后，二话没说，连棉袄都没顾上穿，就从楼上跑了出来，开上车就把徐雨婷送去了附近医院。

等徐雨婷康复出院的时候，沈大山却因重感冒住进了医院。

去年，沈大山带徐雨婷等几个同学到外地参加英语竞赛，快进考场了，徐雨婷忽然发现涂答题卡的 2B 铅笔落在了宾馆。

沈大山一听急了，拔腿就往外面跑，找了好几个商店才买到铅笔。当沈大山汗流浃背地把铅笔送到徐雨婷手中的时候，刚好没耽误入考场。那次竞赛，徐雨婷获得了一等奖的好成绩。

对徐雨婷来说，这样的例子数之不尽。徐雨婷有一颗感恩的心，她曾不止一次地想，欠沈老师的实在太多了，将来一定好好报答他。可是，今天她却鬼使神差地顶撞了沈大山。此时的徐雨婷懊悔不已。

项雪菲说：“徐雨婷，到我办公室来!”她说话的声音很低。说完，她扭头走出教室。

徐雨婷耷拉着脑袋紧跟在项雪菲后面，来到办公室。

项雪菲面色凝重，语重心长地说：“雨婷，沈老师的脾气我是了解的，今天的事若是发生在其他同学身上，或许他不会发这么大的火。你要知道，沈老师眼中的徐雨婷实在是太完美了，是没有任何瑕疵的，这大概是应了‘爱之深，责之切’这句话吧。当沈老师知道这种事发生在你身上的时候，心理上就无法接受了。徐雨婷怎么能在课堂上传纸条呢？况且，还是给男生传纸条！于是，就向你大发雷霆了。雨婷，你应该理解沈老师的复杂心情。

他是怕你一旦误入歧途，不能自拔，毁掉自己的美好前程啊。的确，沈老师是有点担心过度了，反过来讲，他的担心也并非是多余的啊。”

徐雨婷站在项雪菲的面前，不停地点头。

项雪菲又说：“我相信你，也相信岳洋。我承认，这件事，沈老师的处理方式是欠妥的。他把很简单的问题复杂化了，才造成今天这种被动局面。人与人之间是需要相互理解，相互尊重的，你说对吗？”

徐雨婷默默地点头说是。

项雪菲的心情比刚才平静了不少，她用手帮徐雨婷整理了一下衣角，说：“今天你迟到了。你的时间观念一向是很强的，近段时间你是怎么了？近来，做什么事都是心不在焉，这可不是以前的徐雨婷啊！的确要好好反思一下了。”

徐雨婷似乎有什么话要说，可是，她用感激的目光望了望项雪菲，嘴巴连续嚅动了几下，最终她什么也没有说。

项雪菲说：“沈老师在办公室呢，快去给他道个歉吧。”

徐雨婷用衣袖抹了一下脸颊上残留的泪水，使劲地点了下头，转身走了。

外语组办公室只有沈大山一个人，徐雨婷站在门口怵怵地喊了声“报告”。沈大山正在给学生批作业，见徐雨婷来了，他嗯了一下，接着故意拉长了腔调，喊了句：“Come in.”

沈大山赌气从教室出来后，直接找到了项雪菲。沈大山把事情的经过讲述完后，项雪菲冷静地对这件事做了详尽的剖析。当项雪菲很坚定地告诉沈大山，徐雨婷和岳洋之间绝对没有不正常的关系时，他的怒气已经消了大半。不仅如此，他心里还或多或少地有了一些自责。

徐雨婷走到沈大山面前，低声说：“沈老师，我错了，我对不起您，我向您道歉，请您原谅我吧。”说完，她眼里的泪水像断线的珍珠，滑落下来。

其实，沈大山待在办公室一直为徐雨婷担心呢。他太了解徐雨婷的性格了，这个外表看似刚强的女孩，其实，内心深处却是极其脆弱。

沈大山知道，他的言语的确有些过头了。毕竟徐雨婷还是一个十几岁的孩子啊！又是当着全体同学的面，沈大山担心徐雨婷一时间会承受不了，万一做出什么傻事来，该怎么办？

沈大山见徐雨婷向他当面道歉，怒气早已云消雾散。他望了一眼徐雨婷红肿的双眼，心里猛然感到一阵歉疚。

此时的沈大山已和刚才判若两人，他笑了几声，说："雨婷啊，道歉的应该是我才对呀！现在，我郑重宣布，收回在教室里说过的每一句话。"说完，他呵呵笑起来。

徐雨婷见沈大山已不再生她的气，悬着的心终于"咕咚"一下掉进了肚子，泪水也止住了。

沈大山又说："你回去告诉同学们，最后一节的自习课，我把落下的课补上。"

徐雨婷说了声"谢谢沈老师"，然后回了教室。

沈大山终究是沈大山，仅过了短短的一个小时多点的时间，第四节去教室上课的时候，他已是有说有笑，好像什么都没发生过似的。

也难怪，同学们给他起了个绰号，叫"老外"。

这个名字的来由有两个：第一个原因是与沈大山教外语有关；另一个原因是与他飘忽不定的性格分不开的。

"纸条风波"看似就这样平息了，可是，事情却远没有这么简单。人言可畏，谣言更可畏。

没几天，这件事就在校园里传得满城风雨。个别人还添枝加叶地把这件事进行了"艺术加工"。有些传言居然说：徐雨婷和岳洋在宿舍里偷着约会，被沈大山抓了个正着。

面对无休止的谣言，徐雨婷和岳洋心理上承受着巨大的压力。岳洋找到徐雨婷，说："要不，把纸条的内容公之于众吧。那样谣言就会不攻自破。"

听了岳洋的话，徐雨婷脸上没有任何表情，她眨了一下眼睛，淡淡地说："这个时候，咱们说出纸条的内容，你以为那些造谣的人会相信吗？说不定还会编出更多的故事来。别管他，咱们身正不怕影子斜。走自己的路，让别人说去吧！”

岳洋仔细想了一下，徐雨婷的话还是有一定道理的，于是点了点头，同意了徐雨婷的建议。

后来，这件事最终还是让岳一博知道了。他是从一个也是学生家长的同事那里听到的。那天上午，刚好有一台手术，是岳一博主刀，听到这件事后，他急忙把手术交给另外一个医生。对他来说，儿子的事才是最重要的。

岳一博驾车来到学校，当他急匆匆地走进项雪菲的办公室时，发现徐雨婷的爸爸徐东国正好也在。

想不到两个老同学是在这样的情景中见面了。两人以往见面都是开不完的玩笑，这一次却是例外，两人紧紧握住对方的手，许久没有说话。最后，还是岳一博先开了口：“孩子们出了这种事，咱们这做家长的惭愧啊。”

徐东国连声说：“是啊，是啊。”

两个人如临大敌的样子，让项雪菲感到可笑又可爱。项雪菲让两人先坐下，然后笑呵呵地说：“其实事情并不是你们想的那么严重，你们多虑了。”说完，她又把事情的来龙去脉，详细地讲了一遍。

听完后，两个人仍然忧虑重重。项雪菲就再次苦口婆心地给两个人解释了一番。直到她拍着胸脯，向他们保证岳洋和徐雨婷之间绝对不会有啥事时，两个人才半信半疑地离开了学校。

随着时间的推移，这件事终于风平浪静了。可是，对于八年级二班的每一个同学来说，心里都留下了一个大大的问号——向沈老师告密的那个人到底是谁呢？

当然，对秦小松来说，还有另外一个问号，那就是：纸条上写的究竟是什么内容呢？

第
7
章

不幸的童年

学校的老师大都有了私家车。

项雪菲却是名副其实的“无车族”，她仍然每天骑着自行车上下班。

尽管项雪菲去年暑假已考取了驾照，爸妈也为她备好了买车的钱，她却并没有买车的打算。在她看来，骑自行车上下班既环保，又方便，何乐而不为呢。

沈大山买私家车比较早，他光换车现在已是第三辆了。沈大山开起车来像他暴躁的脾气，速度特快，因此，他的违章记录也比较多。

早读课的铃声刚响，项雪菲从办公室出来，正好和沈大山走了个面对面。她和沈大山打了个招呼，刚要走开，却发现沈大山似乎有话要和自己说。于是，项雪菲停住脚步，问：“沈老师，有什么事吗？”

沈大山用手摸了一下鼻尖，说：“是有点事。”说完，他就不吭声了。

摸鼻尖是沈大山的习惯动作。

项雪菲笑着说：“有啥事，你快点说。吞吞吐吐，可不是沈老师的做事风格。”项雪菲急着去上课，当然不希望沈大山磨蹭。

沈大山轻轻叹了口气，说：“前几天，我又在限行道上超速了，被电子眼拍了照。唉，交罚款不说，还要扣分。听说你的男朋友是交警，让他帮个忙给我把违章记录处理一下，好吗？”

听了沈大山的话，项雪菲脸上泛起一层红晕，她假装生气地说：“沈老师你咋说话呢，谁说他是我男朋友了？我们只是普通朋友！”说完，她噘起嘴，不再理会沈大山。

沈大山不好意思地用手拍了一下后脑勺，连忙说：“是我错了，我道歉。”

项雪菲笑了笑，说：“下次可别乱说了。”

沈大山接着说：“下次一定不敢了。这事就拜托你那位普通朋友了，好吗？”

项雪菲“扑哧”笑了，说：“好吧，这事就包在我身上。”

沈大山咧开大嘴，嘿嘿一笑，说：“咱小项出马，这事准能搞定。”说完，他将有关证件交给项雪菲，转身走了。

第二天上午，项雪菲正好没课，她请了假，骑着自行车去了交警队。

到了交警队，项雪菲并没有去找袁波。接下来，她所做的事，真有点让人感到匪夷所思。

项雪菲不仅用自己的驾照替沈大山扣罚了积分，还自掏腰包为沈大山交了罚款。只用了十几分钟的时间，她就把沈大山交办的事处理完了。

办理完毕后，项雪菲摸出手机拨通沈大山的电话，笑呵呵地说：“沈老师，你的违章记录，已经处理好了，以后开车可要小心一点。这种事可没有下次了！”

电话那头，沈大山显得异常兴奋，说：“小项啊，你的男朋友，不，是朋友，办事效率可真高。你的眼光很不错嘛。”

项雪菲在电话里只是“哧哧”地笑。

项雪菲这一出人意料的做法，真有点儿像“春晚”上的小品《有事你说话》中的郭子。为了能给同事买到火车票，郭子扛上被褥，连夜到火车站排队买票。分明是自己掏腰包买的火车票，为了给自己撑面子，硬要说是托熟人搞到的票。

项雪菲这样做并不是为了给自己撑面子，之所以满口把处理违章的事应下来，是因为沈大山让项雪菲敬重。项雪菲刚参加工作那阵儿，沈大山没少帮助她。

记得，项雪菲刚走上讲台给学生上课时，班上的几个刺儿头学生见项雪菲是个瘦弱的女孩子，就变着法地在课堂上出她的洋相，常常弄得没法上课，项雪菲有时气得回到办公室哭鼻子。

这件事被沈大山知道后，狠狠地把那些刺儿头学生修理了一顿，从此他们再也不敢在项雪菲面前惹是生非了。

那年新学期开始，学校实行班主任竞聘上岗，项雪菲也报了名。

一个新分来不久的年轻老师能有什么管理经验？现在的孩子大多是独生子女，他们都是家里的小皇帝小公主，在家里被溺爱惯了。学生管理工作的难度愈来愈大，一个无任何管理经验的女教师又怎能担负起班主任工作呢？学校的个别领导和老师对项雪菲报名竞聘班主任提出了质疑。

沈大山却有着自己的看法，认为项雪菲是当班主任的好材料，他对项雪菲竞聘班主任鼎力支持。

沈大山教龄长，资历老，在教师中的声望很高，学校里有不少中青年教师还是他的学生，因此，他的话还是蛮有影响力的。

教务处的马主任就曾经是沈大山的学生，沈大山找到马主任，说："项雪菲有爱心，又有耐心，她事业心强，一定能成为一个出色的班主任的。"

刚开始，马主任还心存疑虑，经过沈大山的软磨硬泡，后来，马主任也成了项雪菲的支持者。沈大山力排众议，又说服了学校的其他相关领导，项雪菲终于成了育英中学最年轻的班主任。

项雪菲虽然爽快地应下了帮沈大山处理违章记录的事，可她压根儿就没打算麻烦袁波。一来她不想让袁波为难，二来不想因为这件事影响他的工作，让他去违背原则犯错误。

项雪菲心里早有了自己的算盘，完成这项任务的办法只有一个：就是代沈大山受罚。这样的代罚，项雪菲是心甘情愿的。

项雪菲和沈大山通完电话后，收起手机，刚要离开交警队，这时，袁波的同事小黄在远处望见了她。

小黄一边打招呼，一边快步走过来，他脸色凝重地问："袁波的情况怎么样?"项雪菲认识小黄，他和袁波经常在一块儿值勤，以前见过几次面。

小黄的话把项雪菲搞了个一头雾水，她直勾勾地看着他，说："袁波能有什么情况?"

项雪菲惊讶的表情，也让小黄有一些丈二和尚摸不着头脑，他疑惑地说："袁波不是住院了吗？难道你……"

"袁波住院了?!"项雪菲顿时怔住了。

小黄急切地对项雪菲说："看来你还不知道哩。"

"袁波到底出了什么事?"项雪菲急切地问。

小黄使劲地吞咽了一口唾沫，说："昨天下午，袁波在马路上值勤，一个老头横穿马路，一辆面包车忽然冲过来，老头没有做出任何躲闪反应，面包车司机也来不及刹车，紧要关头袁波冲了过去一把推开了老头。老头获救了，袁波却受伤住进了医院!"

项雪菲好像突然遭受了当头一棒，感到脑袋里嗡嗡作响，她用颤抖的声音问："袁波……没啥事吧?"

小黄见项雪菲脸色蜡黄，忙说："项老师你放心，袁波没什么大碍的。"

许久，项雪菲才缓过神来，说："没啥事就好。"说着，项雪菲就快速地拨打了袁波的电话。可是，手机已经关机。

"怎么是关机呢?"项雪菲很失望地把手机装进了口袋。

跟小黄道别后，项雪菲急匆匆地赶去了医院，在护士站查到袁波的病房号，她急匆匆地跑了过去。推开门，见袁波躺在床上有说有笑，项雪菲悬着的心才算放了下来。

袁波的右手臂扎着绷带，吊在了胸前，他正半躺在床上，和姐姐袁霞聊着什么。见项雪菲走进来，袁波想着坐起来，却被快步走上来的项雪菲一把按在床上。项雪菲心疼地说："别动，会碰到伤口的。"

袁霞曾在饭店里望见过项雪菲，对她很有一些印象。见项雪菲来了，袁霞急忙迎过去，笑着问："这位是项老师吧?"

袁霞是从班上来的，身上穿的是护士服，项雪菲一直以为她是在病房里照看袁波的护士，没想到这位护士会认识自己。项雪菲感到一惊，很有礼貌地冲袁霞点了点头，问："您是……"

不等袁霞搭话，袁波说："这位是我的姐姐袁霞。"

项雪菲恍然醒悟，忙说："您就是岳洋的妈妈吧?"班里所有学生家长的职业，项雪菲早已熟记于心，她又知道岳洋和袁波的关系，所以她一下子就猜到了袁霞是岳洋的妈妈。

袁霞满脸是笑，亲昵地拉住项雪菲的手，说："洋洋让您费心了。"

项雪菲说："岳洋可是个懂事的好孩子啊。"

袁霞再三叮嘱项雪菲，说："洋洋和小波感情深着呢。这事就别让洋洋知道了，要不他会分心的。"

项雪菲笑着点了点头。

袁霞本来是想借这个机会和项雪菲多了解一些岳洋在学校里的情况，可她又想到自己待在这里，袁波和项雪菲说话会有些不方便。于是，袁霞说了些客套话，告辞了。

袁波住的是单人病房。

如今医疗条件好了，连病房也变得华丽了。病房内，有衣橱，有厕所，还有洗漱间，不出门就能洗热水澡，墙壁上挂着大屏幕的液晶彩电。窗台附近还摆放着沙发、茶几等。若是取走了挂吊瓶的支架，病房就会变成星级宾馆的客房。病人住在这里若能抛弃病痛的话，还真有种宾至如归的感觉。

其实，袁波刚住进来的时候，是住在了三人一间的普通病房。岳一博知道后，找到了骨外科的病房主任，让他给调出了一个高档的单人病房。开始袁波并不同意，认为又没啥大毛病，况且，病房里人多还热闹一些。

袁霞却不依不饶，还上纲上线地做起了袁波的思想工作，袁波拗不过，只好搬了进来。

袁霞走后，病房里只剩下袁波和项雪菲两个人。

项雪菲瞅着袁波那只受伤的手臂，关切地问："伤得怎么样?"

袁波乐呵呵地说："只是轻微的骨折，没啥大事，过几天就出院了。"

项雪菲深情地望着袁波，用略带责备的口吻说：“看你也不小心点儿，多危险呀，差点儿没把我吓死。出了这么大的事，也不打电话告诉我一声，竟然连手机都关了。心里还有没有人家嘛。”说完，她把头扭向一边，假装生气地不再理会袁波。

听了项雪菲的一番话，袁波心里顿时感到一阵热乎乎的，他急忙用讨好的话语对项雪菲说：“都是我不好，向你认错总可以了吧。”

项雪菲这才回过头来，说：“伤口很疼吗？”

袁波满不在乎地说：“放心吧，现在一点都不疼了，不信我把胳膊转个圈，给你看。”说着，袁波就要动胳膊。

项雪菲一下子慌了神，急忙用手按住袁波，说：“我信，你千万别动。”袁波这才又规规矩矩地躺回到病床上。

袁波想起什么似的，问：“今天没有上课吗？你是怎么找到这儿来的？”

项雪菲把遇到小黄的事，从头至尾说了一遍。不过，替沈大山交违章罚款的事，她没有让袁波知道。

袁波听完后，说：“小黄这小子，就他多嘴，这不是明摆着让你担心吗？等我回去，一定找他算账。”

项雪菲立马接过话茬说：“你要真找小黄算账，我就找你算账！”

两个人在病房里你一言我一语地聊了起来。一边聊天，项雪菲一边拿起水果刀为袁波削起了苹果。

项雪菲说：“你讲一下救人时的情景给我听吧，好吗？”于是，袁波眉飞色舞地给项雪菲讲述起在马路上救人的全过程。

听着听着，项雪菲一脸担忧地说：“交警这工作太危险了，真让人担心。要不，等出院后，跟领导说明一下情况，你调换一下工作吧。”

想不到，项雪菲随口而出的几句话，袁波听了，脸色忽然凝重起来。他深情地看着项雪菲，说：“雪菲，你知道我为什么选择交警这个职业吗？”

项雪菲见袁波的表情忽然由晴转阴，不知道自己到底说错了什么，于是她再不多说一句话，只是轻轻地摇了摇头。

袁波缓缓地抬起头，那充满忧伤的目光穿过明净的窗玻璃，望向远方。

良久，袁波的嘴角忽然抖动了几下，似乎要说点什么，却又像喉咙被什么东西堵住了，什么话也说不出口。

项雪菲不知道究竟发生了什么事，她急忙停下手中的水果刀，把身子向前凑了凑，问："你有什么心事吗？有话，千万别憋在心里，说出来会好受些。"

袁波依然凝望着远方。

过了许久，袁波缓缓说道："我八岁那年，父亲和母亲到镇上赶年集，置办年货。那时，我还不懂事，哭闹着非要跟着去。快过年了，天很冷，父亲并不想带我去，他用手捧着我冰凉的脸蛋，对我说，小波听话，在家好好待着，等赶完集，我给你买牛肉蒸包吃。听了父亲的话，我止住了哭，那个时候，能吃上香喷喷的牛肉包子，简直是一种奢望。那天上午，我一连去了十多趟街口，盼父亲快点归来。都到吃午饭的时间了，还不见父亲回来。我就又到村头望，村子里去镇上赶集的人陆续回来了，唯独不见父亲和母亲。后来，我去了大伯家，伯母哄我说，年集是要赶到很晚的，到下午太阳落山，还有人在集上卖东西呢。再等一会儿，你爹就回来了。伯母见我饿坏了，就揭开锅，让我先吃饭。我却非要等父亲回来吃蒸包。"

"你不饿吗？"项雪菲打断了袁波的话。

袁波苦笑了一下，说："我还等着吃蒸包呢，吃了别的东西，肚子不就盛不下蒸包了。"

听了袁波的话，项雪菲想笑，却又笑不出来，她歪着脑袋，瞅着袁波，说："后来呢？"

袁波脸上没有一丝笑容，说："后来，我回了家。午后时分，我听到门外有响动，以为是父亲回来了，就大声叫喊着，吃蒸包喽，吃蒸包喽。我快速跑了出来，来人并不是父亲，他是邻居家的二叔。二叔神情很慌张，他一进门就抱起我急匆匆地往外走。二叔的拖拉机在门外停着，上面还坐了伯父和伯母，两个人的脸色很难看，我有点害怕。二叔把我抱上了拖拉机，然后开着它走了……"

项雪菲还在削苹果，问："到底发生了什么事？"

袁波叹息一声，说："拖拉机停下来的时候，我看见了父亲和母亲，两个人躺在公路的一侧，身边流了一大摊血。我知道，那些血是从爹和娘的身体里流出来的。我终于见到了盼了一个上午的牛肉蒸包，包子装在一个白色的方便袋里，已经被压扁，包子馅露在了外面，上面还沾满了鲜红的血。我撕心裂肺地哭喊着，扑在父亲身上。那天很冷，风也很大，我吓坏了，只知道哇哇大哭。四周围满了人，我隐约听见有人说，这对夫妇死得可真惨。我知道，爹和娘死了，他们将再也不会醒来，再也不会逗我玩，更不会给我买蒸包吃了。于是我愈加大声地哭喊起来，爹……娘……咱们回家吧，我再也不吃蒸包了……"

项雪菲心里感到一阵酸楚，眼圈变得通红。

袁波停顿一下，愤愤地说："我听人群里有人在议论，说父母是被一辆货车撞死的。还说，那个司机吃午饭时喝了酒……我从冰冷的路面上爬起来，攥紧拳头，要找那个货车司机拼命。可是，周围除了围观的人群和横七竖八的几辆自行车，什么都没有。"

项雪菲气愤地问："货车司机哪里去了?"

袁波叹息一声："肇事司机逃走了。"

项雪菲吃惊地问："原来你是孤儿呀?"

袁波一副很痛苦的样子，说："后来，伯父和伯母收养了我。"

项雪菲问："就是袁霞的爸爸和妈妈，对吗?"

袁波点点头，说："是的。"这时，项雪菲才恍然明白，原来袁霞和袁波并不是亲姐弟，怪不得两个人的年龄差距那么大呢。

项雪菲没有再继续问下去，她实在不想再刺痛袁波心间的那道永远难以愈合的伤疤。

袁波苦笑了一下，说："父母的死，让我从小就下定决心，长大后要做一名交通警察!"

项雪菲默默无语，她猛然想起了小说中的一句话："幸福的人都一样，不幸的人却各有不同。"想不到，袁波的童年居然遭受了如此的不幸。

项雪菲的童年是幸福的，快乐的。她像天空中自由飞翔的小鸟，无忧无虑。在她看来，每个人的童年都是欢乐无比的。谁又曾想到，眼前这位曾经制伏了抢包贼，帮自己找回准考证的——她心目中的英雄，竟然有着如此悲惨的遭遇。

过了片刻，项雪菲用温婉的话语说："袁波，别难过了，事情已经过去了。好好养伤吧，等养好身体，再到马路上执勤，好吗?"

袁波若有所思地点了下头。

项雪菲说："来，吃点水果吧。"说着，她用水果刀又削起了苹果。

大概是袁波的不幸遭遇对她触动太大的缘故，项雪菲有些心不在焉，拿水果刀的手有些颤抖，一个没留神，锋利的刀刃划破了她的手指，鲜血从她白皙的手上淌下来。躺在病床上的袁波看在了眼里，他忽地坐起来，用另一只手握住了项雪菲受伤的手指，表情紧张地问："疼吗？快找纱布包扎一下吧。"

袁波着急的神情，让项雪菲感到身体内有股暖流在涌动，她笑了笑，说："没事，小伤口不碍事的。"

在袁波的执意要求下，项雪菲还是找医生做了简单处理。

两个人正聊着，病房的门开了，袁波的几个同事走了进来。袁波指着为首的那个身材高大的交警，向项雪菲介绍说："这位是李队长。"

项雪菲微微一笑，说了声："李队长好。"

李队长穿着警服，显得格外威武，他笑呵呵地说："这位就是项老师吧，袁波经常在我们面前提到你呢。"

项雪菲没有说话，只是冲李队长他们笑了笑。

三个人各自坐了下来，李队长说："事情基本调查清楚了，老人家八十岁了，他是张副市长的父亲。老人患有老年痴呆症，前几天，张副市长被双规，老人受到了刺激，就一个人从家里跑了出来……"说这番话时，李队长压低了声音。可是，站在旁边的项雪菲全都听到了。

项雪菲暗自吃惊。"张副市长……难道是张军？一个多月前，他还到学校去调研呢，现在就被双规了?"项雪菲知道市里的副市长只有张军一人姓张，因此可以确定被双规的人就是张军。

同来的另外一名交警，接过了话头："老人家年龄大了，耳聋眼花，手脚又不利索，再没人照看，四处跑动是很危险的。这次幸亏袁波及时出手，要不后果就严重了……那辆面包车急着往酒店送海鲜，才闯了红灯……现在正接受处理呢。"

有些事真是太凑巧了。想不到袁波救下的老人，居然就是张军的父亲，张谦的爷爷。

听了李队长他们的话，项雪菲不禁为瞬息万变的世事感到惊叹。她心里像是打翻了五味瓶似的，酸、甜、苦、辣、咸，啥滋味都有。

见李队长他们和袁波聊得火热，项雪菲想起自己从学校出来得太久了，于是，她起身告辞。

项雪菲看了看时间，第四节课快要上课了，等赶到学校，距离放学时间，最多还剩二十分钟。第四节是自习课，她正好有点事情要处理。想到此，她加快了脚步。

第
8
章

远行的风筝

上个周二的早读时间，项雪菲发现一班的几个男生在二班的卫生区里打扫卫生，他们几个干得很起劲，也很仔细。

项雪菲心里直纳闷，这是怎么回事？难道他们不知道本班的卫生区在哪里？她走上前去，对几个男生进行询问。他们先是一声不吭，后经项雪菲再三盘问，一个瘦高个儿男生才支支吾吾地说："我们见这里清扫得……不是很干净……就帮忙打扫一下……"

男生说这话时，脸上的表情有一些怪异，一看就知道他在说谎。项雪菲见几个男生像在故意掩饰着什么，便不再多问。

项雪菲回到办公室，她绞尽脑汁也没想出究竟是怎么回事。于是，她找来岳洋，问："怎么一班的男生帮咱班清扫卫生呢？"

岳洋迟疑了一下，故作惊讶地说："会有这种事？大概他们是保护环境卫生的志愿者吧。"

项雪菲用圆珠笔有节奏地轻轻敲打着桌面，慢条斯理地说："他们做志愿者，帮咱班打扫卫生，难道就不怕'流动红旗'让咱班夺了来？这种猜测也太幼稚了吧！"

岳洋没有回答项雪菲的话，只是尴尬地笑了笑。项雪菲眼睛一眨不眨地瞅着岳洋，不再说一句话。岳洋不好意思地耷拉下了脑袋。

沉默片刻，项雪菲笑了笑，说："这件事，既然你不知道是怎么回事，就先回去上课吧。”

岳洋慢腾腾地走了。

项雪菲又找来秦小松，说：“秦小松，你是副班长，有件事我要问你，你要是知道真相，可要如实告诉我！”

秦小松鸡啄米一般连连点头，说：“项老师，您就问吧，只要我知道，一定如实告诉您！”

项雪菲把一班同学帮忙打扫卫生区的事又说了一遍，秦小松听了后，脑袋摇得像拨浪鼓，连声说：“不知道。”

项雪菲似笑非笑地说：“你真的不知道？”

秦小松连连摇头，说：“真的不知道。”

项雪菲笑了，说：“不知道就不知道，你摇什么头？”

秦小松尴尬地笑了笑，说：“项老师，我真的不知道，我可以发誓……”

说着，秦小松高高地举起右手。

项雪菲冲他摆了下手，说：“把手放下吧，别动不动就发誓，你那点花花肠子，我还不清楚？”

秦小松不好意思地低下了头。

项雪菲沉思片刻，说：“你回去吧。”

秦小松如释重负一般，猫着腰快步走出办公室。

项雪菲来回踱着步，她隐约感觉到岳洋和秦小松似乎在故意隐瞒着什么，既然两个人不想把真相说出来，即便再问下去也不会有任何结果。并且，再问班上的其他同学，也是枉然。

下午上课前，项雪菲找来徐雨婷。

徐雨婷是个正义感很强的女孩，她知道的事，可能守口如瓶不说出来，可她从来不说谎，说自己不知道。

项雪菲先是询问了一下徐雨婷近期的学习情况，随后，就直奔主题了，说：“雪婷，有件事要问问你，你可要如实告诉我。”

徐雨婷笑得很好看，洁白的牙齿刚好露在外面，说：“项老师，究竟是什么事，看您搞得这么神秘。”

于是，项雪菲再次把问题说了一遍。

听了项雪菲的话，徐雨婷脸上的笑容渐渐不见了，她一脸为难，说："项老师，这件事您还是别问了！"

项雪菲的脸唰地沉下来，说："怎么，难道连最诚实的徐雨婷也不想说真话了？"

徐雨婷低头不语了很长时间，才抬起头，她的样子像是做出一项重大决定。

项雪菲说："说吧。"

徐雨婷说："我说了，您可千万别说是我说的，一定要替我保密！"

项雪菲微笑着点了点头，说："放心吧，我会替你保密的。"

原来，事情是这样的。

临近期中考试，功课愈来愈紧，同学们打扫卫生会影响到完成作业。刘双寒主动提出来，自愿承担起室外卫生区的清扫任务。

其实，大家都知道他才不会自己动手打扫卫生呢。果不出所料，刘双寒用每天一百元的价格把卫生区承包给了一班的几个男同学，还与他们签订了协议书，到了月末若是班里能拿到流动红旗，外加二百元的奖金。

还真别说，自从卫生区被刘双寒承包出去以后，同学们的确轻松了许多。把打扫卫生的时间全都用到做功课上，时间当然宽裕了。

为此，同学们都打心眼儿里感激刘双寒。对于这件事，岳洋总担心一旦被项雪菲知道，不仅会阻止刘双寒这种做法，还要对刘双寒进行严厉批评。

于是，岳洋就和全班同学商定了"攻守同盟"，任何人不要把这事透露给项雪菲，若是谁把事情透露了，室外的卫生区就由谁负责清扫。全班同学都举双手赞成岳洋的做法，纷纷表示愿意保守这个秘密。

项雪菲听完徐雨婷的讲述，既好笑，又好气，她把手里的圆珠笔重重地往桌子上一放，说："这个刘双寒太不像话了，怎么能这么搞呢？"

徐雨婷急忙说："其实，刘双寒挺热心的，他经常帮助班里的同学，很有人缘。”

项雪菲哼了一下，说：“帮助人难道就得用这种方式?”

徐雨婷不再说话。

项雪菲又说道：“岳洋这班长连最起码的原则也不讲了！还搞什么攻守同盟，这不是成心和我作对吗……”

过了片刻，徐雨婷见项雪菲不再说话，说：“项老师，您可一定要替我保密。否则，我在班里会成为众矢之的的!”

项雪菲说：“这事我会替你保密的，你先回去吧。”

徐雨婷快到门口了，又折了回来，说：“项老师，过些时间您再处理这件事吧，同学们都知道我来过办公室，马上处理这件事，同学们对我会有猜疑的。”

项雪菲咯咯地笑起来，说：“我知道。”

徐雨婷这才安心地离开。

这事搁了十多天了，现在处理，大概不会有人会猜疑徐雨婷了。

忙碌了一整天的项雪菲，快步去了八年级二班教室。

项雪菲推门走了进去，同学们正在忙着做作业。

项雪菲刚想喊刘双寒和岳洋两个人到办公室去，就她在转身之际，猛然发现，黑板上写着几个用红黄两色的彩笔书写的大字：祝项老师生日快乐!

项雪菲幡然醒悟，怪不得今天早上妈妈打电话来，让我晚饭一定回家吃呢。原来，今天是自己的生日啊。这几天事情多，居然连生日都忘记了。孩子们多么率真，多么可爱啊！他们竟然还能记着我的生日。

项雪菲激动不已，她早已忘掉找刘双寒和岳洋到办公室去的事。

这时，同学们一拥而上把项雪菲簇拥在了正中，同学们还为她准备了各式各样的小礼物。

徐雨婷把一张带有音乐盒的生日贺卡，递到项雪菲面前，项雪菲清晰地看见，徐雨婷的眼睛里竟然闪动着晶莹的泪光。

项雪菲暗自纳闷，徐雨婷到底怎么了？近些天总是那么古怪，动不动就掉眼泪，难道她有什么事瞒着大家……

想着想着，项雪菲的眼圈也湿润了。

又是周末。然而，这个周末是不同寻常的。原本是一个充满快乐的夜晚，一个突如其来的消息，让岳洋的心情跌进了低谷。

周末回家，岳洋和往常一样受到爸妈的热情款待。

晚餐依然丰盛。面对满桌的佳肴，岳洋并没有狼吞虎咽，那不是他吃饭的习惯。可能是学习压力过大的缘故，近来岳洋的食欲有些差，吃起饭来总是精挑细选。

袁霞见岳洋吃什么都是难以下咽的样子，急得脸上冒了汗，尽管岳洋吃得很慢，她还是不停地用筷子把岳洋最爱吃的饭菜夹过来。

岳一博为能让岳洋多吃点，故意放慢了吃饭的速度，他一边慢慢地喝汤，一边目不斜视地瞅着岳洋吃饭，他还不时地催促岳洋快点吃。

饭吃完了。袁霞忙着收拾起碗筷，岳一博和岳洋坐在沙发上聊起了天。

只有周末，家才像家的样子。

若在平时，先不说岳洋待在学校回不了家，对于岳一博夫妇来说，在医院加班也是司空见惯的事。可是，因周末岳洋回家，岳一博和袁霞从来不加班。为了能在周末陪儿子一起吃团圆晚餐，两个人宁愿放弃每个月几百元的奖金。

袁霞收拾完碗筷，也坐在了沙发上。岳洋最怕爸妈唠叨起来没完没了，见袁霞走过来，便主动提出要做作业。儿子想做作业是好事，岳一博和袁霞当然大力支持。袁霞连忙起身去书房，开灯，收拾书桌。

袁霞是个电视迷，尤其爱看韩剧，一百多集的电视剧，总也看不够，有时看了屏幕上那些缠绵悱恻的剧情，还会哭得一塌糊涂。为此，岳一博没少和她吵嘴。可是，袁霞依然我行我素，时间久了，岳一博拿她也没什么办法，只有听之任之。

不过，只要岳洋做功课，家里的电视机只有一种情况——关机。对袁霞来说，再精彩的韩剧，也比不上儿子的功课重要。

岳洋进了书房，岳一博和袁霞两个人坐在沙发上喝茶、嗑瓜子、聊天，两个人悠闲地享受着周末所独有的那份清静。两人说话的声音很低，一般不会影响到岳洋做作业的。

岳一博啜了一口茶水，猛一拍大腿，说："有件事，忘了告诉你了！"

袁霞瞪了岳一博一眼，不高兴地说："看你一惊一乍的，就不怕影响到洋洋做作业？"

岳一博下意识地向前凑了凑，说："知道不，徐雨婷要转学了！"

袁霞像是受到了什么惊吓，差点儿从沙发上蹦起来，说："徐雨婷要转学？"

岳一博笑眯眯地点了点头。

袁霞问："她要转到哪个学校？"

岳一博故作神秘，说："远着呢。"

袁霞脸上露出不悦，说："卖什么关子嘛，到底要转到哪个学校？"

岳一博轻咳了一声，说："新疆喀那地区的一所学校……"

袁霞几乎尖叫起来："天哪，怎么那么远？"

岳一博不屑地瞅了袁霞一眼，说："别大惊小怪的，这叫'高考移民'，懂吗？"

"高考移民"这几个字，袁霞还是晓得的。就是参加高考的考生为了达到能考上名牌大学的目的，转学到录取分数线比较低和录取率比较高的省份去读书。说白了，就是钻高考政策的空子。

岳一博说："徐雨婷的妈妈是高中老师，且连年担任高三班主任，人家可是高考方面的专家。"

袁霞不解地问："徐雨婷现读初中，距离高考还早着呢，怎么现在就过去呢？"

岳一博笑了笑，说："你懂啥，若是到了高中再办理，怕是黄花菜都凉了。这叫'未雨绸缪'，懂吗？"

袁霞听得入了迷，坐在一旁频频点头。

两人沉默片刻，袁霞问："这'移民'的事好办吗？要不给咱洋洋也来个‘高考移民’怎么样？咱不怕花钱！”

岳一博站了起来，缓缓走到窗台前。

城市的灯火在不知疲倦地眨着眼睛，窗外的夜色很美。

岳一博站在窗前凝视了许久，才叹息一声，说：“这事难办着呢。我一个医生，怕是没这本事。”

袁霞也起身来到窗前，偎在岳一博身边，喃喃说道：“徐东国咋就这么神通广大，能把女儿转到外省去读书呢？”

岳一博说：“前段时间，按照总公司的要求，徐东国单位要选派三名技术人员前往新疆的分公司开展对口帮扶业务，时间三年，据说待遇挺丰厚的。可是，这年头谁又会因为待遇丰厚而丢下老婆和孩子背井离乡呢？单位领导接连召开动员会，硬是一个报名的都没有，公司领导都急得成了热锅上的蚂蚁。出人意料的是，过了没几天，徐东国主动找到单位领导第一个报了名。更让人意想不到的是，徐东国报了名后，接下来报名的人都挤破了头。”

“这是咋回事？”袁霞问。

岳一博重新回到沙发上坐好，说：“这不是明摆着的事吗？去新疆工作可以有机会把孩子带过去读书呀！将来可以名正言顺地在那里读高中，然后在那里参加高考。为了能让孩子考个名牌大学，到艰苦的地方工作几年又算个啥？”

袁霞一副恍然醒悟的样子，说：“噢……原来是这样。”

岳一博又说：“这样一来，单位领导又犯愁了。这么多人抢着报名，到底让谁去，又不让谁去呀？”

袁霞着急地问：“后来咋办的？”

岳一博说：“最后，公司决定，谁报名时间早就让谁去。这样，徐东国就获取了去新疆工作的机会。徐雨婷也就顺理成章地跟随徐东国转到新疆读书了。她就从一个教育大省的优秀学生，名正言顺地变成了一名新疆地区的学生了。将来就能以新疆学生的身份参加高考。”

袁霞羡慕地说：“啥好事都让人家徐东国碰到了，咱家洋洋也没这份福气。”说完，她瞅了岳一博一眼，意思很明确，是埋怨岳一博没本事把自己的儿子“移民”到外省读书。

岳一博并没有理会袁霞，又说：“听徐东国说，徐雨婷知道转学去新疆的消息后，天天跟徐东国吵闹。唉，小孩子真是不懂事，这种百年不遇的好机会，居然想放弃！”

袁霞打断岳一博的话，说：“莫非是因为咱家洋洋？”

岳一博会意地点点头，压低声音，说：“嗯，我也这么想。好在……徐雨婷最终同意了去新疆。这样一来，我们反倒少了一些担心。”

两个人你一言我一语地谈论着……

书房的门没有关严，再说，今天的事情较特殊，岳一博和袁霞说话的声音比平时略高了一些，因此，两个人的对话，刚好被岳洋听到。

“徐雨婷要转学？还是转到几千里之外的新疆去读书！”消息来得太突然！岳洋毫无准备，听了爸妈的对话，他的脑袋一下子炸开了锅。

要在以往，岳洋一定会冲出书房，向岳一博求证这个消息是真是假。可是，自从“纸条风波”过后，在爸妈面前，“徐雨婷”三个字已成为最敏感的字眼。岳洋并不想为这件事而招惹一些不必要的麻烦。况且，爸爸已经把事情说得够清楚了，再继续问下去，也不会有太大的意义。

从小学到初中，学校每次编班，岳洋和徐雨婷都是分在一个班。朝夕相处了这么多年，一路走来，两个稚嫩清纯的心灵结下了深厚的友谊，随着年龄的增长，那份真情渐渐发生了难以名状的变化。

岳洋脑子里乱作一团，他多么希望爸爸说的每一句话都是假的。尽管岳洋知道这件事既然从爸爸口中说出来，就十之八九不会有假，可他还是心存种种幻想：或许这个消息是爸爸编出来故意试探自己的；或许徐伯伯突然改变主意放弃了去新疆；或许现在已不再需要派人去新疆工作……

岳洋心神不定地坐在书桌前，哪里还有心思做作业？

袁霞又开口说话了：“前些天，我还见过徐东国，他也没向我提起这件事。我怎么总觉得这事不怎么靠谱啊，消息可靠吗？”

“怎么不可靠，今天下午徐东国给我打电话，让我明天参加他的送行宴会呢。”岳一博说，“这件事，从一开始徐东国就没声张，事情一直处于保密状态。后天早上八点，飞机就要起飞了，徐东国才通知了所有亲朋好友……”

袁霞长长地吸了一口气，若有所思地说：“噢，怪不得大家都说徐东国做事很缜密。”

“后天就起程？周一上课不就见不到雨婷了？”岳洋暗自一惊。

岳洋坐在书桌前，面前放满了书本和试卷，可是，此刻的岳洋一道习题也做不下去。他满脑子里都是徐雨婷晃动的身影，那个爱穿白色衣服的女孩总在他眼前飘来飘去。

天有些晚了，岳一博走进书房，说：“洋洋，早点儿休息吧，作业明天再做好吗?”

岳洋放下手中的笔，收拾了一下桌子上的书本，懒洋洋地说：“这就睡。”

岳一博又说：“洋洋，你知道吗？徐雨婷要转学了。”

岳洋面无表情地扭头看了一眼岳一博，本想说点什么，可是，那一刻，他又想不起说什么好。他只好轻轻地哦了一声。

岳洋的举动，让岳一博感到很意外，他睁大眼睛，吃惊地问：“洋洋，这件事难道你早知道了?”

岳洋没说话，只是轻轻摇了摇头。

见岳洋对徐雨婷转学这件事表现得非常冷淡，岳一博便开导起岳洋，说：“徐雨婷转学后，你就少了一位竞争对手，这对你来说应该是很有利的……”

“爸爸，你能不能不说这些呀!”岳洋很不耐烦地打断了岳一博的话。

岳一博自讨没趣，说：“不说了，不说了。不过，我还是要提醒你几句，徐雨婷转学后，在将来的高考中就更有优势了，你可要加倍努力啊!”

岳洋一副恼羞成怒的样子望着岳一博，大声说：“我一定加倍努力，总行了吧!”

袁霞进来了，她瞪了一眼岳一博，说：“是谁惹洋洋不高兴了？洋洋，快洗漱去，赶紧上床睡觉。”

岳洋站起身，脸上勉强挤出一些笑容，说：“妈，我马上洗漱。”袁霞向岳一博使了一个眼色，两个人从书房里出来了。

那个夜晚，岳洋失眠了。

第二天中午，岳一博果真没有在家吃饭，走的时候也没说去哪，只是说了声：“我走了。”然后，他就匆匆出了门。

岳洋不能确定，爸爸是不是参加徐东国的欢送宴会去了。

大概是睡眠不好的缘故，整个上午，岳洋总有一种昏昏沉沉的感觉，整个人好像被什么东西掏空了似的，自己已变成了一个躯壳。

雨婷转学的事项老师知道吗？还有沈老师和其他任课老师知道吗？班里的其他同学知道吗？他们若是知道了徐雨婷转学走了，心情会是怎样呢？他还想到，徐雨婷舍得离开吗？她有没有哭鼻子呢……这一个个问题幽灵似的困扰着岳洋，让他如坐针毡，不得安宁。

周末两天的时间，对岳洋来说好漫长，他好不容易才盼到周一开学。

周一，岳洋急匆匆地赶到学校。

来到教室门前，他先是在门口停了一下，然后轻轻推开了门。那一刻，岳洋多么希望教室里第三排的位子上坐着一个满头秀发的漂亮女孩啊！只要徐雨婷出现在教室，那么，就能足够地证明爸爸所说的每一句话都是谎言。自己两天来所经受的煎熬，就会在顷刻间化为乌有。

门开了。岳洋的目光探照灯一般向徐雨婷的位子扫过去，课桌空荡荡的，没人。岳洋很失望，可又暗自宽慰自己：“天还早，或许徐雨婷正走在路上呢。”想到这里，岳洋不动声色地走到自己的位子上。

岳洋边从书包里往外掏作业本，边暗自宽慰自己：“徐雨婷会来的，她向来都很准时。一定是爸爸说谎，爸爸以前不就经常说谎吗？”

记得，小学毕业时，爸爸不是也说徐雨婷要转到另外一所初中读书吗？还说那所学校有外教，是双语教学。结果，徐雨婷还不是和我在一个教室里上课吗？这一次，爸爸准是又在说谎。

岳洋在用各种方法安慰着自己。

同学们陆续走进教室，门不停地被推开，又被掩上。每次有同学进来，岳洋都是第一个抬头望过去，可是，每次都让他失望。

离上课的时间越来越近，徐雨婷仍然没有出现。

岳洋两眼直勾勾瞅着门口。再有几分钟，就要响预备铃了，岳洋的心都提到了嗓子眼儿。岳洋暗暗下了一个大胆的决定，如果徐雨婷在最后时刻出现，自己一定会冲过去和她拥抱在一起，大声欢呼。即便事后谣言满天飞，他也毫不后悔。

预备铃响了，徐雨婷依然没有出现。岳洋仅存的一线希望，最终破灭了。

这时，秦小松在座位上喊叫起来："岳洋，上次徐雨婷迟到，闹出那么大的事。今天徐雨婷又要迟到了，待会儿沈老师来了，你可要留心一点呀。"

岳洋扭头看了秦小松一眼，并没有理睬他。

门终于开了。

岳洋的心几乎要蹦出来，他两眼凝视着门口，双手按在课桌上忽地站了起来。可是，推门进来的并不是徐雨婷，岳洋像泄了气的皮球又坐在了座位上。

第一节课是外语，来人是沈大山。

沈大山上课从来都是铃声响起，才走进教室，既不早到，也不晚到，每次都很准时。有时即使提前来到教室，也要在门外等候，直到铃响才进课堂。

下课也是一样，沈大山从不拖堂，下课铃一响，准时离开教室。不像有的老师，提前五分钟进教室上课，下课铃响了，再拖延五分钟下课，原本四十分钟的一节课，就变成了五十分钟。

沈大山从不占用学生的休息时间，他的这一做法深得同学们的喜爱。

离上课时间还有五分多钟呢。沈老师怎么来上课了？今天到底是怎么回事？同学们用怪异的目光望着沈大山。

沈大山走上讲台，环视了一下四周，然后下意识地用手摸了一下桌面，桌面很干净，没有一点灰尘，他这才把手中的书本放在讲桌上。教室里鸦雀无声，同学们都睁大了眼睛望着沈大山，等待着接下来所要发生的事。

沈大山终于开口了："徐雨婷转学了！"

沈大山的话，像一块石头落进了平静的湖面，激起了千层浪花，教室里顿时叽叽喳喳地乱成一团。

沈大山的话，让岳洋之前所有的幻想终于化作了泡影。他知道，爸爸没有说谎，徐雨婷真的转学走了。然而，当徐雨婷转学的消息得到证实后，岳洋原本七上八下的心情反而变得平静起来。

秦小松站了起来，问："沈老师，徐雨婷转到哪个学校去了？"

沈大山阴沉着脸，说："新疆喀那州的一所中学。"

沈大山话音刚落，同学们几乎是异口同声地喊道："哇，怎么那么远！"

徐雨婷的转学，让沈大山的心情极其低落，这是可以理解的。一直以来，沈大山对徐雨婷都是关爱有加，有时为了能给徐雨婷买到一本英语复习资料，宁愿自己掏钱专门跑一趟书店。为此，暗地里有很多同学说沈大山偏心眼，有的家长还把这个问题反映到了吴校长那里。

因为这件事，吴校长还找沈大山单独谈了话，提醒他以后对学生要一视同仁，千万别厚此薄彼。

沈大山却满不在乎，说："得天下英才而育之，一乐也。'英才'就得有'英才'的教育方式，他们是英才吗？我即使送他们两本习题书，他们能做得完吗？"

沈大山的脾气，吴校长是清楚的，见他急得脖子上的青筋都蹦了起来，便不再多说，只好善意地嘱咐了沈大山几句了事。

沈大山站在讲台上，像个木偶似的摆弄着教案本，什么话也没说。同学们在下面议论纷纷，教室里开了锅似的，乱糟糟的。

沈大山用黑板擦轻敲了一下桌面，教室里渐渐静了下来。沈大山说："徐雨婷的确是一个品学兼优的同学，她的离开对八年级二班来说是一个难以弥补的损失。以后，若是市里再举办英语竞赛，真的不知道，缺了徐雨婷，哪个同学能获取参赛的资格。获奖那就更不用说了！”

听了沈大山的话，同学们都惭愧地低下了头。岳洋心里感到无比羞愧，因为论英语成绩，在班里除了徐雨婷，就数他了。这样一想，沈大山的这番话，事实上就是说给他听的。

沈大山把手伸进了西装的口袋，摸出了一张叠得方方正正的纸，然后缓缓地把纸打开，说：“徐雨婷临走前，没来得及和大家告别。其实，她舍不得离开大家啊！”

同学们都抬起了头，眼巴巴地望着沈大山。

沈大山又说：“徐雨婷临走时，托人捎给我一封信，虽然是私人信件，我还是想在这里读给大家听一听。”

说完，沈大山就用略带一些洋文腔调的普通话，读起徐雨婷的信。

沈老师您好：

当您收到这封信的时候，我已乘坐飞机去了几千里之外的新疆。我是多么不想离开这里呀！为这件事我曾无数次地和爸妈吵闹，最终我还是没有办法改变事情的结局。那次迟到，就是因为和爸爸为这件事发生争吵，我以不去上学进行要挟，才迟到的。

沈老师，您在我身上倾注了太多的心血和汗水，您对我的教诲和关爱，我是永远都无法忘记的。我知道，唯一能做的，只有通过自己的努力用更优异的成绩来报答您对我的教诲。在即将远去的这一时刻，我才真实地感悟到，“春蚕到死丝方尽，蜡炬成灰泪始干”这一诗句，就是对您所有工作的最好诠释。

不久前，我当众顶撞了您。知道吗？当话说出口的那一瞬间，我已经后悔了。我好想马上改口说，老师，我错了，请您原谅我吧！但是我却没有勇气说出口。后来，项老师让我去给您道歉。我多么希望您能狠狠地批评我一顿呀！可是您那么容易地原谅了我。这样一来，我心里反而更难受了。其实，那天的事全怪我，我不该在课堂上传纸条。

关于纸条的内容，原本是不想说出来的。可在我离开的这一刻，我却很想把纸条的内容告诉您。或许这样会减少我内心的一些歉疚吧，也会让我少一些对母校的牵挂。其实，纸条的内容很简单，也很可笑，我一字不漏写出来，您可千万别笑我太自私。

“岳洋，我来晚了，下课后，你到门卫李大爷那里帮我通融一下，别让他把我迟到的事报到政教处，好吗？谢谢。”这就是纸条上的全部内容。

时间不早了，明天早上还要和爸爸一块儿赶飞机，就写到这里吧。

祝您身体健康，工作顺利

您永远的学生：徐雨婷

信已经读完，沈大山两只手捧着信纸，僵直地站在讲台上，许久没有说话。

这时候，岳洋站了起来，扬了扬手里的一张纸条，说：“雨婷说得没错，纸条在这里！她怕因为自己迟到扣到咱班的积分，的确是让我找李大爷通融去了。”说完，他转身看了一下周围的同学，又望了一眼沈大山，然后坐回原处。

沈大山接着说道：“那天我在班上发了那么大火，都是我的错，在这里我向同学们道歉。”说完，沈大山向全体同学深鞠一躬。

岳洋看到，沈大山说这句话时，眼里仿佛有泪花在闪动。

过了片刻，沈大山又说：“其实，徐雨婷传纸条的时候，我并没有看见，我压根儿也不知道有这件事。”

说到这里沈大山停顿了一下。这时，同学们都竖起了耳朵，大家都清楚，接下来沈大山就要说出，究竟是谁把传纸条的事告诉了沈大山。

沈大山说：“那天上午第四节下课后，教五班外语的陈老师，一回到办公室，就对我说，沈老师，你上课时，徐雨婷偷偷给男生传纸条了！陈老师要是说别的同学传纸条，我还相信，可他说的是徐雨婷，我当然不信，以为他跟我开玩笑，就说，徐雨婷传纸条，我怎么没有看到？陈老师很认真地说，徐雨婷趁你转过身去往黑板上写字的时候，快速把纸条丢了过去，你当然看不到了。我又问，你是怎么知道的？陈老师告诉我，徐雨婷扔纸条时，他正好从咱班教室路过，透过后门的玻璃，把传纸条的过程看了个清清楚楚。”

听完沈大山的这番话，岳洋和班上的其他同学都长出一口气，原来，那个向沈大山“告密”的人是陈老师。

沈大山下意识地望了一眼徐雨婷留下的空荡荡的课桌，说：“徐雨婷给男生传纸条这件事，我无论如何都是难以接受的。如果这件事发生在其他同学身上，我或许不会发那么大的火。徐雨婷在我眼中实在是太完美了，我已容不得她有任何缺点。可是，徐雨婷也是人，她也有犯错误的权利呀。仔细想来，是我太自私了！”说完，他低下了头。

沈大山把徐雨婷的信叠好后，放进了口袋。

这节课沈大山讲得格外卖力，格外仔细。同学们也听得很认真，就连最怕上英语课的秦小松，听起课来也坐得笔直，眼睛眨都不眨一下。

第三节是语文课，项雪菲走进教室的时候，屋里非常静。徐雨婷不仅是班里的第一名，且在全校联考中也多次考取第一名的好成绩。她的离开，对一个班级来说意味着什么，每个人心里都很清楚。身为班主任，项雪菲此时此刻心情可想而知。

项雪菲的神情看上去很沮丧，她说：“可能大家都知道了，徐雨婷已经转学走了。之前，叶小霜转学，是转到了离我们还不足三十公里的乡下。徐雨婷却去了几千里之外的新疆喀那，因此我的心情很不平静，也很难过。”

项雪菲停了一下，又说：“徐雨婷走之前，曾给我通过电话，电话里她哭了，我也落了泪，她还托我向同学们说声‘对不起’。在这里我不想多说什么，只说一句话——希望徐雨婷同学的优秀品质能永远留在八年级二班！”说完，项雪菲打开了课本。

接下来，项雪菲大声说：“现在上课！”同学们大感意外，想不到项雪菲的讲话竟是这么简短，这么利落。

吃过午饭，从餐厅出来，岳洋感到非常郁闷。尽管作业还没完成，可他并没有立即去教室，此时的他想找个地方，一个人静一静，于是，他兀自来到教学楼西侧的花池旁边。

午后的阳光，暖暖的，照在了岳洋身上，照在花池里，照在了校园的小路上。

花池里的花开得很漂亮，红的，蓝的，黄的，还有白的，花儿们五光十色，争奇斗妍。不远处的柿子树郁郁葱葱，青翠欲滴，层层叠叠的绿叶遮挡出一片片的阴凉，翠绿的树枝上已经结满青涩的柿子。

这里的风景很美。岳洋在石凳上坐下来。

课余时间，每次教室里不见了徐雨婷，岳洋走到教学楼的走廊上，透过明亮的窗户玻璃，他总会清晰地看到，在这片风景怡人的校园一角，有一个穿白色衣装的漂亮女孩的身影，她手捧一本书，在这个环境优美的地方娴静地复习功课，这个女孩就是徐雨婷。

可是，从今天起那个勤奋的女孩将不会再在这里出现。蓦然间，岳洋感到一阵难过，莫名的忧伤忽地涌上心头。

这时，岳洋猛然听到好像有人在喊他的名字，抬眼一看，一个穿校服的男孩正冲他走来，来人是郑宇。

郑宇喘着粗气，来到岳洋面前，把手里的手提袋在空中扬了扬，说："谢谢你，这是秦小松的琴谱，我看完了，现在完璧归赵。"

岳洋一脸漠然，表情显得很冷淡，他接过手提袋，把它随手丢在了石凳上。

郑宇说："徐雨婷转学走了，你知道了吧？"

岳洋只是鸡啄米似的接连点了几次头，并没有吭声。

郑宇故作神秘地说："徐雨婷临走前，去过我家。"

"去你家了？"

"嗯。"

"干什么去了？"

"这么多年的老同学，当然是和我道别了呗。"

听了郑宇的话，岳洋感到心口猛地一阵疼痛，浑身有一种很不自在的感觉。“徐雨婷和郑宇道别，怎么就没有和我说一句离别的话呢？”想到这里，岳洋抬头看着郑宇，很不耐烦地说：“还有事吗？没事就快回教室做作业去，我想自己清静一会儿。”

郑宇笑嘻嘻地说：“当然还有事，雨婷让我捎给你的东西还没给你呢。”

岳洋忽地站了起来，说：“你说……雨婷给我捎东西了？”

“徐雨婷给你写了一封信！”

“信在哪里？快给我。”

郑宇从内衣口袋里摸出一个牛皮纸的信封，信封用胶水封得很严实。岳洋接过信封，上面是徐雨婷清秀的钢笔字：岳洋收。

郑宇走了。

岳洋小心翼翼地打开了信封，信的内容是徐雨婷用碳素钢笔写的。

岳洋你好：

当你收到这封信的时候，我已经乘飞机去了千里之外的新疆喀那州。请原谅我的不辞而别。一直以来，我自以为自己很坚强，可当我即将离去的那一刻，才发现我是那么的脆弱，实在没有勇气跟我的老师和同学当面道别。我害怕自己无法控制住汹涌的泪水，我害怕自己会在大家的挽留声中改变主意。

记得小时候，爸爸带我去到郊外放风筝。那时，我是多么希望长大后能像风筝一样在天空中自由地飞翔啊。长大后，我才觉得自己真的成了一只在空中飘舞的风筝，天空那么辽阔，可是，不管我怎么飞，都难以摆脱那根长长的细线的束缚。我飞得好累。

爸爸和妈妈年轻时有着共同的梦想，就是考进“清华大学”。然而，爸妈却都没能如愿。于是，爸妈把未能了却的夙愿，寄托在了自己的女儿身上，想通过我来完成他们未曾实现的愿望。这副担子，好重好重，简直把我压得连气都喘不过来。于是，昔日那个活泼开朗的徐雨婷变了，变得不爱说笑，变得孤僻了，变得高傲了，变得冷漠了。岳洋，你还在怪我吗？我有一个小小的请求，在我离去的这一刻，在你的记忆里，请把我还原成为以前的那个爱说笑的徐雨婷，好吗？

两个月前，我知道爸爸要把我转到新疆读书的消息后，就不停地和爸妈吵闹。为此，爸妈还掉过泪，我铁了心，坚决不退步。我想通过斗争来改变自己的命运。

直到那个夜晚，我最终还是改变了主意。夜里我做了个噩梦，突然惊醒。这时我发现书房的灯还亮着，就轻轻地走过去。透过门缝，我看见，爸爸正伏在桌子上画图纸。我看了一下表，已是凌晨两点多。灯光下，我猛然发现爸爸头上已不知何时起添了许多白发。他毕竟是刚刚四十出头的人啊！那一根根银针般的白发，刺痛我的心。那夜，泪水浸湿了我的枕头。

前方的路，注定充满了艰辛与坎坷，既然已经走在路上，就让我们一起风雨兼程吧！岳洋，为了你的梦想，努力吧！我会在遥远的北疆默默地为你祝福！

挚友：徐雨婷

信读完了。岳洋恍然想起了美国的一位哲学家曾说过的一句话：父母们最根本的缺点在于想要自己的孩子为自己争光。这句话装在岳洋的脑海里已有很长时间了，他一直似懂非懂，这一刻他却一下子顿悟了。

岳洋转身回教室时，猛然发现不知什么时候他的脸上已沾满泪水。

第
9
章

怎么是他

袁波住院这段时间，项雪菲穿梭于学校与医院之间，她的感受可以这样来形容：累，并快乐着！

袁波平时忙起工作来，连个星期天也没有。这次受伤，难得能如此清闲。住院期间，项雪菲和袁波频繁接触，两人借此进行了心灵间的相互倾诉，相互疗伤，彼此间有了更深刻的认识和了解，爱的种子在暖意融融的病房里开始萌动、发芽。

这天上午，上完第二节课，项雪菲请了假，她去了宿舍，给袁波煲了鸡汤，鸡汤足足熬了近两个小时，香气溢满屋子。十一点刚过，项雪菲就拎了鸡汤，骑上自行车，去了医院。

病房在十六楼。项雪菲有个习惯，若时间不是很紧张，等电梯又人满为患，通常情况下，她一般不坐电梯，都是顺着台阶从楼梯走上去。

这个习惯，缘于项雪菲的一次经历。

那年，项雪菲的妈妈因心脏病住院，病房在二十二楼。有一次，项雪菲给妈妈买水果回来，在一楼等电梯。电梯旁边站满了黑压压的人群，有电梯下来，人们就忽地围过去。等了很长时间，项雪菲才好不容易等到电梯。

狭窄的电梯里瞬间挤满了人，项雪菲也在其中。电梯刚要关门上行，这时，又有几个人急匆匆地钻了进来。人太多了，电梯发出超重的警示声。

于是，一位头发花白的老人说："得有人下去，要不谁也走不了。"老人的话说得够清楚了，可电梯里的人，谁也不想下去。

老人又说："还是最后上来的几个人下去吧，要不大家都得陪你们在这里候着！"大家都眼巴巴地望着最后上来的几个人，盼他们中间有人能主动地走下电梯。想不到，这几个人脸皮厚着呢，都拿出一副死猪不怕开水烫的架势，就是不下电梯。于是，电梯里的所有人就这样一直僵持着。

其实，下去再换别的电梯也该早上去了。可是，大家宁愿在这里熬时间也不愿意下去。

见是这样的情形，项雪菲只好自觉地下了电梯。尽管项雪菲的体重很轻，还没有六十公斤。可是，她刚走出电梯，警报声马上没有了。门"啪"的一声关了个严实，电梯缓缓地升了上去。

项雪菲本想再等别的电梯，再一看，每个电梯旁边都聚满了人。于是，她一赌气，干脆一步步地爬上了二十二楼。从此，她便有了爬楼的习惯。

项雪菲沿楼梯来到十六楼时，见一行十几人正向电梯方向走去，其中有几个人还带着摄像机、照相机之类的东西。项雪菲注意到，李队长也在人流之中，可见，这些人很可能是从袁波的病房出来的。项雪菲禁不住多瞅了他们几眼。

项雪菲看到人群中有一个似曾相识的身影，那人背对着她，只能看到他的背影和体形的轮廓，一时间无法辨认出他究竟是谁。

会是谁呢？项雪菲充满疑惑，想走近了仔细看个究竟，可是，那人却一闪身快速地走进了电梯。

项雪菲愣愣地望着缓缓关闭的电梯门，绞尽脑汁地思索了一番，也没想起那个熟悉的身影到底是谁。

项雪菲走进病房时，袁波正在床下活动身体，见项雪菲进来，说："这么早就来了，大概还没放学吧？"

项雪菲莞尔一笑，说："我熬了鸡汤，怕凉了，就早点送了来。"

袁波心里顿时感到一阵温暖，说："这些天让你受苦了，看你，都瘦了。”

项雪菲边往碗里盛鸡汤，边开玩笑说：“瘦了不更好？省得吃减肥药。”

暖暖的阳光穿过窗玻璃静静地照在了项雪菲身上，那一刻，她显得愈加漂亮。袁波目不斜视地看着项雪菲手拿汤勺往白瓷花碗里盛鸡汤，他微微低垂的脸上情不自禁地漾出了幸福的微笑。

病房里溢满浓浓的鸡汤香，袁波在沙发上坐下来，把鼻尖凑近汤碗使劲嗅了几下，说：“真香！”说完，他深情地望着项雪菲。

项雪菲被看得脸红了一大片，她羞涩地弯腰把一个汤匙放进碗里，轻轻地说：“快趁热喝吧。”

袁波轻轻地盛起一勺鸡汤，吹了几下上面飘着的雾气，送到项雪菲嘴边，说：“你先尝尝。”

项雪菲咯咯一笑，说：“你喝吧，我待会儿吃。”

袁波喝下一口鸡汤，说：“今天大夫来查房，说明天就可以出院了。出院后，你就不用整天往这儿跑了，看你累的。”

“明天就出院？大夫真是这么说的？”项雪菲高兴极了，像个孩子似的，转了两个圈，她笑得很灿烂。

袁波说：“这事还能骗你？”

项雪菲想起，刚才在楼梯口遇到的那些人，便凑近袁波，问：“刚才是不是李队长来过？”

袁波说：“来过，电视台、报社的都来了……”

项雪菲眨巴了一下眼睛，问：“上次电视台想来给你做个专题报道，不是被你挡回去了吗？今天怎么又来了？”

“还不是张老爷子的孙子，非要媒体来宣传一下。你瞧，他还送来一面锦旗。”说着，袁波用手往墙上一指。这时，项雪菲才注意到病房的墙上不知什么时候挂了一面锦旗，上面绣着几个金光闪闪的大字——马路卫士，英勇无畏！

项雪菲一脸疑惑，问：“张老爷子是……”

袁波两手捧起汤碗，一口气喝光碗里的鸡汤，再把碗放在茶几上，笑着说：“就是我在马路上救下的那个老头，张军的父亲。”

一提到张军，项雪菲脸上的笑容倏地不见了，她轻声道：“哦，是他呀。”

袁波又说：“爷孙俩的感情很深，张军只顾忙自己的仕途，儿子小的时候全是由爷爷照看大的。”

项雪菲愣愣地在一旁站着，思绪却乱成一团麻。袁波并没有发现项雪菲脸上的异常，继续说：“哎，你知道吗？张军的儿子原本是在美国的，家里出了事，前几天刚回来……”

项雪菲正在往碗里盛鸡汤，听完袁波的这些话，顿时什么都明白了。原来，刚才在电梯口看到的那个熟悉的身影是张谦！项雪菲心里“咯噔”了一下，手中的汤勺差点儿掉在地上。

袁波见项雪菲片刻间脸色苍白，满腹心事的样子，便急忙起身，问：“雪菲，你不舒服吗？”

项雪菲勉强笑了一下，说：“刚才一口气爬上楼来，感觉有点儿头晕，休息一会儿就好了。”

袁波仍然十分担心，说：“要不要找医生看一看？”

项雪菲笑着说：“真的没事，放心好了。”

袁波见项雪菲顷刻间又变得有说有笑，就不再多问。

第二天，袁波出院了。项雪菲也结束了学校医院两处跑的忙碌 生活。

自从知道了张谦回国的消息，项雪菲就整日心神不宁起来，夜里还常常从噩梦中惊醒，整天都是一副神不守舍的样子。

感情是非常奇妙的东西，曾经的和将来的，失去的和拥有的，它们是思念，也是伤害；是守候，也是放弃。感情不是口香糖，咀嚼完它的芳香，可以随意将残渣唾弃。不论是怎样的感情，一旦拥有过，忘掉它，太难太难。

项雪菲曾多次告诫自己：你与张谦已经分手，和他再无任何瓜葛。他从美国回来，关你什么事？尽管如此，项雪菲的心情还是好不起来。向来性格平和的她，脾气居然变得暴躁起来，有时还莫名其妙地冲着同学们发脾气。

在回办公室的路上，项雪菲再次看到，一班的同学又在二班卫生区里清扫卫生。她猛然记起，由于近段时间事情太多，刘双寒的事一直没能处理。于是，项雪菲憋着一肚子火，径自去了教室。

正是早读时间，教室里没有老师在上课。项雪菲推开门，一步冲进教室，大声喊："刘双寒，到办公室去!"

同学们惊奇地望着满脸怒容的项雪菲，谁也没吱声。见教室里没动静，项雪菲愈加生气，又大喊一声，仍不见刘双寒出来。仔细一瞅，她才发现刘双寒的座位上根本没人。原来，刘双寒没来上课。

这一下，项雪菲就更气不打一处来了，她怒吼着："刘双寒哪里去了?不来上课怎么不向我请假?"

岳洋见项雪菲真的生了气，便急忙起身，嗫嚅着说："今天起床时，刘双寒说他病了，现在待在宿舍。"

岳洋话音刚落，秦小松站起来，说："刘双寒是装病，他经常请病假，为的就是不上早操，每次上早操他都是落在队伍的最后面。他害怕同学们取笑他!"说完，秦小松扬扬自得地坐下了。

岳洋生气地白了秦小松一眼，心想，这不分明是火上浇油吗?

无名的怒火在项雪菲心中燃烧，她气急败坏地说："岳洋，带上宿舍钥匙和我一块儿去男生宿舍!"说完，一甩门，离开了教室。

同学们用怪异的目光望着项雪菲离开，然后都交头接耳地低声议论起来，同学们搞不明白，近些时间，项雪菲的火气为啥来得这么快，并且，吃了火药似的脾气还大得惊人。

岳洋不敢怠慢，急忙起身走出教室，快步追了上去。

第
10
章

病　魔

项雪菲走在前面，岳洋紧随其后，两人很快来到宿舍楼。刘双寒的宿舍在二楼，项雪菲几乎是跑着上楼的，来到宿舍门前，虽然是男生宿舍，她连门都没敲，推门就走了进去，大声喊道："刘双寒，别装病了，快点回教室上课!"

宿舍静悄悄的，窗帘遮得很严实，里面的光线有点暗。

刘双寒正在床上蒙头大睡，听见喊叫，他缓缓地把脑袋从被窝里伸了出来，用惺忪的眼睛看了项雪菲一下，有气无力地说："项老师……我冷……上不了课……"

这时候，项雪菲才发现，刘双寒脸色毫无半点儿血色，那张脸好像刚粉刷过的墙壁，白得有点瘆人。并且，被窝上还沾满了鲜血，仔细一看才知道，血是从鼻孔里流出的。

项雪菲一看刘双寒是这副模样，满腔的怒火顿时烟消云散，随之而来的是自责与歉疚。于是，她快步抢上前去，问："双寒，你怎么了?"

刘双寒大口喘着粗气，说："项老师，我冷。"

项雪菲知道人在发烧的时候，都会感到浑身发冷，她急忙把手按在刘双寒的额头上试了一下，竟是火球般的滚烫。项雪菲知道，刘双寒正在发高烧，得马上去医院。她急忙从背包里取出几片纸巾，给刘双寒堵住了正在流血的鼻孔，然后冲岳洋说："快，快帮双寒穿好衣服，我去找车，咱们马上去医院！”说完，她转身想回办公室找有车的同事帮忙送刘双寒去医院。

项雪菲刚要下楼，猛然想起沈大山今天上午没有课，于是就拨通他的电话。沈大山快人快语，做事从不拖泥带水，电话那头，他只说了三个字：“马上到！”

项雪菲和岳洋一边一个扶着刘双寒刚走出宿舍楼门口，一辆白色轿车已拍马赶到，“嘎”的一声停在三人面前。

沈大山迅速地下了车，大声说：“快上车！”

车快速地行驶在宽阔的马路上，这个时段，正是上班高峰，路上车辆比较多。沈大山开着车左冲右拐，不断有车辆被他甩在后面。

刘双寒靠在岳洋身上，大口喘着粗气，尽管鼻孔已堵上纸巾，血还是不停地向外流。鲜红的血染红了项雪菲和岳洋的衣袖。

刘双寒上气不接下气地说：“项老师……给我爸……打个电话吧。”项雪菲这才想起，一着急居然忘了通知刘双寒的家长了。

项雪菲急忙掏出手机，从通讯录里调出刘大贵的手机号码，按绿色键拨了出去。真不凑巧，对方竟然关机。幸好手机里还存有刘双寒的妈妈黄美丽的手机号，项雪菲又急忙拨了出去，真怪，也是关机！

“可能公司开会，要不怎么都关机呢？”项雪菲喃喃自语。

不一会儿，四个人来到医院。走进一楼大厅，人太多了！每个窗口前都排了长长的队伍。

项雪菲想了一下，说：“咱先挂个内科吧。”

沈大山说：“你们三个先去内科门诊，我去挂号。”说完，他到挂号处排队去了。

内科门诊在六楼，不算太高。情况紧急，项雪菲再顾不得爬楼梯了。三个人一步三晃地来到电梯门口，好长时间才等到电梯。刘双寒的鼻血一直在流，等电梯的人都躲瘟神似的，避而远之，有几个人本来是想进电梯的，但是瞅了一眼刘双寒，又把脑袋缩了回去。因此，电梯里人不是很多。

来到内科候诊处，项雪菲傻眼了。座位上坐满了来看病的人，内科三个诊室全被堵了个严实。

项雪菲用手轻轻撩了一下垂在额头上的一缕发丝，叹息一声：“人咋这么多？”

不一会儿，沈大山拿着病历本和挂号单走过来，说：“我的妈呀，等轮到咱们，还不得夕阳下山啊！这可咋办？”

岳洋找了一个空位，扶着刘双寒在上面坐好，然后小声对项雪菲说：“项老师，我用用你的手机。”

项雪菲先是一愣，随即明白了岳洋的用意，就把手机递了过去。岳洋接过手机，找了一个清静的地方，给岳一博打了一个电话。

沈大山用焦灼的目光看着诊室前黑压压的人群，急得直跺脚。岳洋把手机还给了项雪菲，又用纸巾帮刘双寒重新堵了一次鼻孔，经过这次处理，鼻血终于得到了有效的控制。

过了片刻，岳一博风尘仆仆地从专用电梯里走出来，项雪菲见“救星”来了，急忙迎过去。岳一博很有礼貌地分别跟项雪菲和沈大山握了手，然后接过病历本，向第一个门诊室走去。

几分钟后，岳一博从诊室里走出来，凑到项雪菲耳边，压低了声音，说：“齐大夫很有经验，我已跟他打了招呼，待会儿就喊你们进去。”

说完，岳一博又握住项雪菲的手，笑呵呵地说：“我刚好有手术，要失陪了，您多多包涵。”

项雪菲连声说：“岳大夫，给你添麻烦了！”

岳一博笑吟吟地说：“洋洋让你操了那么多心，这点事算啥！”说完，他又握住沈大山的手说了一会儿话。

岳一博刚要离开，忽又停住脚步，很严肃地对岳洋说：“等会儿看完病，早点回去上课，千万别误了功课。”说完，他才匆匆离去。

岳一博的话明眼人都听得明白，他是怕岳洋在医院待得久了，会耽误功课。

听了岳一博的话，项雪菲望了一眼衣袖上沾满血迹的岳洋，心中生出一些歉意，她说：“岳洋，你先回去吧，到宿舍换身衣服，赶紧去上课，这里有我和沈老师呢。”

刘双寒冷得直打哆嗦，岳洋正紧紧地搂着他，见项雪菲让自己回去，便大声喊：“我不！”

刘双寒用感激的目光望了岳洋一眼，说：“岳洋，你回去吧，别……误了课，我不会有事的。”岳洋没说话，只是冲着刘双寒摇了摇头。

项雪菲刚要再说点什么，一名护士站在诊室门口，扯着嗓子大声喊叫起“刘双寒”的名字。

看来，有熟人啥事都好办！岳一博一个招呼，等了没十分钟，就看上病了。省时又省力！

齐大夫看上去五十来岁，鼻梁上架着一副大镜框的眼镜。尤其是头发，特点最为明显，脑袋的前半部分，头发脱得厉害，锃亮的脑门不见一根头发。然而，脑袋后半部分头发却是又黑又密，长得极其茂盛。

同样的脑袋，前后却有着如此截然不同的长势，若不是亲眼所见，真令人难以置信。

齐大夫看病很仔细，先是测了刘双寒的脉搏，又把手伸进刘双寒的衣服在肚子上摸了一遍。他又向刘双寒询问了一些情况，再掀开衣服瞅了瞅他的皮肤。

“望、闻、问、切”四个环节全都用上了。看病的整个过程，齐大夫的表情都很严肃，项雪菲一连几次低声询问：“齐大夫，病人没啥事吧？”

齐大夫只顾专心看病，他仿佛根本没有听见项雪菲的话。

齐大夫一边问，一边快速地往病历本上写字。岳洋踮着脚，伸长了脖子，想看一看病历上写的什么内容。可是，病历本上满满当当的文字，岳洋居然一个字也认不出，只好失望地把脑袋缩了回去。

齐大夫看起病来又细又慢。他好像并不知道外面还有大批的病人在等着看病，后面排队的病号用焦急的目光望着他，盼着快点给刘双寒看完。可他好像故意和后面排队的人作对似的，始终四平八稳地坐在椅子上，不急不躁地边问边写。

齐大夫翻了一下眼珠，说：“住院吧！”

项雪菲忙问："住院？齐大夫，情况很严重吗？"

齐大夫翻了一下眼珠，看了项雪菲一眼，说："你是病人家属吗？"

项雪菲迟疑了一下，想到刘双寒的爸妈不在这里，就应道："嗯。"

齐大夫说："让他们先办理着住院手续，你留一下！"听完齐大夫的这句话，一个不祥之兆倏地袭上项雪菲的心头，她连说话都变了声调："沈老师……你先办着手续……我等会儿过去。"

沈大山也意识到了什么，急忙和岳洋扶起刘双寒往外走。等三个人离开诊室，项雪菲才惶惑地问："齐大夫，情况怎么样？"

齐大夫先示意项雪菲坐下来，然后慢悠悠地说："病人患得极有可能是白血病。不过，还需要进一步确诊，住院后再做进一步的检查。"

"白血病！"项雪菲突然想起了日本电视连续剧《血疑》中患有血癌的女主人公——幸子。难道刘双寒也患了这种病，项雪菲脑子一片空白，她实在难以相信眼前所发生的一切是真的。

走出门诊室，项雪菲做的第一件事就是给刘大贵打电话，刘双寒出了这么大的事，爸妈居然还不知道，这怎么行？一连拨了几次电话，刘大贵夫妇都是关机！

怎么是关机呢？项雪菲急得两只手不停地颤抖，那一时刻，她恨不得把手机摔个粉碎。

项雪菲脑子里一片混乱，迷迷糊糊地来到住院处，沈大山正为住院押金的事犯愁。幸亏项雪菲随身带着工资卡和银行卡，她把头凑近窗口，问："交多少钱？"

里面是一个体态微胖、穿着白大褂的女人，有四十来岁，听了项雪菲的问话，她头也没抬，说："一万。"

项雪菲问："可以刷卡吗？"

女人的回答很简单："现金。"

项雪菲只好又和沈大山到银行取了现款。办住院手续真够麻烦！项雪菲和沈大山上楼下楼若干趟。

项雪菲感到浑浑噩噩的，感觉浑身没有半点力气，上下楼全都靠电梯，“爬楼梯”的闲情，早已丢到了九霄云外。

近午时分，住院手续终于办理妥当。护士已给刘双寒挂上了吊瓶，折腾了一个上午，刘双寒的确累了，在病床一躺就睡着了。

见刘双寒安静地睡了，项雪菲终于长出了一口气，低声对沈大山说：“真不好意思，让你跟着忙了一上午。现在没啥事了，你和岳洋先回去吧。”

沈大山知道事情的严重性，若刘双寒患的真是白血病，如果联系不上刘大贵的话，麻烦可就大了。

“看你说的，这不也是我的事吗？”沈大山看了一眼面色憔悴的项雪菲，说，“还是我留下吧，你和岳洋回去，你也累了。”

项雪菲苦笑了一下：“我是不会回去的。你回去吧，顺便把这件事跟学校领导汇报一下。”

见项雪菲说话的语气很坚决，沈大山便不再坚持，他和岳洋一块儿回了学校。

病房里有两个床位，另一张病床上是一位六十来岁的老人，他长得清瘦，脸色微微有点儿黄，头发凌乱，陪床的是他老伴。打完吊瓶，老人便和老伴一块儿吃起了午饭，午饭很简单，馒头和盛在快餐杯里的“猪肉白菜炖粉条”。两个人吃得很香。

都是午后了，老人见项雪菲目光呆滞地坐在病床旁边，仍然不吃午饭，便问：“姑娘，咋还不吃饭呢？过来一块儿吃吧。”

项雪菲很感激地望了老人一眼，说：“谢谢大伯，我不饿。”

老人满脸疑惑：“姑娘，你和孩子是什么关系呀？”项雪菲二十来岁，刘双寒十几岁，既不像母子，又不像姐弟，也难怪老人一脸疑惑。

项雪菲冲着老人笑了一下，没再说话。说是笑，其实，也就是咧了一下嘴巴而已。如果当时对着镜子照一下的话，会发现这个笑比哭还要难看。老人见项雪菲没说话，就不再多问，又兀自吃起饭来。

项雪菲没吃午饭，却一点儿也没感觉到饿。

午后，刘双寒还在睡觉。他的鼻子已止住流血，脸颊稍微有了一些红润，额头也不那么烫了。见刘双寒的情况明显有一些好转，项雪菲的心情也好了许多，暗想："刘双寒昨天还活蹦乱跳的，今天就能得那么严重的病了？齐大夫说只是初步诊断，或许就是一个重感冒。等化验结果一出来，说不定就是虚惊一场。"想到此，她心里坦然了许多。

项雪菲正在病房里胡思乱想。沈大山提着热乎乎的蒸包来了，进屋后，走近刘双寒仔细看了一下，低声说："看上去好些了，也许并不是齐大夫所说的那种病。"

项雪菲赞同地点点头。

沈大山说："吃饭了吗？我买了包子，趁热吃吧。"

项雪菲摇摇头，说："不饿。"

沈大山从病床下面拖出一个小木凳，坐下来，说："情况已向学校领导汇报了，吴校长说，刘大贵在资金上曾经给过学校不少的赞助，如今他儿子有病，一定要好好照顾，住院所需要的钱，在没联系上刘大贵之前，先由学校垫付。"

项雪菲听了这一席话，心里顿时踏实了许多。

过了片刻，沈大山又说："放心吧，吴校长还让我协同你一块儿处理这件事情。"

项雪菲心里猛地感到一热，想了一下，说："沈老师，刘大贵的电话一直打不通，要不你去一趟'地缘公司'，直接找一下刘大贵，好吗？"

"好，我这就到'地缘公司'去看看。"说完，沈大山起身向门外走去。

沈大山快走到门口的时候，又折了回来，小声对项雪菲说："我和吴校长说到无法打通刘大贵夫妇的电话时，他一点儿也不感到惊奇，仿佛打不通电话很正常似的。是不是刘大贵出了什么事，吴校长已有所耳闻了？"

项雪菲沉思了一下，说："或许刘人贵真的出了什么事，要不一个企业老总的手机又怎么会整天关机呢？"

"别管了，先去公司看看再说。"沈大山说完，一阵风似的走了。

从医院到地缘公司，开车二十分钟就能到，沈大山开车快，时间当然还会少一些。

一来到地缘公司门口，沈大山就大吃一惊，以前路过此处的时候，这里人来人往，车满为患，连个停车位都见不到。可是，眼前的“地缘”冷冷清清，连个人影也没有。

“地缘大厦”宽阔的停车场上，到处都是纸片、烟盒、包装袋、卫生纸……四周连辆车也不见。沈大山把车放在了停车场，快步向高大的地缘大厦走去，刚迈上台阶，一个穿着保安制服的男子拦住了他，看样子是个保安，他有四十来岁，脸冰冷得像块砖头，问：“你找谁？”

沈大山瞅了保安一眼，说：“找刘大贵董事长。”

保安上下打量了沈大山半天，冷冰冰地说：“不在！”

沈大山又问：“黄美丽在吗？”

保安已转身想离开，听了沈大山的问话，头也没回，说：“也不在。”

沈大山快步向前，挡住保安的去路，问：“他们去哪儿了？我有急事找他！”

保安摇了摇头，说：“我真的不知道。其实，我也很想找到他，再说，找他的人也太多了！”

沈大山想了想，又问：“楼上还有什么人？能上楼去打听一下吗？”

保安不屑地看了沈大山一眼，说：“楼上一个人也没有，这里就我一个人，有啥事跟我说就行。”沈大山疑惑地往大楼里望了望，里面空荡荡的，连点声音也没有，他这才信了保安的话。

沈大山彻底失望了。曾经全市第一高度的标志性建筑物——“地缘大厦”，如今居然是一座空楼，太不可思议了！若不是亲眼所见，真是让人难以置信。

沈大山无奈地走了。在车上他打电话把见到的情况告诉了项雪菲。

项雪菲接听了沈大山的电话后，脸上愁云密布，刘双寒住进医院，刘大贵夫妇却人间蒸发似的不见人影，这可怎么办？毕竟还有两个班的学生等着她回去上课呀！

傍晚时分，刘双寒醒了。他转动了一下脑袋，向四周看了看，说：“项老师，我住进医院了？”

项雪菲笑着说：“嗯。”

看上去，刘双寒气色还不错，他从床上坐起来，说：“感觉好多了，打完针咱回去吧。”

项雪菲急忙说：“双寒，快躺下，别忘了你还打着吊瓶呢。等好了，咱就回去。”

刘双寒急切地问：“项老师，给我爸打通电话了吗？他怎么还 没来？”

项雪菲暗想：“从目前情况来看，刘大贵的公司还不知道发生了什么事，短时间内找到刘大贵可能有难度。”想到此，她说：“你爸大概去外地出差了，等他一回来，马上就来看你。”

刘双寒又重新躺在了病床上，两眼直勾勾地望着房顶，不再说话。

项雪菲问：“双寒，你饿吗？”

看来，刘双寒是真的饿了，他的喉咙先是动了几下，然后只说了一个字：“饿。”也难怪，从早上到现在他一点儿东西也没吃。

项雪菲用手摸了一下沈大山带来的蒸包，还热，就问：“沈老师买来的蒸包，你吃吗？”

刘双寒吧嗒了一下嘴，又是只说了一个字：“吃。”

项雪菲望着刘双寒大口地吃着蒸包，心里却盘算着下一步该怎么办。

沈大山来了，说：“刘双寒是男孩子，你照顾起来不方便，晚上还是我待在这儿吧。你回去休息一下。”

“不行，你必须回去！儿子马上就要高考，嫂子又经常上夜班，家里离了你，怎么行？还是我在这儿吧！”项雪菲说话的语气很坚决，没有丝毫商量的余地。

沈大山没再坚持。见天色已晚，他询问了刘双寒几句后，走了。

晚饭时，项雪菲去医院的餐厅打了两份可口的饭菜，肚子真是饿了，她把自己那份饭吃了个精光。可是，刘双寒的那份连一半都没吃掉。

吃过晚饭，项雪菲和刘双寒说了一会儿话，没多久，刘双寒又迷迷糊糊地睡着了。

这时，旁边病床上的老人又说话了："姑娘，原来你是孩子的老师呀，真是难得。"刚才老人听了项雪菲和沈大山的对话，终于解开了心头的疑团。

项雪菲冲老人笑了笑，没吱声。老人见项雪菲忧心忡忡，不太愿意跟自己说话，便不再作声。

项雪菲坐在凳子上一直守在刘双寒身边，旁边的那对夫妇都已经进入梦乡，她就这样一直静静地守着，毫无一点儿睡意。

也不知过了多久，项雪菲终于一歪身子，趴在病床上睡着了。

天上没有月亮，星星也少得可怜。若是没有万家灯火的闪烁，夜色一定会黑得伸手不见五指。喧嚣了一天的城市，大概也累了，已渐渐进入梦乡，远处的喧闹声慢慢地歇息下来，只是偶尔会有几声虫鸣从窗外的花草中传出，让黑夜多了几分不平静。

项雪菲醒来的时候，天还没有亮，借着病房内微弱的亮光，看见刘双寒坐在床上睁着两眼正在望着自己，她还发现身后披着一件蓝色的名牌外套，外套是刘双寒的。

见项雪菲醒来，刘双寒小声说："项老师，您醒了？"

项雪菲顿时感到了一阵温暖，她打个哈欠，眯着眼问："你怎么没睡？"

"睡不着。"

"天还早，快睡吧。"

刘双寒刚要躺下，忽然又坐了起来，问："项老师，我是个坏学生吗？"

项雪菲万万没想到，刘双寒会问这个问题，她毫无心理准备，想了片刻，才说："你在老师心目中是个很好的学生呢。你有爱心，有同情心，爱帮助人，学校每次组织捐款，你都是捐得最多……"

项雪菲挑着刘双寒的优点说了一大通。刘双寒听得入了迷，等项雪菲说完，他说："徐雨婷去新疆之前，曾偷偷告诉我，说您知道了我雇人清扫卫生区的事，提醒我小心点。其实，这件事我没想太多，就是打算帮帮同学们，清扫卫生也太消耗同学们的精力了。想不到会惹您生了气。"

"多么率真的孩子啊！"项雪菲已毫无睡意。

为能让刘双寒早点睡，项雪菲低头想了一下，说：“你是为同学们着想，我怎么会生气呢？双寒，快点睡，好吗?”

听了项雪菲的话，刘双寒终于心满意足地睡着了。接下来的时间，项雪菲没有再睡，天亮之前，她终于想到一个万全之策。

刚吃过早饭，项雪菲就给爸爸打了电话。项大爷在电话里大声说：“平时不回家也就罢了，连过生日也不回来，你心里还有没有这个家呀？今天刮的是哪阵风，怎么想起往家打电话了?”

听到爸爸爽朗的说话声，项雪菲笑了，说：“爸，我这儿遇到点儿麻烦。”

项大爷一听女儿遇到了麻烦，再不敢开玩笑了，一脸紧张地问：“啥麻烦？快说给爸爸听。有老爸在，什么麻烦都能解决。”

项雪菲就把刘双寒住进医院，一时联系不到他爸妈的事情说了一遍。

真是“知女莫如父”，项大爷刚听完，就什么都明白了。于是，他嘿嘿地笑起来：“我说呢，大清早就往家里打电话，原来，宝贝女儿想让我替她照顾病号呀。”

项雪菲撒娇地说：“爸，你又取笑女儿了。”

项大爷说：“女儿的命令，老头子怎敢不服从呢？我马上就去医院报到。”

项雪菲挂掉电话的那一瞬间，心里猛地感到一阵莫名的酸楚，她眼圈一红，泪水差点儿落下来。还是爸妈好，女儿还没说什么呢，就把事情应下来了。

有了项大爷的帮忙，项雪菲就可以回学校给学生上课了。她重新又回到了往返于学校和医院之间的生活状态。

尽管项雪菲一有空就拨打刘大贵的手机，可是每次结果都一样，关机！

刘双寒住进医院的第三天，项雪菲下课后，刚走出教室，项大爷就打来电话，说医院要把刘双寒从“内科”转到“血液科”进行治疗。项雪菲预感到了什么，她急忙去了医院。

齐大夫慢条斯理地说：“确诊了，是‘再生障碍性贫血’。”

项雪菲睁大眼睛，一脸茫然地问："是白血病吗？"

齐大夫摇了下头，说："总体上说是不太一样的，'再生障碍性贫血'是良性的，通过化疗和骨髓移植后，治疗效果是比较好的，病人可以和正常人一样生活。当务之急，是赶紧为病人找到合适的配型。当然，这个病治疗的费用也是挺高的。"

齐大夫已经起身走了，项雪菲还怔怔地在那里站着。"合适的配型，数额巨大的治疗费用，唉，这些都上哪儿找啊？"项雪菲脑袋嗡嗡作响。

"刘大贵啊，你的儿子病得这么重，你到底去了哪儿？"项雪菲无数次地在心底呼唤。可是，数以千计的老师、朋友、学生家长……帮着打听，也不见刘大贵夫妇的半点儿踪影。

一晃，一周的时间过去了，刘大贵仍然音讯皆无。

刘双寒也懂一些医学常识，他也意识到了事情的不妙，每次见到项雪菲，都会瑟瑟地问："我爸和妈妈出差回来了吗？"

项雪菲每次都会很无奈地说："还没有，不过，应该很快就回来了。"她嘴上这么说，心里却没有底。

今天是周末，项雪菲来到医院，想把爸爸替换回去，让他休息两天。刚进医院大门，手机忽然响了，取出手机一看，她顿时冰雕似的一动不动了。手机屏幕上竟然显示着"刘大贵"三个字，电话是刘大贵打来的！

项雪菲急忙按下接听键，在听到刘大贵说话声的那一瞬间，泪水忽然从她的眼角流了下来。

第 *11* 章

屋漏偏逢连阴雨

若是有人问，全市最有钱的人是谁？人们的回答会出奇的一致：当然是刘大贵！可是，却很少有人知道，全市最需要钱的人也是刘大贵！当然，这件事，只有刘大贵本人最清楚。

随着“地缘公司”十几年来的膨胀式发展，公司发展过程中所存在的诸多矛盾逐渐显现出来。尤其近几年，问题暴露得愈加明显。

近年来，刘大贵的胃口越来越大。每次土地拍卖，刘大贵都会不惜一切代价，花费巨资把地皮纳入囊中。“地缘公司”每年都有大批的房地产项目投资建设，公司房地产业的投资战线越拉越长。

在资金严重短缺的情况下，刘大贵还一意孤行涉足了他根本一窍不通的高新技术产业。“地缘公司”所投资的高新产业费用高，风险大，资金回报周期却很长。巨大的资金投入后，几年下来，没有见到一分钱的收益。刘大贵发现这个投资项目是一个无底洞后，才慌了手脚。如果停止继续投资，之前的巨额投资款就打了水漂，若是继续投资吧，资金又严重短缺，刘大贵进退两难。

刘大贵多次召集高新技术项目的科研团队了解情况。一次次论证与研讨，最后的结论是，十几年后，这项投资极有可能会得到上百乃至上千倍的巨额投资回报，其诱惑性的确太大了。

正是因为暂时还没有从天上掉下来的“大馅饼”，刘大贵只有背水一战，孤注一掷。于是，他疯狂地从银行贷款，根本没有认真想过，这样下去“地缘公司”究竟能不能支撑到十多年以后。

二十多年前，刘大贵曾是建筑工地上的一个普通民工。在一个风雪飞舞的大年夜，因在雪地里救下了醉酒的张军，后来，在张军的关照下，他拉起了自己的建筑队，随着建筑队的不断壮大，又成立了地缘公司。二十年风雨历程，房地产业蓬勃发展，“地缘公司”一举成为全市房地产业的龙头老大。毕竟刘大贵没读过多少书，缺少大公司的管理理念，随着公司的不断壮大，他愈来愈感觉到有一些力不从心。

更为要命的是，出于信任，刘大贵还任人唯亲，让妻子黄美丽担任公司的总经理，还兼任财务总管。黄美丽没有丝毫的财务管理知识和经验，公司财务管理一片混乱，存在着很大的资金安全隐患。

幸亏有张军的关照，刘大贵在每次资金危机来临时，才能化险为夷。

不管是从银行贷款，还是招标某一块地皮，即使是天大的困难，再棘手的问题，每次找到张军，都会神奇般地迎刃而解。因此，张军在刘大贵眼里，就是一根定海神针。

去年春天，“地缘公司”用巨额资金，一举中标了全市黄金地段的一块“天价”地皮，当时，还引起了不小的轰动。没多久，这块土地上的一期项目建设就大张旗鼓地拉开了帷幕。等到年底，楼房就开盘了。不到一个月的时间，所有房子销售一空。可是，刘大贵却高兴不起来，由于地皮成本太高，虽然房子卖光了，收益却少得可怜。

等到今年春天，二期项目竣工时，全国其他城市的房价已是芝麻开花节节高，房价比一期开盘时，有了大幅上升。刘大贵欣喜异常，楼房的开盘价明显虚高，已大大超出了购房者的承受能力，房子出现了明显滞销。

刘大贵为了尽快地回笼资金，多次召开公司管理人员会议，商议对策。最后不得不进行打折促销。尽管如此，也没扭转滞销的局面，积压的楼房也没卖出多少。

多处投资项目都伸着手要钱！可是，公司里却没有一分钱。更让刘大贵头痛的是，自从春节过后，从银行贷款越来越难，即使张军出面协调，也不见奏效。

在以往，那些行长一接到刘大贵的电话，都是乐呵呵地说："这次想要多少呀?"现如今，行长们都不敢接刘大贵的电话了，偶尔接通电话，也是冷冷地说一句："刘总啊，你还是先把利息还上再说吧!"

这也就算了，就连能呼风唤雨的张军，近段时间也不接刘大贵的电话了。即使有时接通电话，也是随便敷衍几句，不等切入正题，就以很忙为由草草挂掉电话。刘大贵几次专程登门拜访，也是以有事为由，不见!

钱！钱！钱！离了钱，资金链的断裂，让"地缘公司"到了寸步难行的境地。刘大贵的确太需要钱了。

今年二月，焦头烂额的刘大贵，不得不做出了暂缓发放员工工资的决定。这个决定下达后不久，员工队伍就出现了松动，公司一些高级管理人员相继辞职，其中，有些还是地缘公司的元老级人物。

任何一个公司的发展与壮大，都离不开"人才"。地缘公司本来已是到了岌岌可危的地步，如今又人心涣散，处境可想而知。

不久前，一个爆炸性新闻成了压垮"地缘公司"的最后一根稻草——副市长张军被双规了!

地缘公司短短几年时间，一跃成为全市房地产业的龙头企业。每个人都知道，公司之所以发展得这么快，全是靠张军来维系的。刘大贵算个啥，只不过是个大老粗，有勇无谋的猛张飞而已。

张军成了最关键的那块骨牌，他的倒下，致使所有的"多诺米骨牌"一夜之间轰然坍塌。

人像海上的帆船，最爱见风使舵。张军没出事时，债主们碍于面子，还不好意思登门向刘大贵讨债。张军一被双规，要债的人蜂拥而至。"地缘公司"的员工见事不妙，也纷纷包围了公司的财务部，索要拖欠的工资。

"地缘公司"四面楚歌，刘大贵使出浑身解数，也难以扭转公司当前的混乱局面。

关键时刻，公司总经理兼财务总监，刘大贵的妻子黄美丽逃跑了！刘大贵一查账才知道，账面上除了一百万元的应急资金外，一分钱也没有了。紧要关头，亲人的叛离对刘大贵的打击是致命的。

刘大贵是从一个民工一步步成为公司老总的，他的骨子里多少还带有民工所特有的那种淳朴和厚道。他重感情，讲义气，守信用。和刘大贵打过交道的人都知道，他是一个从不赖账的人。

面对纷至沓来的讨债者，走投无路的刘大贵只好卖掉了自己的别墅，又变卖了家产，一共筹集了几百万元的资金。他想先解一下燃眉之急。

可是，这些钱的确太少了，简直就是杯水车薪，根本解决不了任何问题。半个小时不到，数百万元的资金全光了。并且，讨债的人听到消息后，还络绎不绝地往“地缘公司”赶来。

刘大贵见事态严重，就以“外出筹集资金”为名，从黑压压的人群中挤了出来，灰溜溜地钻进“大奔”车逃之夭夭了。

刘大贵开着车，漫无目的地在马路上游荡。他脑子里空荡荡的，下一步要怎么做？到哪里去？他一点儿头绪也没有。

太阳升在了半空，明丽的阳光把整座城市照得暖暖的。可刘大贵的心里却是一片冰凉。他开着车，忽然想起了旧日的好朋友。于是，他开始尝试着给以前生意上的伙伴打电话，想让他们先救救急。结果让刘大贵很失望，对方不是关机，就是不接听电话。刘大贵长叹一声，只好关掉手机，很无奈地把它丢在了副驾驶座位上。

今天真是中邪了！刘大贵一个没留神，居然把“大奔”车拐进一个狭窄而又拥挤的街道。

街两侧全是林立的店铺，柏油路原本就不宽敞，路两边还横七竖八地摆着一些地摊。“大奔”车一拐进去，刘大贵就后悔了，他停住车，急得用手连拍了几次后脑勺。

正是近午时分，街道上来来往往的行人特别多，有的推着自行车，有的还骑着脚蹬三轮车，人群中还夹杂着一些流动商贩用车子推着货物，来回叫卖。

“大奔”车卡在人群中，像陷进了沼泽地，动弹不了半步。刘大贵把大脑袋从车窗里探了出来，前后左右瞅了瞅。街不算很长，就是窄了点儿，人又太多，掉头是不可能了，目前的情况只有开着车继续往前走。走到路的尽头，就万事大吉了。于是，刘大贵开着车缓缓地向前挪。

“大奔”车路过一家“拉面馆”的时候，实在走不动了。车喇叭声嘶力竭地吼叫着，黑压压的人群挡在车前，就是不理不睬。刘大贵只好无可奈何地把车熄了火。

拉面馆的摊主是个戴着白帽、扎着白围裙的小伙子。摊主见“大奔”车停在了面馆门口，他以为刘大贵是专门来吃拉面的，慌忙跑了过来，抢先给刘大贵打开车门，满脸堆笑地问：“老板，吃拉面吗？”

从起床到现在，刘大贵滴水未进。现在都什么时候了？是中午。他早已饿得前胸要搭到后背了。

十几年前，刘大贵最喜欢吃的就是拉面。那时，他是建筑工地上的工头，工地旁边有家兰州拉面馆，由于工作忙，刘大贵早、中、晚三顿饭，天天吃拉面。

后来，刘大贵拉起了自己的建筑队，成了名副其实的经理，就很少再吃拉面了，这并不是有钱了，好东西吃得多了，对拉面就没了胃口。真正的原因应该是，堂堂的公司经理动不动就吃拉面，多没面子，这哪像个经理呀？因此，刘大贵已记不清自己究竟有多长时间没有吃过拉面了。

摊主伸开一只手，很专业地摆出一个“有请”的姿势。刘大贵虽然饿了，却没有一点食欲，什么也不想吃，他最想的，就是一个人待在车上静一静。不过，刘大贵瞅了一眼摊主笑吟吟的面孔，迟疑了一下，还是从车里钻了出来。

刘大贵下车的那一瞬间，猛然有了一种久违了的飘飘然的感觉。

摊主急忙跑了回去，急切地用袖口抹了抹板凳，尽管板凳干净得一尘不染。直到抹完了，他才示意刘大贵快坐下，问：“老板，要大碗，还是小碗？”

刘大贵坐了下来，说：“随便。”对他来说，大碗小碗没有什么区别，现在的他的确一根拉面也不想吃，尽管肚子“咕噜咕噜”直叫。

摊主满脸堆笑，又问：“老板，来几碗？”

刘大贵脸上仍然没有任何表情，他的两只眼睛直勾勾地望着路边的“大奔”车发呆，见摊主又问，说：“随便。”

摊主怔了一下。随便？随便是多少？他瞅了一下这位开豪车、穿名牌的老板，暗想，这位是不是脑子有了什么问题啊？于是，他又笑着说：“要不给您来碗大的？估计一碗就够您吃的了。”

刘大贵木木地说：“随便。”

见刘大贵连着回答了三个“随便”，摊主怕说多了话，会招惹到不必要的麻烦，便不再多问。

不一会儿，热腾腾、香喷喷的拉面上来了。白瓷大碗在盛拉面前已套了一个洁白的方便袋，这一做法，虽不算环保，但会让人吃得更放心。

拉面白白的，细细的，上面撒了一层薄薄的牛肉丝，里面还掺了葱花、香菜、姜末等调味品，汤汁上漂着淡淡的油花。不用吃，只是闻一闻就足以能让你的口水流下来。

香气扑面而来，刘大贵的肚子愈加“咕噜咕噜”叫得厉害。可是，面对这色、香、味俱全的拉面，他却没有一点食欲。这可是昔日他最爱吃的拉面啊！

刘大贵坐在小木凳上，像一座石雕，一动不动地瞅着拉面继续发呆。摊主见刘大贵迟迟不动筷子，用惶惑的目光望着他，说：“老板，趁热快吃吧，要不就凉了。”

摊主的话，刘大贵仿佛根本没有听见，他仍然目光呆滞地在那里坐着。

已是午后，街上的行人渐渐稀少了。

拉面已经变成“凉面”。刘大贵仍然一根拉面也没吃，摊主不知道发生了什么事，愣愣地站在一旁，一句话也不敢多说。

街面上已空空荡荡，一辆白色轿车缓缓开过来。车停住了，车上下来三个人，为首的是个中年男子，三人径自走向刘大贵。

刘大贵仍在发呆。男子从口袋里掏出一个证件，打开后递到刘大贵面前，然后说："你是刘大贵吧？我们是检察院的，请跟我们去一趟，有一桩案子需要你配合调查。"

事情来得很突然，摊主也是大吃一惊。刘大贵愣了一下，才如梦方醒。"检察院的？我没犯法啊？"刘大贵脑子里飞快地思索着。

其实，现在的刘大贵已没有什么好怕的，他不动声色地站了起来。男子说："你的车钥匙呢？"男子的话又冷又硬，像刚坐过的板凳，刘大贵表现得很平静，他什么话也没说，就把车钥匙递给了男子。

摊主见三个人要带走刘大贵，在一旁嗫嚅着说："老板，拉面的钱您还没给呢。"

刘大贵扭过身去，从口袋里摸出一张崭新百元大钞，递了过去，说："不用找了。"

摊主把钱举在半空，仔细地验了验真假，然后诚惶诚恐地说："大碗拉面才五元钱，一百元太多了，我还是找您吧。要不您可吃大亏了。"

刘大贵淡淡地说："我买到的东西，不止一百元，我一点都没吃亏。"

摊主喃喃地说："您买啥东西了？一碗面原封未动！"

刘大贵已经跟着三个人来到车边，听见摊主的话，回头大声说："我买的是你脸上的'笑容'！"

"我的笑，也能值一百元？"摊主似懂非懂地嘟囔着，他愣愣地望着刘大贵一行几个人走远，才喜出望外地把钞票收好。

来到检察院，刘大贵随身携带的手机之类的通讯工具全都被没收了。

通过问话，刘大贵才渐渐明白，这次来检察院，是因为张军的案子，因为办案人员所询问的问题，都与张军有关。

刘大贵是个讲义气的人。刚开始，他一点都不配合。不管办案人员怎么问，不是一问三不知，就是答非所问。刘大贵以为这样做，就能给张军推脱掉一些罪责。后来，才发现，检察院已经完全掌握了张军所有受贿和贪污的证据，让他来只不过是为了进一步核实一下情况的真实性而已。他的不合作，对张军犯罪事实的认定，已无任何意义。

接下来，刘大贵就老实多了。工作人员问什么，他就如实回答什么。到了第三天的近午时分，办案人员把一摞纸放到刘大贵面前，那是这几天的笔录，让他核实后，在上面签了字，按了手印。这一切完成后，工作人员才把车钥匙和手机等物品交给了刘大贵，说："谢谢你的配合，以后有事我们再找你，你先回去吧。"

刘大贵什么话也没说，把东西装进口袋，转身下了楼。

坐进了"大奔"车，刘大贵猛地想起，自己离开公司已经两天多，手机一直关着，和外界失去了联系，公司不会有什么事吧？想到此，刘大贵赶紧开了机。手机刚打开，就有电话打进来，他急忙接听，电话是催债的，那人在电话里大声叫骂："刘大贵，你这个狗杂种，赶紧还钱！"

刘大贵一听是这种声音，脑袋都快要炸了。他一句话没说，就把电话挂了。刚挂掉手机，又有电话打来，接听后才知道，又是讨债的。

片刻间，已有十几个电话打来，全是讨债的。于是，刘大贵赶紧把手机关掉，再不敢开机。

刘大贵开着车从检察院出来，盘算着下一步该怎么办。

"现在最需要的是一笔巨额资金，只要有足够的资金，公司或许还能支撑一阵子。若是没有钱，公司将面临马上破产的可能。若是这样，公司所欠下的贷款、集资款、借款、员工工资……该怎么办？若是到这个地步，我刘大贵死都难以瞑目啊！"刘大贵边开车，边胡思乱想。

刘大贵思索着，该去哪儿呢？公司是万万不能回去的，不知道有多少人在那里等着自己呢。回家？别墅卖了，老婆跑了，事实上自己已经没有家了。

刘大贵把车停在路边，从车里找出一支圆珠笔，一边歪着脑袋思索，一边在一张旧名片上记下了一些人的名字。这些人都是刘大贵以前的生意伙伴，也是刘大贵最要好的朋友。有几个人，刘大贵风光无限的时候，还曾经帮助过他们。

刘大贵自言自语地说："打电话你们不接，我直接登门拜访，看你们还有什么话说？"

近年来，刘大贵在生意场上如鱼得水，要风有风，要雨有雨，从来没求过人。现在让他当面低三下四地去登门求那些以前看都懒得看一眼的人，一时间刘大贵还真的很难做出决定。他沉思良久，才猛地一踩油门，开车向前驶去。

结果，他一连去了几家公司，都是一无所获。

和以前的那些所谓的好朋友见面后，不等刘大贵开口，对方却已先哭穷了起来。随后，再摸出几千块钱，一脸无奈地说，实在帮不了什么忙，刘总啊，抱歉了。

刘大贵是谁？“地缘公司”的董事长啊！几千块钱就打发了？把我当成要饭的了！刘大贵脸色铁青，一声不吭，把钱“啪”地扔在桌子上，掉头就走了。

这种情况，还算不错。有的甚至连面都不见，不是说出差了，就说开会去了。随便找个理由就把刘大贵拒之门外。其实，刘大贵心里明镜似的，当然清楚是怎么回事。

落魄的凤凰不如鸡！真是应了这句话，短短几天时间，刘大贵就尝遍了人间的世态炎凉。

刘大贵彻底绝望了。难道真要眼睁睁地看着自己一手创办的公司破产吗？

刘大贵把车停在路边，下车后，他凝望着远处的“地缘大厦”，万念俱灰，回首十几年来商场上的打拼历程，此时此刻，恍若南柯一梦。

一个曾经叱咤商场的公司老总，一个铁骨铮铮的热血汉子，那一刻，不得不艰难地做出了人生中的最后一个决定——等到夜深人静之时，从“地缘大厦”的顶层飞身跳下来！

拿定主意后，刘大贵居然猛地感到了一阵轻松。他看了一下时间，是下午四点，还有几个小时的时间。

“生命中最后的这段时间该干些什么呢？”那一时刻，刘大贵最想见的当然是乡下的老父亲和在学校读书的儿子。可是，痛苦万分的刘大贵却没有丝毫的勇气去见他至亲至爱的人。

这时，刘大贵忽然想起了一个人，他是一家规模不是很大的房地产公司的老总。他姓王，王总三十来岁，是全市房产界最年轻的老总。

以前王总曾在刘大贵的公司干过副总经理，“地缘大厦”就是王总负责施工筹建的。后来，王总离开了“地缘公司”，另立了山头。不管是在“地缘公司”期间，还是离开之后，刘大贵对王总还算不错。并且，王总提出离开“地缘”时，刘大贵也没怎么为难他。

凭着王总现在的实力，对“地缘公司”来说是帮不了什么忙的，因此，刘大贵没有把王总的名字，写在旧名片上。

不知什么原因，刘大贵很想把生命最后的这些时间，交给王总。

在一间不是很宽敞的办公室里，刘大贵见到了阳光、帅气的王总。王总满脸含笑，对刘大贵很是热情。

往黑皮沙发上一坐，刘大贵就摸出那张旧名片，点着上面密密麻麻的名字大骂起来，骂他们都是忘恩负义的小人。

王总一边劝刘大贵消消气，一边给他斟了一杯热茶。

王总小心翼翼地把茶端到刘大贵面前，语重心长地说：“刘总啊，你是房产界的老前辈。今天我说句公道话，您可别生气。”

刘大贵大嘴一咧，手臂一挥，大声说：“你说吧，我听着!”

王总说：“这也不能全怪人家不帮你。目前‘地缘’的情况，你应该最清楚，那可是个无底洞啊！你想让人家怎么帮你？再多的钱扔进去，也不顶用。他们这样做也有自己的难处。即使有人愿意拿钱出来资助‘地缘’，也只能是临时救救急，还是解决不了根本问题。”

刘大贵听完王总的话，怒气明显消了不少，王总的话说的都是事实，对呀，人家不能因为你的“地缘公司”，把自己的公司拖垮吧！况且，目前的“地缘公司”根本也没有什么办法可以救。

刘大贵像一摊烂泥 ，坐在了沙发上，喃喃地说：“是呀，也不能全怪他们。即使我搭上这条老命，都救不了‘地缘’，还能指望人家替你做什么呀!”他的话语里充满了凄凉与悲怆。

王总喝了一口茶水，说："从当前的情况来看，地缘公司只有一条路可以走了。"

刘大贵缓缓从沙发上站了起来，走近王总，瞪大了眼睛，说："你刚才说……什么？公司只要不走破产程序，怎么做都行！"

王总说："虽然'地缘'目前是资不抵债，不过，还是可以进行并购的。"

"并购？"刘大贵张大了嘴巴。

"对，寻找有这方面投资意向的大公司，把资产和债务打包进行收购。"说完，王总用灼灼的目光望着刘大贵。

刘大贵一听这话，顿时来了精气神，问："这样的公司好找吗？"

王总定定地望着刘大贵，说："可以通过政府出面协调，然后联系一下省城乃至全国的大公司，我想是能够找到的。"

王总的话就像给刘大贵注射了一支强心剂，他顿时变得有说有笑起来。

天色已晚，刘大贵一把拽住王总，大声说："老弟，这事你可一定要帮忙啊。今晚我请客，走！"说着，拉着王总就往外走，跳楼的事早已抛到九霄云外了。

王总笑呵呵地说："这个忙一定帮，不过，饭我请！"

两个人有说有笑地去了邻近的一家饭店。那晚，一连几天没吃一口饭的刘大贵，吃了个肚儿圆。

刘大贵暂时住在了王总那里。

没几天，就传来好消息，省城的一家高新技术开发公司有收购"地缘"的意向。并且，地缘公司的问题得到市政府的高度重视，已派人提前与这家公司进行了接触和洽谈。

在市政府和王总等人的帮助下，刘大贵终于带着律师、会计师等组成的谈判团队去了省城。刘大贵已拿定主意，只要对方愿意承担"地缘"的所有债务，哪怕要了自己这条命都行。

谈判进行得并不轻松。这家公司的老总，姓孟，孟总收购"地缘公司"

的意愿很强烈，但也很抠门，经过紧张而又激烈的商谈，最后终于达成协议。对方在无偿拥有“地缘”现有全部资产的同时，愿意承担所有的债务。

刘大贵在合同书上签完字的那一刻，终于如释重负地长出了一口气。

刘大贵握着孟总的手，笑嘻嘻地说：“孟总啊，最后，我再提个小小的要求，那辆‘大奔’车我能不能留下？跟了我这么多年，有感情了呀！”

想不到，看似抠门的孟总却很爽快地说：“当然可以。”

刘大贵对这辆“大奔”车情有独钟。那年，公司急需一笔资金，幸好银行的贷款很快批了下来，可是，还缺着行长的签字，拿不到钱。事情也凑巧，行长的母亲在北京住院，行长到北京尽孝心去了，十天以后才能回来。别说是十天，就是再多等一天，公司都极有可能蒙受巨大的损失。

那天，雨下得很大，刘大贵亲自开着“大奔”车去了北京，一路的狂风暴雨，没有挡住大奔车风驰电掣的车轮。刘大贵从天而降在北京的医院时，那位行长感动得眼圈都红了。

刘大贵虽有专职司机，可大部分时间都是自己在开车，有时他还亲自用水冲洗“大奔”车。他曾不止一次地在众人面前，说：“车，就如同将军的战马，如果没了车，就如同失去了双腿。”由此可见，刘大贵对“大奔”车用情是多么深。

从省城回来后，刘大贵的心情好得出奇，虽然两手空空了，可是，终于和平常人一样，过上安稳的日子。这一刻，他猛然有了一种获得重生的感觉。查了一下钱夹里的银行卡，发现余额还有十来万块钱。当前最要紧的是租一间房子，没有住的地方怎么行？

房子租好后，刘大贵往床上一躺，心想：“等儿子回来，俺爷俩就在这个小家好好过日子了。”这时，他才想起了刘双寒。刘大贵已是近二十天没有见到刘双寒了，“儿子现在怎么样了呢？”刘大贵担心极了，于是，他急忙拨通了项雪菲的电话。

项雪菲电话里的声音，几乎是带着哭腔，她把刘双寒生病住院的情况一五一十地讲述了一遍。

几十年来，刘大贵经历了无数的风风雨雨，不管遇到多大的困难和风险，性格刚毅的他，从来没有掉过一滴眼泪。可是，此时此刻，当他听到儿子生病的消息后，泪水忽地涌了出来。

刘大贵驱车来到医院，在病房里见到了脸色苍白、身穿病号服的儿子。

转到血液科后，病房成了单人间，里面只住着刘双寒一个病号。病房的摆设和卫生条件和以前相比，要好得多。

刘大贵眼含热泪，紧紧握住了项雪菲的手，嘴巴张了几次，都没说出一句话来。

刘双寒见爸爸来了，高兴得在床上手舞足蹈起来。在他眼里，爸爸是一个无所不能的大英雄，天大的困难，再难办的事情，只要爸爸出手都会马上迎刃而解。刘双寒以为，爸爸来了，自己的病很快就会好了，不久就可以回到教室上课。这是一个多么天真、幼稚的想法！刘双寒哪里知道，他所患的疾病是多么可怕！

见到刘大贵，十多天来，项雪菲一直悬着的那颗心，终于放了下来。

项雪菲和刘大贵在病房外面的座位上坐了下来，她低声对刘大贵说："当前最要紧的是为双寒寻找合适的配型。医院已经通过骨髓库在寻找合适的配型，另一途径就是通过和双寒有血缘关系的亲人来寻找。听医生说，通过亲人找到合适配型的概率还是比较大的。"

神色紧张的刘大贵，呆呆地坐着，听着项雪菲的话，他像一只正在啄米的鸡，不停地点头。

项雪菲把问题交代完后，离开了医院。

送走项雪菲，病房里只剩下了刘大贵父子。刘双寒见刘大贵满脸都是胡子茬，脸上也布满了皱纹，往日的神气劲儿荡然无存，几天没见，好像苍老了许多。刘双寒仿佛预感到了什么，他嘴角动了动，问："妈妈怎么没来?"

刘大贵心情刚稍稍有了一些平静，听了儿子的话，胸口感到一阵疼痛。他真不知道该如何回答儿子这个问题。说谎骗儿子，还是把真相说出来？不论哪种回答方式，刘大贵都难以开口。

刘大贵怔怔地望着刘双寒，努力克制着不让眼泪流下来，泪珠在眼眶里转了一圈又一圈……最终，刘大贵把刘双寒紧紧地搂在怀中，低声抽泣起来。

中午，刘大贵也感到饿了，他想到外面买些好吃的饭菜回来，父子俩好好美餐一顿。

来到楼下，刘大贵用手抚摸着又黑又亮的“大奔”车，自言自语地说：“老伙计呀，儿子病了，需要花很多的钱。对不住你了，等有了合适的配型，我就把你卖掉！放心，等以后有了钱，还会把你买回来。”说完，他才上了车。

这一次，刘大贵把车开得很慢，很慢。

周末，岳洋回家，一见到岳一博就抓住他的胳膊不停地晃动，说：“咱买房子时，刘双寒和他爸给了咱不少帮助。现在，刘双寒住在你们医院，你可要多多照顾呀。”

岳一博用手抚摸着岳洋的头发，说：“放心吧，儿子。只要老爸能做到的，一定会帮忙的。”

岳洋皱起眉头，问：“配型怎么那么难呢？听项老师说，至今还没有合适的配型。”

岳一博说：“的确很难，医院正在骨髓库进行查找，至今没有结果。另一条寻找途径，要通过和刘双寒有血缘关系的亲属来查找，成功的概率也很高的。”

岳洋似懂非懂地搔了一下头皮，问：“这些信息刘叔叔知道吗？”

岳一博笑了一下，说：“这都是些基本常识，他应该知道，即使不知道，主治医生也会告诉他的。”

岳洋还是不放心，一把搂住岳一博的脖子，说：“爸爸，明天你还是去一趟病房，把这事跟刘叔叔说一下吧，好吗？”

近几天，岳一博一直考虑着去探望一下刘双寒，一来买房子时，刘大贵帮自己省了不少钱；二来刘双寒是儿子的同学。现在刘双寒住进了自己工作的医院，从情理上讲，是应该探望一下的。于是，他笑着说：“儿子交代的事情，我一定照办。好的，明天我就去。”

第二天，岳一博忙完手上的事情，就买了一些水果、营养品之类的东西，去了血液科病房。

近几天，刘双寒的身体越来越差，一不小心就被感染。岳一博走进病房时，他戴着口罩正躺在床上看漫画书。刘大贵正无精打采地坐在床边出神，见一个穿白大褂的大夫走进来，他愣愣地站了起来。

虽说刘大贵和岳一博见过一次面，但是，那次见面的时间很短，再说，那天岳一博去刘大贵办公室时，是西装革履的装扮，今天穿的是白大褂，刘大贵当然没有认出来人是岳一博。

刚开始，刘大贵还以为来人走错了门，因为在他的记忆中从来没有哪个朋友是当医生的。刘大贵见岳一博径自冲自己走来，说明对方认识自己，并非是走错了门。于是，他满脸堆笑地大步迎了过去，不过，怕称呼错了，他留了个心眼儿，只是冲着对方微微一笑，并未说话。

岳一博放下手里的东西，急忙握住刘大贵抢先伸过来的大手，说："你好。"

说这两个字时岳一博内心挺矛盾的，他原本是想喊一句"刘总你好"，可是，想到现在的刘大贵已经不再是董事长了。于是，话到嘴边的时候，他把"刘总"两个字又临时咽进了肚子。

岳一博见刘大贵的目光直勾勾地冲着他胸前的工作牌而来，知道他没有认出自己。他就自我介绍说："我是岳洋的爸爸岳一博，岳洋和双寒是同学。"说完，用手指了指从床上坐起来的刘双寒。

第一天来医院时，刘双寒见过岳一博，知道他是岳洋的爸爸，他从床上坐起来，有礼貌地说道："岳伯伯好。"

岳一博急忙说："双寒快躺下，千万别起来！"

刘大贵恍然大悟，用手直拍脑门，说："看我这记性，原来是岳人夫啊，快坐，快坐。"说完，他就把板凳递了过去。

这次见面和上次岳一博去刘大贵的办公室时，两人的心境是截然不同的。那时，岳一博完全是用一种仰视和敬慕的目光看刘大贵的，整个过程他都是忐忑不安的。然而，这次见面他就坦然得多了。

刘大贵呢，上次见面的全过程，他一直都彬彬有礼，和和气气。可事实上，他完全是以一种高高在上的姿态和岳一博进行对话的。现如今，刘大贵头上已经没有了“董事长”这一耀眼的光环，况且儿子还得了重病住进了医院，医生已成了他当前最敬畏的人。因此，刘大贵见了岳一博，完全是一副诚惶诚恐的样子。

像刘双寒这样的病人，很容易感染，严格来说，他的病房是不准许外人随便进入的。因此，岳一博摆摆手，然后走出了病房，刘大贵心领神会，也跟了出来。两个人在走廊的椅子上坐下来。

现在的刘大贵一见到医生，就像不会游泳的旱鸭子，见到了浮在水面上的一根小木棍，死死抓住不放手。针对刘双寒目前的病情，刘大贵问题一个接一个，岳一博是外科医生，血液科的医学知识也是只懂一些皮毛，有几次他还真差点儿被刘大贵问得卡了壳。好在问题不是多么专业，岳一博还能应付得来。

岳一博以还要给病人做手术为由，起身告辞。刘大贵一直把岳一博送到电梯口，临上电梯前，岳一博说：“医院方面正在尽力寻找着配型，不过，你还得在有血缘关系的亲属方面多努力啊。”

刘大贵边点头，边叹息一声，说：“连乡下的亲戚都来做了配型，可是没有一个合适。”说这话时，刘大贵脑海里忽然浮现出黄美丽的身影。

“美丽呀，你去了哪？儿子得了要命的病，别的忙你不帮，倒也罢了。你快点回来吧，说不定你就能配型成功。”

送走岳一博，刘大贵急得像热锅上的蚂蚁，在走廊上来回地走。沉思片刻过后，最终，刘大贵把配型的希望完全寄托在了黄美丽身上。

找到黄美丽，已成为当前最要紧的事！找到黄美丽—配型成功—立即卖车—进行手术……刘大贵混乱的大脑终于渐渐地勾勒出一条清晰的路径来。

吃过午饭，刘大贵在一家“打印店”印制了一大摞彩页的寻人启事。然后，他开着车，在方圆百里之内四处张贴。傍晚时分，终于贴完了。

如今在城里找个停车位，比二十年前在公交车上找个座位都难。刘大贵转了几个地方，才好不容易把车停在了一家超市的停车场上。下车后，他去了附近的一家餐厅，想顺便买上晚饭。

刘大贵随便点了几个菜，然后从吧台上抽了一份报纸边看边等。不一会儿，服务员就把已经打了包的饭菜送了过来，刘大贵付了款，拎着菜从餐厅走出来。

来到超市停车场停车的位置，刘大贵猛地发现这里停的是一辆银灰色的家用车，根本不见“大奔”车的影子。他很纳闷，下意识地揉了一下眼睛，车分明就是停在这里的，难道记错了？

这些天，刘大贵的确有点神经错乱，他经常做出一些匪夷所思的事情。他用手轻轻敲打着脑门，又一次仔细地想了想，最终，确定车就是停在了这个地方。

可这里的确没有“大奔”车。难道违章停车，被城管拖走了？不可能啊！这里本来就是用来专门停车的地方，怎么可能存在违章停车呢？

蓦地，一个可怕的念头从刘大贵的脑海里冒了出来：车丢了，“大奔”车被偷了！他顿时蒙住了。

刘大贵声嘶力竭地大声喊道：“谁见过我的大奔车！”

两个保安走过来，用怀疑的目光望着刘大贵，问：“你有大奔车？刚才停在这里？”

刘大贵大声吼道：“有，黑色的，二十分钟前，就停在这里！”说完，他还用力在停车的地方跺了一下脚。

保安用诧异的目光望着六神无主的刘大贵，问：“你是用遥控器关的车门？”

刘大贵使劲点点头。

保安又问：“关上车门时，有没有再用手拽一下，看门到底关死了没有？”

刘大贵两眼通红，轻轻地摇了摇头。

保安轻描淡写地说：“可能是着了干扰器的道了。”

刘大贵知道什么是干扰器，以前曾听别人说过，在用遥控器关车门时，如果旁边有人按下干扰器，虽然遥控器发出“吱”的一声响，但车门却没有关上。

刘大贵听了保安的话，像挨了一记闷棍似的，脑袋里嗡嗡作响。他一屁股蹲在了地上，两只手抱紧了脑袋，十根手指深深地埋进了凌乱的头发，一动不动。

保安安慰道：“也别这样啊，车有保险，损失也不会太大的。”其实，刘大贵清楚，保险上个月就到期了，因手头紧，他没有再续。

银灰色轿车的车主走过来，他打开车门刚要上车，听了事情的经过后，忙说：“还等啥，赶快报警吧!”

刘大贵这才回过神来，一溜小跑到公安局报了警。

命运就是这样的无情。当你一帆风顺的时候，它会对你愈加青睐；当你走投无路的时候，它会对你再次唾弃。屋漏偏逢连阴雨！要在以前，刘大贵丢了车，他会根本不当一回儿事。可现在“大奔”车是他所有的家当，况且，儿子治病的费用全靠这辆车了。

从来都不相信命运的刘大贵，此刻，终于信了。

从公安局出来时，天色已晚，刘大贵这才想起刘双寒还一个人待在医院，他快步往医院走去。他走出很长一段路来，才想起打车，于是，慌忙招手拦住一辆的士。

狼狈不堪的刘大贵来到医院时，才想起买好的饭菜，忙乱中早已不知道丢到哪里去了。他原本是想先去餐厅买点儿吃的，可又担心起刘双寒，还是先去了病房。去病房的路上，刘大贵思索着，该如何把丢车的事跟儿子说。直到走进电梯，他才拿定主意，为了不让儿子伤心难过，这件事暂时不告诉他。

病房的门虚掩着，里面已亮起了灯。

心力交瘁的刘大贵，在病房门口停住脚步，用手指整理了一下头发，然后缓缓地喘了几口气，这才小心翼翼地推开了门。

走进病房，眼前的景象让刘大贵一下子愣住了。刘双寒正趴在床头上吃着拉面，旁边坐着一个衣衫上沾满了油污的女人。见有人来，女人慌忙回过头来，刘大贵怔怔地望着女人，哽咽着说："美丽，原来是你。"

女人正是黄美丽。如果说那日仓皇逃走的是"黄美丽"的话，今天回来的应该是"黄脸婆"了。

黄美丽的体形原本就有些肥胖，短短几天时间，她瘦了整整一圈，衣服还是以前的，原本挺合身的，如今，不仅脏乱不堪，穿在身上还又肥又大。之前，她时髦的发型，现在也凌乱得跟鸟窝似的。黄美丽仿佛一夜之间忽然变老了。

黄美丽满脸羞惭，她定定地望着刘大贵，并没有搭话。

刘大贵疑惑地问："你这么快就见到张贴的寻人启事了？"

黄美丽依然没有说话，只是轻轻地摇了摇头。借着病房里苍白色的灯光，刘大贵清晰地看见，黄美丽的眼角里淌下了两行细细的泪水。

那天，黑压压的人群忽地一下围住了财务办公室。平日里黄美丽只知道养尊处优，吃喝玩乐，不是逛商场，就是去美容院。黄美丽哪里见过这种阵势，她顿时吓得魂都飞了。她知道公司根本拿不出一分钱，又如何能支付得了拖欠下的巨额债务。于是，她只好"三十六计走为上策"了。

黄美丽走得太急，身上带的钱并不多。因此，她并没有走远，而是在附近找了一个酒店住了下来。黄美丽花钱大手大脚惯了，没几天，身上的钱就花得差不多了。为了节省开支，她只好住进了小旅馆，过起了拮据的日子。又过了几天，连住旅馆的钱也没有了。她只好硬着头皮去了一家小餐馆，帮人家洗碗来赚钱度日。

开始的时候，黄美丽每天还是三菜一汤，后来就变成只点一个菜，再后来她就不吃菜了，每顿饭靠吃馄饨、拉面、油饼之类的来填饱肚子。

傍晚时分，黄美丽走进一家拉面馆，要了一碗面刚要吃，她忽然听见旁边饭桌的一胖一瘦两个青年男子正在边吃边聊。

"听说，'地缘公司'被省城一家公司收购了，以前的员工可以到公司领回所欠的工资款了。"

"不只是能领回工资，听说，愿意留下的，还可以回公司继续工作呢。"

"想不到曾经风光无限的刘大贵，一夜之间，变成了穷光蛋。真是世事难料啊！”

“人来了倒霉，喝凉水都塞牙。听说刘大贵的儿子又患上了白血症，现在住在医院呢！”

……

听到这里，黄美丽心里咯噔了一下，“双寒真的得了那种要命的病吗?”黄美丽再也坐不住了，她匆忙起身把还没来得及吃的拉面打了包，打的去了医院。

在那间狭小的病房内，一家三口终于团聚了。

近段时间，刘大贵的异常表现，让刘双寒猜到家里一定是发生了重大变故，尽管他从来都不把事情向刘大贵挑明，可心里是有预感的。因此，刘双寒不再像以往那样，张口要这要那，吃饭也不再挑剔。短短几天时间，刘双寒仿佛长大了很多。

黄美丽回来了，配型终于有希望了。刘大贵见刘双寒像换了个人似的，心情好得出奇，丢车的阴霾也渐渐地散去了。

大概是累了的缘故，不一会儿，刘双寒渐渐地睡着了。

刘大贵冲黄美丽努努嘴，示意她到外面去。

两个人来到病房外面，刘大贵两只手扶着楼道上的护栏，眼里尽是凄楚的目光，他凝望着窗外灯火阑珊的夜景，说：“我几乎找来了乡下的所有亲人，可惜我们的配型都没能成功，现在唯一的希望就是看你的配型了。”

黄美丽的眼睛突然亮了一下，苍白的脸颊上闪过一片红晕，她信心十足地说：“双寒是我身上掉下来的肉，我一定能配型成功的！”

黄美丽多么希望自己能配型成功啊！

一方面，她实在不忍心再看着儿子待在医院里受罪。另一方面，在刘大贵最危难的时候，她却仓皇出走了。这件事，刘大贵虽然没有当面责怪过她，可黄美丽却万分自责，感到对不起丈夫，对不起儿子。她若能配型成功，儿子的病就能早点好起来。目前来看，这或许是她弥补过错的最好的一条途径了。

刘大贵深情地望着黄美丽，说："这些天，让你受苦了。"

黄美丽眼圈一红，泪水险些淌下来，说："大贵，难道你不怪我？"

刘大贵苦涩地一笑，说："我能怪你什么？那种情形下，一个女人不躲起来，又能做些什么？"

黄美丽猛地扑进刘大贵怀里，泪水终于"哗哗"地淌了下来。

刘大贵轻轻抚摸着黄美丽的头发，说："早点休息吧，明天还要做配型呢。病房里有张简易床，你先睡吧。我想单独静一会儿。"

黄美丽回病房睡了。

窗外的夜色很美，月光下的夜景别有一番风味。此时此刻的刘大贵，复杂的心情已无法用任何语言来描述。

"今天上午，医院又催着交费，身上已没有几个钱了，这该怎么办？车没了！配型若是成功了，手术的巨额费用又从哪里来？"刘大贵站在走廊上，望着窗外明亮的月光，整夜都没合眼。

第
12
章

失踪之谜

天亮了，刘大贵坐在走廊的椅子上，又从口袋里摸出了那张旧名片。

他翻来覆去地看着写在上面的每一个名字，两眼直发呆。尽管面临巨大的债务危机时，他求助过这些人，结果是一无所获。这一次，刘大贵还想再试一试，除此之外，他再无任何选择，为了儿子，刘大贵宁愿放弃所有的尊严。

刘大贵思前想后了很久，才把旧名片这些人的电话号码，一个一个用手机拨了出去。

如果说上次这张旧名片，带给刘大贵的是世间冷漠的话，这一次带给他的则是人间真爱。

近几天，每天都陆续有以前生意上的伙伴和好朋友来医院探望刘双寒，他们还都留下了大小不等的红包。临走时，大都还紧握住刘大贵的手，说一声："用钱，只管开口！"

不光刘大贵的好朋友，社会上许许多多的好心人，都向刘双寒伸出援助之手，有些人，居然还和刘大贵一家素不相识。

黄美丽做了骨髓移植配型，结果要等到一周之后才可以出来。

"刘双寒的妈妈回来了，如果配型成功，就可以马上动手术了。"这一消息在"育英中学"传开后，吴校长专门召开了学校中层领导会议，研究了为刘双寒组织捐款的事宜。

捐款仪式是利用早读课进行的。

昔日花钱如流水的刘双寒得了重病住进了医院，急等着进行骨髓移植手术。同学们听到这一消息，深感意外和同情。看到写在了黑板上的捐款通知后，大家都带着平时节省下来的零花钱，带着一份爱心，早早地在学校广场上集合了。

吴校长亲自做了总动员，他感人肺腑的讲话结束后，接下来分管这项工作的副校长、团委书记等学校领导都纷纷登台做了动员讲话。全校师生大都参加了这次捐款活动，捐款的场面很宏大，很感人。

这次捐款活动，八年级二班捐款数额是最多的，毫无悬念地排在了全校第一的位置。

项雪菲从岳洋手里接过捐款学生名单，仔细查看了一遍，她激动得两只手不停地颤动。可是，看着看着，她忽然发现名单上缺少了秦小松的名字。项雪菲急忙问："怎么没有秦小松的名字？难道秦小松没有捐款？"

岳洋一脸木然，说："不是。"

项雪菲疑惑地说："到底是怎么回事？"

岳洋说："从吃过早饭，就没见秦小松的影子，这小子不知道去哪儿了，捐款的事，他根本就不知道。"

项雪菲紧锁眉头，低头不语。她知道平时刘双寒和秦小松是死对头，整天对着干，不是吵架，就是顶嘴。

可是，项雪菲了解秦小松的为人，他总还不至于因为看不惯刘双寒的公子哥形象，而逃避学校所组织的捐款活动。

项雪菲快步来到教室，问："今天谁见过秦小松？"

路小西站了起来，说："吃早饭的时候，我见过秦小松一次。"叶小霜转学后，路小西成了岳洋的同桌，他个子不高，是个诚实守纪的小男孩。

岳洋马上反驳道："秦小松今天根本就没到餐厅吃饭，你怎么能见到他？"

同学们也都异口同声地说："对，秦小松今天没到餐厅吃饭！"

路小西红着脸，委屈地说："谁说我是在餐厅见到秦小松了？"

项雪菲示意大家别吵，让路小西继续说下去。

路小西看了项雪菲一眼，说：“我去餐厅时，见秦小松正在帮着一辆往餐厅送菜的农用车卸黄瓜。我让他快去吃饭，他还随手丢给我一根黄瓜，说待会儿就去吃。最终他还是没去。”

项雪菲愤愤地说：“这个秦小松，真是乱弹琴！岳洋，把宿舍钥匙给我。”说完，她从岳洋手里接过钥匙，扭头走了。

从教室出来，项雪菲去了宿舍，根据以往的经验，凡是旷课的同学一般都是躲在宿舍里。因此，她猜测，秦小松准是藏在宿舍里睡大觉。

可是，项雪菲来到宿舍，开门后，四处细细查看了一遍，并未见到秦小松的影子。项雪菲走出宿舍，又在学校的操场、球场、花池、墙角等秦小松可能去的地方，进行了查看，仍然没有找到秦小松。

项雪菲暗自纳闷：“秦小松究竟去了哪里？”

秦小松虽然有一些调皮，可是，自从他担任了副班长以后，还从来没有旷过课。这一次，连假都没请，就不见了人。项雪菲感到有一些奇怪。

回到办公室，项雪菲找来了岳洋，她怀疑秦小松的失踪，岳洋极有可能知情，而故意替他隐瞒着。

项雪菲二目如电，紧盯着岳洋，问：“秦小松到底去了哪儿？”岳洋被项雪菲看得心里直发毛，鼻子上都冒出了冷汗。

岳洋连说话都结巴了：“项老师……我……真不知道！”

如果岳洋说谎，他一张嘴说话，项雪菲就能瞧出来。从今天岳洋的表现来看，他说的是真话。看来，岳洋真的不知道秦小松的去向。秦小松突然离开，竟然连岳洋都不打声招呼，说明他要做的这件事，保密程度是非常高的。这样想来，项雪菲就感到事情有一些严重了。她猜测，秦小松很有可能已经离开学校了。

项雪菲快步来到学校门卫室，李兵正穿着保安制服，在校门口来回走动。见项雪菲走过来，忙打招呼说：“项老师，要出去呀！”

项雪菲冲着李兵微微一笑，说：“我想了解一个情况。”

李兵忙迎过去，问：“什么情况？”

项雪菲说："今天早上，有没有一个男生离开过学校？"说着，她还向李兵详细地描述了秦小松的体形和长相。

李兵急忙从门卫室取来学生出入学校的登记表，问："那个男生叫啥名字？"

"秦小松，你看一下有没有这个名字？"

李兵原本是想仔细查看一下登记本的，一听项雪菲说出秦小松的名字，马上合上登记本，很肯定地说："秦小松整天都和岳洋在一块儿，我认识他，他没有离开学校！"

项雪菲一听李兵的话说得那么肯定，知道秦小松一定没从大门口走出学校。但是，凭直觉，她感觉秦小松一定是出了学校。秦小松又是怎样离开学校的呢？难道翻墙走的？

回到办公室，项雪菲苦思冥想了很久，仍然理不出半点头绪。

"秦小松回家的可能性最大。难道家里忽然出了什么事？"这一猜测，项雪菲觉得可能性是最大的。如果有事回家，却又为何不辞而别呢？这样一想，这一猜测似乎又站不住脚了。

整个上午，项雪菲脑子里装的都是秦小松，每时每刻都在琢磨秦小松到底去了哪里。

第三节下了课，岳洋来到办公室，说："项老师，我想起一件事，不知道与秦小松失踪有没有关系。"

项雪菲一下子站了起来，说："啥事？你快点说。"

"昨天吃晚饭的时候，秦小松曾告诉我，他爸爸出差了两个月，前几天刚回来，给他买了很多好东西。还说，他爸这次回来要在家待一个多月呢。"

听了这个消息，项雪菲更加确信秦小松一定是偷着回家了。等岳洋离开办公室，项雪菲决定给秦小松的爸爸打个电话，证实一下秦小松到底在不在家。

电话通了，秦二勇见电话是项雪菲打来的，显得格外热情。二人在电话中寒暄了几句后，项雪菲问："秦小松是不是回家了？"

刚才还有说有笑的秦二勇一下子愣住了，说："小松没有回家呀！项老师，是不是他又犯错误了？”

一听说秦小松没有回家，项雪菲顿时紧张起来，她故作镇静地说：“小松没有犯错，放心好了，不过……”

秦二勇急忙问：“不过什么？项老师你快点说。”于是，项雪菲把秦小松忽然失踪的事，向秦二勇说了一遍。

秦二勇一听，急了，大声说：“这个兔崽子，等我找到他，非狠狠地揍他一顿不可。”

项雪菲急忙说：“你千万别着急，先想想秦小松可能去了什么地方，比如，可能去了哪个亲戚家呀，或是好玩的地方呀。能打电话的就打电话查问一下，不能打电话的，就过去看一下，好吗？”

秦二勇连声说好，一挂了电话，他就慌了手脚，急匆匆地一连打了十几个电话，都没有秦小松的半点消息。这一下，秦二勇愈加着急了。自己刚回家没几天，还没和儿子热乎过来呢，儿子却不见了，可咋办？

秦二勇急匆匆地下了楼，开上车就往秦小松平时最爱去的地方驶去。

项雪菲一听秦小松没有回家，也慌了神。她猛地想起，路小西说过，今天早上，秦小松曾经帮送菜的农用车卸过黄瓜。于是，项雪菲快步去了餐厅。

餐厅的师傅立即给送黄瓜的菜贩打了电话。对方称，是有个男生主动帮忙搬运过黄瓜，完成后，他还跟着农用车出了学校，说是回家拿点东西。刚出校门没多远，男生就下了车。最后，对方还补充了一句说，男生身后还背了一个大袋子，也不知道里面装的到底是什么东西。

项雪菲顿时明白了，秦小松帮人家搬运黄瓜是有预谋的，目的就是想讨好人家，好跟着农用车顺利地离开学校。怪不得李兵说没见到秦小松，他坐在农用车里，他又怎能看得到呢？

秦小松走的时候还背了个大袋子，里面装的是什么东西呢？项雪菲想了半天，也没理出半点头绪。

“这个鬼精灵！”项雪菲愤愤地从餐厅走了出来，又赶紧拨了秦二勇的电话。电话接通后，先询问了一下那边的情况，秦二勇十分焦急地说，能找的地方都找遍了，仍然没有看到秦小松。项雪菲急忙把她刚了解到的情况告诉了秦二勇，秦二勇也猜不出秦小松的袋子里到底装的是啥。

已是下午两点，仍然没有秦小松的一点音讯。项雪菲终于坐不住了，她把这一情况向学校领导做了汇报。得到的答复是，现在外面的不安全因素太多，赶紧组织人到外面去找。学校找了十几名教师快速开着车出发了，还明确指出，重点查找的对象是网吧、歌厅、电影院等场所。

项雪菲二话没说，骑着单车上了街。在大街上转了一会儿，她犯了愁，到处都是川流不息的车辆和密密麻麻的行人，人海茫茫，找个人像大海捞针一样，该到哪里去找啊？

项雪菲深深地知道，学校所列的那些重点寻找的地方，秦小松是不会去的。她骑着单车漫无目的地在街上游荡着，盼望着能忽然看到秦小松的身影。

眼看就到放学时间了，项雪菲用电话互相联系了一下，结果各方面仍然没有消息。

就在这时，项雪菲的手机陡然响起。电话是袁波打来的，她看了一眼正响着音乐的手机，心想，现在都烦死了，你倒还有心思打电话过来。虽是这样想着，项雪菲还是接听了电话。

袁波用急促的语气说："雪菲，你们班有个叫秦小松的同学，对吗？"

项雪菲一听袁波提到了"秦小松"的名字，又惊又喜，惊的是袁波打来电话，难道秦小松出了什么交通事故？喜的是，终于有秦小松的消息了。

项雪菲紧张地一连说了一大串"有"，然后又问："秦小松人在哪里？你见过他？"

袁波说："他在我这儿。"

项雪菲急切地问："他没事吧？"

袁波说："放心吧，没事。"

一听说秦小松没事，项雪菲心里绷着的那根弦，终于松弛下来，她大声说："袁波，你在哪里？我马上赶过去！"

袁波说："你骑单车慢，还是我把他送到学校吧。"

项雪菲又问："你是怎么遇到秦小松的？"

袁波说："说来话长，等见了面，再说吧。"

项雪菲连声说"好"。挂了电话，项雪菲急忙给秦二勇和学校的领导汇报了情况。

项雪菲刚回到学校，就见袁波驾驶着摩托车，驮着秦小松向教学楼门口驶过来。项雪菲一见到秦小松，气得眼睛像喷了火。她早已下定了决心，这一次非狠狠收拾秦小松一顿不可。

摩托车停了下来，袁波和秦小松冲项雪菲走过来。

再看秦小松，那个狼狈样儿，就没法提了。衣服上沾满了尘土不说，衣服上方还裂了一道口子。一向整齐的头发，也变得凌乱不堪。脸上不仅沾满了灰尘，还有几道深深的血痕。他的身后还背着一把断了弦的木吉他。

这时候，项雪菲才忽然明白，秦小松大袋子里装的就是他心爱的吉他。

项雪菲厉声喝道："秦小松你去哪儿了？！"

秦小松用一双红红的眼睛望着项雪菲，并没有做出回答。项雪菲刚要再问点什么，这时，袁波才道出了事情的经过。

秦小松出了学校后，来到了世纪广场。找了一个宽敞的地方，他从内衣口袋里摸出一张事先写满字的大红纸，铺在了地上。随后他打开袋子，从里面取出吉他。在广场上边弹吉他，边大声唱了起来。不论是唱歌，还是乐器，秦小松都是非常棒的，要不，他怎么会在全市的声乐大赛中获奖呢？

不一会儿，秦小松周围就聚了很多围观的人。

纸上所写的内容大体意思是：我班有一名同学得了白血病，需要做骨髓移植手术，恳请大家奉献爱心，慷慨解囊，救救那位生病的同学。

也许是因为秦小松精彩的弹唱，也许是因为他感人的善举，秦小松很快就打动了围观的群众，不一会儿，他就募捐到了不少的钱。

随后，秦小松又去了人员较密集的超市门口。想不到，募捐活动进行得相当顺利，他原本是打算中午前回学校的，见事情进展顺利，又临时改变了计划。中午他随便吃了点东西，又连着转了另外好几个地方，每到一个地方，秦小松都有很不错的收获。

可是，当秦小松来到汽车站附近募捐时，几个流浪青年对他鼓鼓的钱袋子，起了歹心。他们一口咬定秦小松是个骗子，是想借同学生病为由进行行骗活动，以此为借口，这几个人想要抢走秦小松的钱袋子。

虽然对方人多势众，秦小松却毫不畏惧，势单力薄的他和他们打斗在了一起。围观的群众一时间也分辨不出谁对谁错，只能站在一边看热闹。

秦小松哪里是人家的对手，没几下就被几个人按在了地上动弹不得。可是，秦小松紧紧地搂住钱袋子死活不放手，谁若是伸过手去抢夺，他就使劲用牙去咬，几个流浪青年被咬得嗷嗷直叫，一时间拿秦小松也没什么办法。

就在这时，正在远处值勤的袁波，快速地赶了过来。几个流浪青年见来了警察，急忙四散而逃。

经过一番询问，袁波才知道，秦小松原来是项雪菲班里的学生。于是，他给项雪菲打了电话。

秦小松把一个鼓鼓囊囊的手提袋，递到项雪菲面前，说："项老师，把这些钱给双寒送去吧，他还急等着用呢。"

项雪菲的嘴角接连抽动了几下，竟然一句话也没有说出来。秦小松怵怵地说："项老师，我错了……"

项雪菲哽咽着说："小松，你受苦了……老师错怪你了。"

秦小松忽然小嘴一撇，用带着哭腔的语调说："他们打我……还要抢我的钱……他们都是坏人。"说完，秦小松委屈地淌下了泪水。

因为当着袁波的面，项雪菲原本是想尽量克制住不流眼泪的，可是，秦小松眼泪流下来的那一瞬间，她已完全不能控制住自己，泪珠终于还是落了下来。

令人欣慰的是，短短几天时间，刘大贵就收到了不少的救助款，虽然离手术的费用尚有一些差距，可足以应对刘双寒当前的住院治疗了。刘大贵紧锁着的眉头，总算有了一些舒展。

可是，没过几天，另一个残酷的现实让刘大贵再次陷入了绝望——黄美丽的配型依然没有成功！

第 *13* 章

隐 情

日子悄无声息地在祈盼中匆匆而去，一晃又是十几天过去了。

每次周末回家，岳洋和岳一博一见面，开口问的第一句话就是：刘双寒近来的情况怎么样？自从刘双寒住进医院，每次都是这样。

岳洋一进门，书包还没来得及从身上放下来呢，就急着询问刘双寒的近况，话说了还没一半。岳一博打断了他，抢先说："洋洋，有好消息了！"

岳洋一脸惊喜，问："啥好消息？快说来听听。"

岳一博故弄玄虚地晃了几下脑袋，慢悠悠地说："刘双寒有合适的配型了！"

听了岳一博的话，岳洋兴奋地舞动着手臂，蹦跳着，大叫一声："耶！"

岳一博想替岳洋取下身上的书包，见他连蹦带跳，示意他先别乱动，岳洋才静了下来，问："怎样找到合适配型的？是从骨髓库找到的吗？"

岳一博说："刘大贵从老家领来一个小女孩，做了个配型，没想到居然成功了。"

恰在这时，正在做饭的袁霞把脑袋从厨房里探了出来，说："配型成功有啥用？还不是做不了手术？"说完，她又把头缩了回去，忙着炒菜去了。

岳洋赶紧跑进厨房，紧张地问："妈，你说这话是什么意思？"

袁霞头也没抬，说："听说，做完配型后，女孩的妈妈气呼呼地拽着女孩就走了。家长坚决不同意捐献，谁也没办法！"

刚才还兴奋异常的岳洋听了袁霞的话，顿时蔫了，好半天才愤愤地说：“天底下怎么会有这样的妈妈呢？也太没爱心了吧。”

见岳洋不高兴，岳一博忙说：“女孩的妈妈今天不同意，说不定她明天就同意了。这种事我见得多了。再说，有了合适配型，总比没有好，毕竟看到了希望嘛。”

岳洋感觉岳一博的话也有一定的道理，他想了一下，说：“这个消息，项老师知道吗？”

岳一博说：“配型结果今天下午才出来，项老师应该不知道吧。”

岳洋眨巴一下眼睛，用商量的口气说：“我打电话把这个消息告诉项老师吧！”

岳一博点了点头。

岳洋一把抓起电话，给项雪菲打了过去。电话通了，没等项雪菲开口说话，岳洋已经一口气把刘双寒有了合适配型的消息说完了。电话那头，项雪菲很兴奋。

岳洋又把女孩妈妈不同意捐献的事告诉了她，想不到，项雪菲的回答和岳一博竟是惊人的相似，她说：“有了合适的配型，就有了希望。有，总比没有好吧。”

挂了电话，岳洋的心情一下子好起来，那一刻，他仿佛看到：刘双寒背着书包高高兴兴地来到了学校，全班同学来到校门口欢迎他的到来。

周一上学，岳洋做的第一件事，就是把这个消息告诉了全班同学。同学们兴奋之余，更多的是对女孩妈妈的谴责和声讨。秦小松表现得尤为强烈，他挥动着手臂，大声说：“我若有机会见到这位妈妈，一定问问，她的同情心和爱心是不是让狗吃掉了？”

周三，下午第一节是微机课。

这节课学习的内容是 Word 的基本应用，这些内容对岳洋来说，是“小儿科”，太简单了。

岳洋坐在电脑屏幕前，一边佯装听课，一边浏览网页。课上了快十分钟的时候，趁老师没注意，他又偷着登录了QQ。这个周末，作业太多，没能抽出时间上网，岳洋想借这个时间，看看有没有好友给自己在QQ上留言。

QQ登录成功，岳洋看到电脑屏幕的右下角有一个小企鹅在欢快地跳动。有好友留言！岳洋掩饰不住内心的激动，急忙用鼠标点击了一下，一个对话窗口在屏幕上跳了出来。

原来是“七彩露珠”！岳洋禁不住一阵欣喜，叶小霜又留言了！

看完“留言”，岳洋差点从座位上蹦起来。他感到全身的血液都在沸腾，心脏敲鼓似的，“咚咚”地跳个不停。要不是老师正在讲课，他一定会不顾一切地跑出微机教室，把这一消息告诉项雪菲。

留言的内容是这样的：

岳洋你好：前些天，我去医院做了骨髓移植的配型，没想到配型居然成功了。可是，妈妈却不同意我捐献骨髓。我无法说服妈妈，你赶快把这个消息告诉项老师，让她想想办法吧。

这个消息简直太有爆炸性了！岳洋已无法控制住自己激动的情绪，他心神不宁地苦苦等待着下课的那一刻。短短的二十来分钟，对岳洋来说，仿佛苦等了一个世纪。

下课的铃声终于响了，微机老师刚说完“下课”两个字，岳洋连课本都没顾上拿走，就像离弦的箭，倏地冲出了教室。同学们用惊异的目光望着远去的岳洋，纷纷纳闷：岳洋这是怎么了？

秦小松见岳洋落下了书本，忙替他收了起来，他一脸坏笑地说：“岳洋肯定是拉肚子，看他那着急样儿，说不定拉到裤子里了。”说完，他幸灾乐祸地嬉笑起来。

岳洋用百米冲刺的速度一口气跑进了语文组办公室，连打报告都没来得及，就闪电般地出现在项雪菲面前。

项雪菲正在批改作业，见岳洋旋风似的冲进办公室，不知道发生了什么大事。她大吃一惊，下意识地从座位上站了起来。

岳洋大口喘着粗气，说："叶小霜……她……"

项雪菲见岳洋提到叶小霜的名字，忙问："叶小霜怎么了？"

岳洋连着喘了几口气，才好不容易缓过劲来，说："叶小霜就是和刘双寒配型成功的女孩！"

听完这句话，项雪菲也怔住了。她惊得张大了嘴巴，许久没说一句话。消息来得太突然。项雪菲似乎对消息的真实性还抱有怀疑态度，她喃喃地说："怎么会这么巧呢？"

过了片刻，项雪菲才问："你是怎么知道的？"

岳洋说："叶小霜在 QQ 上给我留言了，她说她说服不了妈妈，让我把这件事告诉你，让你想想办法。"

项雪菲说："叶文娟心地善良，富有同情心，按理说她不会阻止小霜捐献骨髓的呀？"

这时，岳洋说："项老师，我先回去了。"

项雪菲知道，岳洋还急着回教室，把这个消息告诉班里的同学们，于是，她点了点头，说："你先回去吧。"

岳洋又是一阵风似的，跑出了办公室。

项雪菲脑海里又浮现出叶文娟的身影。她暗想，叶文娟是个通情达理的女人，不同意女儿捐献骨髓，可能是一时想不通，她的思想工作应该不难做通。这一次，刘双寒终于有救了！叶小霜还没转学到乡下的时候，项雪菲和叶文娟接触过几次，叶文娟的为人，项雪菲还是了解的。

"这个消息也不知刘大贵知道不？"想到这里，项雪菲决定去趟医院。

拿定主意，她收拾了一下，出了办公室。

在医院幽静的长廊里，项雪菲见到刘大贵。短短一个月的时间，刘大贵仿佛苍老了许多，四十岁的人，看上去，像一个干瘦的老头。

两个人在椅子上坐下来，项雪菲问："双寒近几天情况怎么样？"

刘大贵哀叹了一声，说："每次化疗回来，都是长时间的剧烈呕吐，身体状况越来越差。”说完，他把脑袋埋在两手之间。

项雪菲感到一阵难过，沉默了片刻，说：“你知道配型成功的那个女孩是谁吗?”

刘大贵点点头，说：“知道。”

项雪菲说：“叶小霜以前是我班上的学生，后来转到乡下的中学读书去了。她和双寒曾经是同班同学!”

项雪菲原以为这个消息会让刘大贵兴奋起来，可想不到的是，刘大贵听了她的话没有丝毫变化，仍是一副无精打采的模样，耷拉着脑袋一声不吭。

过了片刻，项雪菲又说：“小霜的妈妈叫叶文娟，这个人我认识，是一个知书达理的女人。暂时不同意小霜捐献骨髓，可能是她一时想不通。叶文娟那么善良，我们会说服她的。”说话时，项雪菲还挥动了几下拳头，为的是鼓舞刘大贵低落的士气。

这一次，刘大贵终于抬起了头，说：“项老师，有些事你不了解，你就别费这份心思了，这件事是不会有结果的。”

项雪菲惊讶地望着刘大贵，大声说：“怎么能这样说话呢？这么点困难就放弃了？这可是直接关系到一个人的生命啊!”

刘大贵又重新把脑袋埋在了两手之间，沉思良久，才仿佛做出一个重大决定似的，说：“其实，叶小霜能配型成功并非是偶然的。”

停了一下，刘大贵又说：“叶小霜是我的女儿，她和双寒是同父异母的姐弟。”

这句话不亚于一个惊雷，在项雪菲耳边响起。“叶小霜和刘双寒是同父异母的姐弟?”项雪菲有点不相信自己的耳朵，她惊愕得嘴巴张成了“O”的形状，怔怔地望着刘大贵，许久都没有合上。

刘大贵低声说：“叶文娟是我的前妻。”

“怪不得，叶小霜和刘双寒若即若离的样子，总让人难以捉摸。原来两人是同父异母的姐弟。”这个突如其来的消息，让项雪菲好久没有缓过神来。

刘大贵喃喃地说：“小霜是个懂事的好孩子，她从我四处张贴的寻人启事上知道双寒生病的消息，偷着从家里跑出来，找到我主动提出做配型。我了解叶文娟的脾气，心里很清楚，即使小霜配型成功也没用，叶文娟是不会同意的。所以，刚开始我一直不同意，小霜不肯，执意要做，我拗不过她，只好带她去做了配型。”

项雪菲随声说：“叶小霜的确是一个懂事的好孩子。”

刘大贵脸上流露出一副很痛苦的模样，说：“其实，叶文娟不同意小霜捐献，我一点儿都不怪她。我理解她的心情，都是我不好。我对不起她们母女俩，欠她们的，怕是这辈子都还不了了。”

项雪菲惊讶地问：“这到底是怎么回事？”

刘大贵抬起头，透过走廊的玻璃，凝望着远方，仿佛看到了老家的房子、田地、小溪、牛羊……

沉思良久，刘大贵才道出一桩陈年往事。

在农村老家，刘大贵和叶文娟是邻村的。二十多年前，两个人经人介绍确立恋爱关系，后来结了婚。刘大贵在外打工挣钱，叶文娟在家种庄稼，照顾老人。那时两个人的夫妻感情很好，婚后从来都没红过一次脸。可是，过了没多久，建筑队的记账员黄美丽闯进了他的生活。那时，刘大贵是建筑队的工头，一年下来，能赚不少钱。

后来，刘大贵有一些回心转意 ，总觉得这样下去，对不住叶文娟，就想把心思从黄美丽身上收回来，和叶文娟好好过日子。

可是，黄美丽狗皮膏药似的黏在刘大贵身上，怎么也甩不掉。结果，在叶小霜出生后的第三个月，黄美丽就生下了刘双寒。从此，刘大贵就过上了脚踏两只船的日子。这些事，刘大贵一直瞒着叶文娟。

随着叶小霜一天天长大，刘大贵的生意也越做越大，为了能让孩子到城里来接受更好的教育，叶文娟多次催促刘大贵，也要搬到城里来住。

刘大贵害怕事情暴露，拖着一直没让她们来。终于有一天，蒙在鼓里的叶文娟知道了事情的真相。

叶小霜七岁那年，看着女儿已到上学的年龄，叶文娟终于沉不住气了，领着小霜在办公室找到了刘大贵。凑巧的是，黄美丽和刘双寒正好也在，见有生人来，刘双寒一下子扑到刘大贵的怀里，大声喊“爸爸”。

叶文娟顿时明白了一切，她先把办公室里的东西砸了个精光，又和刘大贵吵闹了一阵，然后拉起和刘双寒玩得正欢的叶小霜，就走了。第二天，叶文娟就和刘大贵离婚了。离婚后，户口本上的“刘小霜”就改为了“叶小霜”。

项雪菲愣愣地望着刘大贵，静静地聆听着他的讲述，听完后，她瞪大了眼睛，问：“唉，这种事能瞒得住吗？想不到，你居然隐瞒了那么久。”

长长的走廊，静谧得像睡熟的孩子。刘大贵把脑袋埋在胸前，陷入了极度的痛苦之中，枯枝般干瘪的手指不停颤动。过了片刻，刘大贵两手用力地上下搓了几下清瘦的脸颊，说：“人啊，这一有钱，就忘本喽。”

项雪菲低声说：“事情都过去了，别再去想了。”

刘大贵好像根本没听到项雪菲的话，抬起头，又继续说：“叶文娟性格十分倔强，离婚后，我曾多次希望用金钱来弥补我的过错。可是，无论生活多么艰难，她也从不要我的一分钱。后来，为能让小霜来城里读书，她来到城里打工，供小霜读书。我过的是花天酒地的生活，叶文娟娘儿俩过的却是拮据的日子。十多年来，真不知道，她娘儿俩的日子是怎么熬过来的。”

项雪菲说：“叶文娟的确是个很要强的女人。”

刘大贵点了点头，说：“我有愧于叶文娟呀！她不同意小霜为双寒捐献骨髓，也是情理之中的事。项老师，谢谢你对这件事的关心。”

项雪菲一脸困惑，说：“难道就这样放弃了？为了儿子你不想尝试一下？”

“想！怎么可能不想呢？”

“事情过去这么多年了，或许叶文娟已不再计较前嫌。你可以找叶文娟单独谈一谈。”

“没用的。”

“你找过叶文娟？”

刘大贵无奈地点了点头，说：“为了能给双寒治好病，我又怎能不去找文娟试一试呢？昨天我找过她。”

项雪菲急切地问：“结果怎么样？”

刘大贵摇了摇头，说：“门开了一条缝，她见是我，就‘咣’的一声把门关上了。不管我怎么哀求，就是不开门。后来……”说着说着，刘大贵有一些哽咽了。

项雪菲问：“后来怎么了？”

刘大贵顿了一下，又说：“后来我在门外跪下了！常言道，男儿膝下有黄金呀。四周围满了街坊邻居，他们指手画脚，说什么的都有。为了儿子，我豁出去了。可是，直到夕阳落山，门也没有开。”

项雪菲问：“捐献骨髓对身体不会有任何伤害。叶文娟知道这些吗？”

刘大贵说：“小霜都知道，她能不知道？”

项雪菲心中明白，刘大贵曾是“地缘公司”董事长，也是有脸面的人物，当众给人下跪，得需要多大的勇气？若不是为了救治儿子，他宁可放弃生命，也不会遭受如此的奇耻大辱。

项雪菲自言自语地说：“难道叶文娟是铁石心肠？”

刘大贵说：“她心中的怨恨已经积压了十几年。看来，这次她是铁了心！”

刘大贵情绪非常低落，项雪菲安慰了他一阵，见时间不早了，便起身告辞，离开了医院。

从医院出来，项雪菲的思绪起伏不定，久久难以平静。她从来不相信人世间有什么“报应”。可是，十几年前，刘大贵所犯的错，今天终于得到应有的惩罚。这难道不是报应吗？人和人之间为什么总是有那么多的怨恨？想到这里，项雪菲忽然感到内心深处有了一种从来不曾有过的惶惑。

回到办公室，心情渐渐平静下来的项雪菲，忽然萌生出一个念头，她想见一见叶文娟。

第二天，下午恰好没有课。于是，项雪菲出发了。

六月的午后，天已像下了火。一出校门，项雪菲就淌了一身汗。天太热！到底去不去？犹豫了一下，她还是快步朝着附近的一个公交车站牌走去。

乘坐公交车，走了约一个小时的时间，在一座石桥边下了车，再步行二百来米，就是叶文娟所住的村庄了。

村子不是很大，看样子，有一百来户人家。村子四周尽是麦地。六月，正是收获小麦的季节。

麦收刚过，金黄色的麦茬一眼不见边际。一条小溪曲曲折折地环绕在村落周围，一群水鸭正在清澈的溪水中尽情地嬉闹，岸边的垂柳青翠欲滴，蝉儿正躲在树丛里不知疲倦地鸣叫。

许久没有到乡下来了，乡村那独有的景致，让项雪菲感到一阵清新，临来时的烦恼瞬间跑得没了影踪。

几经打听，在一个幽静的小巷里，项雪菲终于找到了叶文娟家。这是一个有着三间瓦房的小院落，高高的围墙是用红砖砌成的，院子里长着高大的树木，瓦房静静地掩映在蓊郁的树丛之间。走在巷子里，阵阵幽香扑面而来，那是绿叶和红花所特有的味道。

项雪菲在红色的大铁门前，站了一会儿，才轻轻敲了几下门。

随着一阵急促的脚步声，门开了，开门的是个肤色稍稍有点黝黑的女子，她就是叶文娟。

叶文娟见了项雪菲，先是一愣，随后惊叫了一声，说："原来是……项老师！"

第一眼见到叶文娟时，项雪菲也愣住了。记忆中的叶文娟，面色白皙，穿着干净，举止得体，一根淡蓝色的头巾把长长的秀发扎得结结实实，给人的是一种"小家碧玉"式的美。

想不到，短短数月时间，农田里的风吹日晒，生活上的艰辛磨砺，让叶文娟变得又黑又瘦。

小院里，有一条用红砖铺成的小路，路两侧是蔬菜和花草，大门一侧是一棵盘口粗的大槐树，它为小院子送来了大片阴凉。树荫下的小木桌上，摆放着刺绣的工具，一幅美丽的山水画，还没有绣完。很显然，叶文娟正在家里忙着刺绣。

项雪菲的到来，让叶文娟感到有点手足无措，她一边收拾着堆放在木桌上的刺绣用具，一边羞涩地笑着，说："麦子刚收完，田里没啥事，闲着也是闲着，赚点零花钱。"

项雪菲笑了笑，环视了一下小院的四周，然后接过了叶文娟递过来的小木凳，坐了下来。

叶文娟给项雪菲斟了一杯凉茶，说："大热天的，项老师怎么来了？"

项雪菲示意叶文娟快点坐下来，说："没啥事，就是想过来看看你。"

叶文娟心中纳闷，没事，会大老远跑来？她满脸狐疑，问："项老师，一定有啥事吧，要不能大热天的跑来？"

项雪菲不好意思地笑了，说："既然来了，我就直说吧。叶大姐，这次来，是为刘双寒的事。"

一听这话，叶文娟那张笑得宛如"山水画"一样好看的脸，唰地沉了下来。

叶文娟表情的骤变，项雪菲着实吓了一跳。于是，她端起茶杯慢慢地喝起了茶，不再吱声。

沉默片刻，叶文娟咬牙切齿地说道："项老师，有些事你可能不了解。当年，我嫁到刘家时，家里穷得叮当响。小霜出生后，我既拉扯孩子、照顾老人，又忙田里的庄稼，风里来雨里去，没半句怨言。这男人呀，一有了钱，什么伤风败俗的事都能做得出来！不为我着想，也就罢了，也不为自己的亲生女儿想一想。他刘大贵的良心全被狗给吃了！"

等叶文娟把话说完，项雪菲低声说："叶大姐，事情已经过去这么多年了，还是放下心中的怨恨吧，就别再为这事生气了。"

叶文娟愤愤地说："这些怨恨，已经长进了我的骨头，怕是今生今世都忘不掉了。"

"刘大贵不是也想给你一些补偿的吗？"

"以为有几个臭钱就了不起了？我发过誓，这辈子不会花他一 分钱！"

“其实，刘大贵现在的样子，也挺可怜的。”

“可怜？这是报应！作孽的人，老天爷是不会放过他的，迟早是要遭报应的。这一天，终于还是盼来了。”

又是一阵沉默，项雪菲喝了一口茶，又试探着问：“难道就眼睁睁地看着一个无辜的生命，悄无声息地死去吗？”

“刘大贵和小妖精作的孽，我可管不了那么多。”说这话时，叶文娟的语气有了一些缓和。

“叶大姐，其实，捐献骨髓从医学的角度来说，对人的健康是不会有任何影响的。”

“这个我知道，电视上经常演这样的事情哩。若是小霜给别人捐献，我没意见。给那个小杂种捐献，除非太阳从西边升起来！”

项雪菲用恳求的语气说：“叶大姐，你还是再考虑一下吧。”

叶文娟满脸怒容，大声说：“考虑啥，我早想好了！”

项雪菲看见叶文娟的眼里迸射出红色的光芒，她说话时的样子让人感到恐怖。

此时此刻，项雪菲知道，今天不论怎么劝说，看来，也不会有什么结果。于是，她决定不再提刘双寒的事。

项雪菲话锋一转，和叶文娟聊起了家长里短。

聊了一会儿，见天色不早，项雪菲便起身告辞。

见项雪菲要走，叶文娟满脸歉疚地望着项雪菲，嘴角动了动，最终从嘴里冒出了三个字：“对不起！”

项雪菲没有说话，只是亲昵地拉住叶文娟的手。

叶文娟一直把项雪菲送到公交车上才算完，路上，项雪菲几次劝她早点回去，她都不肯。

车已走出很远。透过车窗玻璃，项雪菲看见，叶文娟瘦弱的身影正顺着那条长满了野草的小路向村子走去。

第
14
章

一声惊叫

自从叶小霜在 QQ 上给岳洋留了言，一有上网的机会，岳洋就登录 QQ，看有没有新的留言。

自从岳洋知道了叶小霜和刘双寒是同父异母的姐弟关系，他兴奋不已，似乎感到有许多话要对叶小霜说。下午第一节又是微机课，一打开电脑，没等老师开始上课，岳洋就登上了 QQ。果真有惊喜等着他，叶小霜又在 QQ 上留言了。

岳洋你好：听妈妈说，项老师来过我家。妈妈是个老顽固，仍不同意我给双寒捐骨髓。唉，连项老师都没说服她。星期六妈妈要去姥姥家，我想借这个机会偷着去趟医院，探望一下双寒。好久不见，太想念你们了，你们能一块儿过来吗？

看了叶小霜的留言，岳洋一阵欣喜，他想都没想，就快速地给叶小霜留了言：

好的，我一定去！原来你和双寒是姐弟关系呀！这个消息太突然了。周末医院见。

等下了微机课，岳洋立即把这个消息告诉了秦小松、路小西，还有和叶小霜关系很不错的两个女生。几个人听了，都欣然同意和叶小霜一块儿去医院探望刘双寒。

周六，岳一博和袁霞都有加班，吃过早饭，嘱咐了岳洋几句，两个人就匆匆上班去了。岳洋心中窃喜，见时间还早，想先做一会儿作业再走。可是，他坐在书桌前满脑子装的都是叶小霜瘦弱的身影，一个学期没见，叶小霜怎么样了呢？胖了，还是瘦了？

岳洋心神不宁，哪还有心思做作业？他把笔往桌上一丢，看了下表，八点整。于是，他锁好房门，准时从家出发了。

今天的天气真不错，天高云淡，碧空万里。因为是早晨，天还算凉爽，岳洋穿了一件淡黄色的运动短衫，走在路上感觉稍微有点凉。

因为周末，路上来往的车辆格外多。岳洋终于拦住一辆的士，上车后，对司机师傅说："去车站。"

其实，岳洋原本是想大家一块儿到医院集合的，秦小松却不同意，说叶小霜好不容易进一趟城，咱们得到车站去迎接一下才行。于是，大家商定，九点之前在车站集合。

从的士车上下来，岳洋刚走进车站，就听见有人在喊叫他的名字，扭头一看，见秦小松正在候车室门口冲着自己摆手。

秦小松穿了一件绿色的短衫和一条露着脚腕的米黄色裤子，最让人感到惊艳的是，短衫的前胸上印着 NBA 著名球星科比的头像。就连发型也变了样，是爆破式的那种，头发都一根根地立在了头皮上。嘿，就这身行头，不仔细看，还真认不出他就是秦小松。

秦小松一只手臂勾在了路小西的肩膀上，另一只手很夸张地冲着岳洋摆动着，大声喊："岳洋，你咋才来？"

岳洋看了一下电子表，才八点半，离约定时间还差半小时。于是，他开玩笑说："你俩来得也太早了。要是让叶小霜知道了，会感动得流泪的。"

不一会儿，另外两个女生也来了。几个人聚在一起，开始有说有笑地聊了起来。秦小松给每个人分了一根棒棒糖，再把一根撕掉包装纸的棒棒糖塞进了嘴里，然后一边聊天，一边猴子似的在候车室门前的台阶上来回蹦跳。

九点刚过，叶小霜乘坐的公交车进站了。叶小霜在车上已经看到了岳洋他们，她把头从车窗里探了出来，激动得挥动着手臂，大声欢呼。

在叶小霜幼小的记忆里，在城里工作的爸爸每次回家，都要给她买回一大堆好吃和好玩的东西。每次邻居家的伙伴见了，羡慕得口水都要流下来。可是，直到妈妈和爸爸吵了架之后，爸爸就再也不回家了。邻居家的小伙伴也就不再羡慕她，并且她们还取笑自己，说她没有爸爸了。为此，叶小霜经常偷偷地躲在角落里抹眼泪。

随着年龄的增长，叶小霜渐渐明白了这是怎么回事。

记得有一次，刘大贵偷着去学校看望叶小霜，还买了很多好吃的东西。叶小霜甭提有多高兴了，她把那些好吃的东西在同学们面前炫耀了一番。

回家后，她兴高采烈地把这件事告诉了叶文娟，并且还把没舍得吃的蜜三刀和奶糖塞到叶文娟手里。

想不到的是，叶文娟把东西狠狠地摔在地上，还把叶小霜狠狠训斥了一顿，然后掩面大哭起来。叶小霜不知道发生了什么事情，顿时吓傻了。

从此，刘大贵再来学校看望叶小霜，她就不再要那些好吃的东西了。后来，她连刘大贵的面也不见了。

升入初中后，叶文娟带着叶小霜来到城里上学。怎么那么巧，她和刘双寒又分在了同一个班级。

小时候，她见过刘双寒，有几次刘大贵去学校看望叶小霜时，就是带着刘双寒一块儿去的。叶小霜当然知道，刘双寒就是妈妈口中所说的那个小杂种。

刘双寒每次想资助叶小霜，都被她拒绝了。叶小霜是个自尊心极强的女孩，即使生活再困苦，她也不想接受别人的施舍。尤其是刘双寒，她更不想接受他的帮助。

不久前的一天，叶小霜放学回家，叶文娟满脸喜色，说：“小霜啊，那个良心被狗吃掉的男人终于完蛋了。他的公司垮掉了！想不到他也有今天，他终于遭到报应了！”

虽然叶文娟是笑着说完这些话的，叶小霜却感到妈妈的话语里充满了凄厉，她心里感到直发毛。

这件事过后没多久，叶小霜就知道了刘双寒生病的消息。那天放学，叶小霜在一根粗大的电线杆上见到了寻找黄美丽的寻人启事。她心急如焚，刘双寒至今没有找到合适的配型，这可怎么办？

刘双寒生病的事，牵动着叶小霜的每一根神经。利用上微机课的机会，她经常到网上查阅与这方面有关的医学资料。当得知刘双寒的病比老虎还要可怕时，她忧心忡忡。

刘双寒现在怎么样了呢？找到黄美丽了吗？有合适配型了吗？我和刘双寒也有血缘关系，我的配型能合适吗？我若配型成功了，妈妈会让我给刘双寒捐献吗？难道眼睁睁地看着自己的弟弟死去吗？这些问题日日夜夜地困扰着叶小霜，她焦急万分。

那天，见叶文娟心情很好，叶小霜就提出了去医院看看刘双寒的想法。想不到，叶文娟的脸色瞬间晴转阴，她勃然大怒，把叶小霜狠狠地臭骂了一顿。

周日，叶文娟去田里收麦子，叶小霜独自留在家里做作业。

叶小霜心乱如麻，心思根本没有放在作业上。她想，在这个世界上，还有比人的生命更为重要的事情吗？何况要救的那个人还是我的弟弟呀！想到这里，叶小霜就坐上车偷偷去了医院。

当得知黄美丽的配型没有成功时，叶小霜提出了也要做配型的要求。开始刘大贵不同意，叶小霜执意要做，刘大贵就带她去采了血。

叶文娟从田里回家后，不见叶小霜，她想起叶小霜之前所说的那番话，顿时明白了，因为她太了解自己的女儿了。

叶文娟匆匆赶去了医院，把刚采完了血的叶小霜拽了回来。

几天后，化验结果出来了，叶小霜的配型居然成功了。

叶小霜得知自己配型成功的消息后，兴奋得几天都没睡好觉。她还利用 QQ 留言，让岳洋把这个消息转告给了项雪菲，希望项雪菲能够说服妈妈。她知道，所有人中，妈妈最听项雪菲的话。

“项老师都没能说服妈妈!”叶小霜彻底失望了。她知道，没有监护人的签字，未成年人是不能捐献骨髓的。

叶小霜从公交车上一下来，岳洋、秦小松几个人就忽地迎了上去，把她簇拥在了中间。

别后重逢，几个人总有说不完的话。

分手才半年的时间，叶小霜似乎长高了许多，她穿着蓝色短袖衫，下身是青色的运动裤，穿得还是很朴素。可是，看上去，她分外漂亮。

岳洋笑着说：“想不到，原来你是双寒的姐姐呀!”

叶小霜凄然一笑。

秦小松往后拉了一把路小西，自己凑到了叶小霜面前，说：“怪不得你转学那天，双寒紧张得脸都白了呢。”

叶小霜依然笑着，两行洁白的牙齿刚好露在外面，好看极了。

岳洋急忙说：“双寒知道了你转学的消息，午饭都没吃，还一个人跑到球场上流了泪。”

秦小松嬉笑着说：“双寒对你那么关心，我还以为他对你有点意思呢。”

叶小霜红着脸，把手掌高高地举在空中，摆出一副要打人的架势，说：“你再胡说八道!”秦小松一闪身，躲到了几米远的地方，兀自嘻嘻地笑起来。

岳洋仿佛想起了什么，问：“小霜，还记得双寒让我送你的那个信封吗？后来你又让我把它退了回去，信上到底写的什么内容呀?”

一提到刘双寒，叶小霜脸上的笑容不见了，她凄切地说：“哪有什么信？信封里装的是刘双寒省下来的零花钱。”

岳洋幡然省悟，说：“原来是这样，怪不得里面鼓鼓的。”

这时，秦小松说话了：“咱们别聊了，快去医院看双寒吧。我可是好久没有见到他了!”

大家异口同声地说：“走，去医院！”

为了节省时间，岳洋提议打的去，大家欣然同意。六个人，两辆车，不一会儿就来到了医院。

黄美丽有事出去了，只有刘大贵在，见岳洋几个人来了，尤其是见到了叶小霜也从乡下赶了来。他非常兴奋。

近几天，刘双寒的身体很虚弱，连续感染了几次，昨天还发了高烧，现在他住进了重症室。按医生要求，不允许他再与外人接触。知道这个情况后，大家都感到十分失望。

几个人来到重症室，透过宽大明亮的窗玻璃，看见刘双寒戴着口罩和帽子，身穿白底蓝色条纹的病号服，躺在床上正望着房顶发呆。

看岳洋几个人来了，刘双寒急忙坐了起来，不等开口说话，泪水先流下来。

自从住进医院，已是一个多月的时间，刘双寒当然明白他的病绝对不是当初项雪菲所说的“重感冒”。另外，刘大贵和黄美丽的异常表现，也让他有了太多的疑虑。

那天，刘大贵有事外出，病房里只剩下他和黄美丽，刘双寒不停地追问，他到底得了什么病？

刚开始，黄美丽还遮遮掩掩，试图继续隐瞒真相。但是，时间一久，她再也经不住刘双寒的纠缠，终于把刘双寒得病的情况，刘大贵的公司被收购，叶小霜配型成功，叶文娟不同意捐献等所有事情的真相，都倒豆子似的，一口气全说了出来。

那天晚上，刘双寒感到世界末日就要来临。他心里明白，自己如果不能及时进行骨髓移植手术，只能眼睁睁地离开这个世界。在那个孤单寂寞的长夜里，刘双寒几乎流干了所有的泪水。

从此，刘双寒变得低落起来，动不动就发脾气，有时还对来打针的护士抱有敌对情绪，消极治疗。

有一天，刘双寒的情绪终于掉进了低谷，护士来打针时，他大喊大闹，说什么也不再打针，还想放弃治疗，让刘大贵赶紧带他回家。

刘大贵怎么劝也不见效。情急之下，他只好给项雪菲打了电话。

项雪菲的忽然出现，着实让刘双寒有一些吃惊。

项雪菲让刘双寒先打上了针，然后给刘双寒讲了许多的道理。最后，她又语重心长地说："双寒，要知道，你并不是一个人在战斗，爸爸、妈妈、老师、同学，还有那些和你素不相识的好心人，他们都在为你加油、鼓劲。可不要辜负大家对你的期望呀，一定要同病魔斗争到底！"

听了项雪菲的一番话，刘双寒终于树立起了和病魔做斗争的信心，他的情绪又重新高涨了起来。

看到重症室里面色苍白的刘双寒，几个人都非常难过。

叶小霜的泪水在眼圈里直打转，她用手捂住鼻子，把头扭了过去，再不忍心多看刘双寒一眼。

刘双寒勉强挤出一些微笑，冲着大家做了一个弹吉他的动作。大家知道，他是在为秦小松背着木吉他到大街上募捐手术款的事表示感谢呢。

秦小松猛然想起，以前他和刘双寒见了面不是顶嘴，就是吵架。想不到，此时此刻，两人竟是在这样一种情景下会面。想到这里，秦小松的泪水差点儿掉下来。

几个人在重症室外面，用手势不断地给刘双寒鼓劲。刘双寒显得很兴奋，不断地挥动手臂，表示自己一定要坚持下去。

岳洋怕时间久了，刘双寒会很累。于是，他指了一下门口，做出一个要离开的手势。刘双寒明白岳洋的用意，再说他的确也感到有点累了，便冲着大家点了点头。

几个人离开时，都出人意料地做出一个相同的动作。同时伸出了右手的大拇指。刘双寒踯躅了一下，也高高地举起了大拇指，这个动作持续了足有一分多钟，岳洋几个人才依依不舍地离开了。

刘大贵想单独和叶小霜说上几句话，可是，见岳洋他们都在场，又感到有些不便，于是把几个人送到楼下后，只能眼睁睁地望着叶小霜走远。

从医院出来，已是中午时分。

岳洋建议，先找个地方吃午饭，大家欣然同意。正好附近有个小饭馆，几个人走了进去。

六个人在一张圆桌前坐了下来。刚从医院出来，大家的心情还有些沮丧，一个个都闷闷不乐地坐着，谁也不吱声。

岳洋起身点了几个菜。

等热气腾腾的炒菜上来后，岳洋又让服务生上了两盘馒头。尽管饭菜很可口，可是，这顿饭却吃得有些沉闷。

一从医院出来，叶小霜就陷入了深深的自责之中。“都怪妈妈，若不是她从中作梗，双寒就有救了！”这句话，一路上叶小霜也不知嘟囔了多少遍。

吃过饭，叶小霜想早点回家，秦小松却一晃脑袋，说：“天还早着呢，进一次城也不容易，咱们还是一块儿去学校看看吧，学校的草坪上刚完工的那个雕塑，可漂亮了。”

岳洋看了一下时间，还不到两点，说：“这样也好。”说完，他看了叶小霜一眼。

叶小霜的眼圈还有点红，说：“好吧。我做梦都想再回学校看看呢。”

一行六人，从饭馆走出来。

正是午后，这个时间原本是烈日当头的，可是，天空不知何时起聚满了层层叠叠的云朵，把太阳裹得严严实实，并且，不时会有凉风吹来。因此，天气还算凉爽。

岳洋刚要拦住迎面驶来的一辆出租车，秦小松忙说：“又不是太远，咱们还是边聊天，边走过去吧。”

其他几个人也赞同秦小松的意见，岳洋忙把即将伸出去的手，缩了回来。于是六个人沿着人行道向学校走去。

大家的心情似乎比刚才好了许多。秦小松提议，让叶小霜说一说乡下学校的新鲜事儿。可是，叶小霜仍是一副忧心忡忡的样子，她只嘟囔了一句：“乡下学校哪有新鲜事儿？”然后，她不再吱声了。

秦小松见叶小霜不再说话，就独自眉飞色舞地讲起了如何背着吉他为刘双寒四处募捐的事。一边讲，他还一边很夸张地做着弹吉他的动作。他的表演逗得大家不时发出一阵阵欢笑声。

到前方的十字路口，左拐再走一百来米就是学校了，六个人不约而同地加快了脚步。

左拐刚好是红灯，六个人只好停在斑马线静静地等待。一秒、两秒、三秒……终于等到绿灯，六个人加快脚步开始横穿公路。

就在这时，一辆白色轿车不知从哪里冒了出来，车子朝着六个人疾驰而来。岳洋眼快，大喊一声："有车，快闪开！"

秦小松和路小西跑到了前面，岳洋和另两个女生则快速地退了回来，只有叶小霜脚底像被什么东西粘住了似的，站在原地，纹丝没动。

过马路时，叶小霜满脑子想的都是躺在病床上的刘双寒，这突如其来的变故完全把她吓傻了。

车疾驰而来，没有半点儿减速的迹象。

岳洋大声喊道："小霜，快躲开！"

叶小霜终于回过神来，可是，她的腿仿佛没有长在自己身上，一点也不听使唤，车离她已经很近了，她依然没有躲开。

岳洋痛苦地用手蒙住了自己的眼睛。

在这千钧一发之际，早已躲到安全区域的秦小松，又闪电一般折了回来。他伸出双手，宛如一只腾空跃起的袋鼠，用力推向了叶小霜。

随着一声惊叫，叶小霜摔倒在马路上，她最终躲过了急驶而来的汽车。

可是，秦小松却倒在了血泊之中，他紧闭双眼，扭曲着身体，浑身不停地颤抖，是一副极度痛苦的样子。

秦小松的一只鞋子翻着个在不远处躺着，他的眼镜也被碾成了碎末。

这一切都是在瞬间发生的，在场的所有人都惊呆了。

白色轿车终于在十几米远的地方刹住车。车门开了，一个穿着白色短袖衫的青年男子仓皇地下了车，然后摇摇晃晃地向前方逃窜。路小西惊叫一声："司机喝醉酒了，他想逃跑！"

岳洋眼里喷着火，清晰地看到了这一切。他刚要拔腿追赶，这时远处有两个交警正向这边赶过来。

肇事司机也看见了迎面走来的交警，只好撞到墙上似的，又退了回来。

岳洋一眼认出其中一个交警正是袁波，于是大声喊叫：“小舅，快救救小松!”

袁波并没认出岳洋，他跑到出事地点，对另一名交警喊道：“小黄，快叫救护车!”接着，他快步来到了秦小松面前，查看起受伤情况。

袁波熟练地用手势拦住了开过来的车辆，然后示意他们从另一侧行驶。把这些事情处理完，袁波才看到岳洋。

他吃惊地问：“洋洋，你怎么在这里?”

岳洋哭着说：“小舅，小松不会有事吧?”

前些天，袁波刚见过秦小松，听了岳洋的话，他才知道，受伤的就是那个弹吉他的男孩。

不一会儿，救护车呼啸而来，几个穿着白大褂的医护人员快速地从车上跳了下来。

秦小松脸色煞白，双眼紧闭，牙齿“咯咯”直响。

医护人员简单地处理了一下秦小松的伤口，用担架把他抬到了救护车上。救护车即将要开走的时候，岳洋猛地拉开车门也钻了进去。

救护车呼啸而去。

袁波和小黄把肇事司机连同那辆白色轿车一块儿带到了交警队。

秦小松是腿部受伤，应该属于外科的治疗范围。因此，一上救护车，岳洋就借用一个护士的手机给岳一博打了电话。

一到医院，秦小松就被推进了手术室。自小到大，岳洋哪见过这种血腥的场面。从事故发生的那一刻起，他感觉到天就要塌下来了！岳洋的心仿佛被揪成了麻花，他浑身颤抖，在那个幽暗的走廊里他不知走了多少个来回。

过了一个来小时，秦二勇夫妇闻讯赶来。两个人脸色苍白，跌跌撞撞地来到岳洋面前，一时间吓得连话都说不出来了。

岳洋含着眼泪，把事情经过说了一遍。听完后，两个人一屁股坐在了走廊的长椅上。

又过了一个多小时，手术室的门开了。岳一博走了出来，他戴着淡蓝色的口罩和帽子，身穿墨绿色的手术服，全身裹得严严实实，只有两只眼睛露在外面。三个人忽地迎上去，没等秦二勇开口，岳洋抢先问："爸爸，小松怎么样?"

岳一博摘下口罩，说："左腿骨折。"说完，他用责备的目光死死地盯着岳洋，再不说话。

秦二勇用颤抖的声音说："小松……不会有啥事吧?"

岳一博面色沉重，说："都是硬伤，经过治疗和恢复，应该不会有太大问题。"说完，他握了一下秦二勇的手，匆匆离去。

秦小松出了车祸！项雪菲知道这件事时，已是第二天。

岳洋并没有在第一时间把这件事告诉项雪菲。原因有两个：一是时间紧，没来得及；二是他实在没有勇气给项雪菲打电话。心情平静下来，岳洋给袁波打去电话，问了一下车祸的处理情况，又说："小舅，项老师还不知道这件事呢，还是你打电话告诉她吧。"

袁波爽快地在电话里答应下来。

不过，袁波也没有马上把事情告诉项雪菲，为了不让她过于担心，还是等到秦小松做完手术、情况稳定后才给她打了电话。

听到秦小松出事的消息后，项雪菲火急火燎地骑着单车赶去了医院。

秦小松的左腿缠满了绷带，整条腿都是白色的，看上去让人有种毛骨悚然的感觉。

秦二勇夫妇满脸焦急地守在秦小松床边，见项雪菲来了，两人急忙起身站了起来。秦二勇低低地说了一声："项老师来了。"项雪菲一边示意两个人快坐下，一边把一束美丽的康乃馨放在秦小松床前。

见项雪菲来了，秦小松干裂的嘴唇动了动，似乎想说点什么，最终还是一句话也没说出口，只是用眼神和项雪菲进行了短暂的交流。

秦小松痛苦万分的样子，让项雪菲感到一阵心酸。她实在不相信眼前这个整条腿都缠满绷带的男孩，就是几天前还活蹦乱跳的秦小松。

项雪菲本想安慰一下秦二勇夫妇，可是，路上早想好的话却一时又说不出口。因此，几个人谁也没有说话，病房里一阵沉寂。

几分钟后，病房的门开了。一个穿西装的男子走进来，后面还跟着几个穿白大褂的大夫。

男子五十来岁，短发，中等身材，体态微胖。他红光满面的脸上夹带着几分忧虑。

项雪菲见有人进来，急忙站了起来。这时，她才发现岳一博也在。

岳一博也看到了项雪菲，病房里人太多，不方便打招呼。因此，他只是看了项雪菲一眼，然后冲她点了点头。项雪菲也冲岳一博微微点点头。算是两个人相互打了招呼。

岳一博走近秦二勇，用手指着穿西装的男子，说："这位是任院长，特意看小松来了。"

秦二勇见来了这么多人，一听为首的还是院长，顿时感到很吃惊，他愣了一下，然后一头雾水地接住了任院长伸过来的胖乎乎的手掌。

任院长转过身去，指着身边一个头发已经花白的大夫，笑吟吟地说："这位是外科的曹主任，治疗方面有什么困难可以跟他说，也可以直接找我。"

秦二勇又握住曹主任的手连声道谢。

项雪菲见病房里来了这么多人，并且还有医院的院长，便匆匆走出了病房。

走出病房，项雪菲心里猛地冒出一串问号：看样子，秦二勇并不认识任院长。秦小松不过是一个普通病号，也值得院长兴师动众地去探望吗？若是每个病人都要院长去探望，他的腿早就跑断了。任院长去秦小松的病房究竟是什么原因？这些问号愈来愈大。最终，它们像一根根硕大的钩子，死死钩住了项雪菲的每一根神经。

下班前，岳一博又去病房看望了一下秦小松。手术非常成功，秦小松恢复得很不错。

岳一博从楼上一下来，就拨通了袁波的电话，说："你姐给你打过电话了吧？"

电话那头，袁波笑着说："打过了。今天到底刮的是什么风啊？非要请我吃饭。"

岳一博边往车里钻，边说："你千万别忘了！你姐可正在家忙着炒菜呢。"说完，他挂了电话，开着车急匆匆地回了家。

到家时，袁霞已准备了一桌丰盛的菜肴，桌上还放了一瓶红酒。两个人在餐桌前等了很久，仍不见袁波出现。袁霞只好又打了一遍电话。

直到天色快要暗下来的时候，袁波才匆匆赶来。一进门，袁波就伸手从餐桌上拎起一块鸭肉，准备往嘴里放。袁霞用筷子轻敲了一下他的手，说："你这个馋猫，先洗手去！"

袁波冲袁霞咧嘴一笑，然后做了个鬼脸，洗手去了。

三个人围着餐桌坐了下来，岳一博正开着酒瓶，说："袁波，今天我和你姐让你来，的确是有点事。"

袁波像是饿坏了，边忙着用筷子往嘴里夹菜，边说："姐夫，有啥事千万别拐弯抹角，就直说吧。"

"还不是为秦小松这起车祸的事！事故发生时你正好在现场，听说，这起事故还是你负责处理的。"岳一博给袁波斟了一杯红酒，说，"肇事司机任超，是任院长的独苗儿。今年刚通过公务员招考，去了环保局工作，还在试用期。任超还年轻，这事儿一旦处理不好，就有可能毁掉他的大好前程。任院长可是管着我和你姐呢，这件事你可要多帮忙啊！"

岳一博说这番话时，袁波没有任何反应，他低着头不停地吃着菜，什么话也没说。

袁霞在一旁帮腔说："你姐夫这个外科副主任干了都快十年了。今年，曹主任就要退了，这可是个好机会，到时候，咱还用着人家任院长哩。小波，这个忙你可一定要帮啊！”

袁波停下手里的筷子，难为情地说：“任超是酒后驾车。秦小松至今还躺在医院呢！你们说，这个忙怎么帮？”

岳一博笑着说：“任院长的意思是……把酒后驾驶的事隐瞒一下，按一般交通事故处理。”

袁波的嗓门儿猛地提高了许多：“这种事怎么能瞒得住？这样做，又怎么对得起伤者和他的家属？”

岳一博不紧不慢地说：“伤者家属的问题，任院长已经做好了他们的工作。秦二勇是做医药推销工作的，任院长已经让医院和他签了长期医药供销合同。另外，对于秦小松医药费及其他方面的赔偿，对方也十分满意。秦二勇已保证不再追究任超酒驾的责任。唉，事情已经发生，过度地追究责任还有啥用？对于伤者来说，最要紧的还不是多索要一些赔偿，得一些实惠？”

袁波沉默不语。

岳一博停顿了一下，喝了一口酒，又说：“伤者家属方面，你就不用担心了。”

袁波终于开口说话了：“任超醉酒驾车，秦小松的几个同学都看到了，岳洋当时也在场。若是按一般事故处理，又怎么向他们交代呢？再说，你在医院工作，因酒驾导致的车祸，见得还少吗？”

袁霞接过话茬，说：“小波，洋洋他们都是些孩子，小孩子懂什么？别理会他们。”

袁波为难地望着岳一博夫妇，说：“姐姐、姐夫，这个忙我真的不能帮！”

袁霞半开玩笑地说：“这么多年来，我和你姐夫就求你办这一件事。翅膀硬了咋的？别忘了，你读大学的费用，可全是我和你姐夫提供的。”

袁波说：“姐，这个我知道，我也从内心里感激你和姐夫，可这根本就是两码事嘛。”

袁霞又一本正经地说：“啥也别说了，这个忙你帮也得帮，不帮也得帮！要不，以后你也别认我这个姐姐了。”

袁波用失望的眼神望着袁霞，说："姐……你还记得我的父母是怎么死的吗?"说完，袁波伤心地低下了头。

屋子里又是一片沉静。

过了片刻，袁霞几乎用哀求的口吻说："小波，叔叔和婶婶是死于车祸！这件事已经过去这么多年，你怎么还念念不忘呢？这一次，就帮你姐夫这个忙吧。你可知道，他已当着任院长的面，拍着胸脯把这件事应下来了。"

不等袁霞把话说完，袁波忽地站了起来，他红着眼圈，大声说："这种事怎么能随便答应人家呢？对不起，这个忙我真的不能帮!"说完，他气呼呼地走了。

见袁波甩门而去，袁霞气得把手里的筷子狠狠地摔在地上，说："有能耐了是吧！也不把我这个当姐姐的放在眼里了，有本事以后就别再进这个门!"说完，她抽泣着跑进了卧室。

岳一博一脸沮丧地坐在餐桌边，怔怔地望着满桌酒菜，一声不吭。他的脸色越来越难看，不一会儿，他的嘴巴和鼻子终于扭曲在了一起。

因任超这起交通事故，袁波得罪了岳一博夫妇。近几天，他心里一直很苦闷。

早晨刚上班，他正在整理着任超"酒驾"的相关材料。这时，电话响了，是李队长打来的，他让袁波过去一趟。

袁波快步去了李队长的办公室。李队长笑呵呵地起身相迎，说："袁波，快坐下，有件事想和你商量一下。"

袁波在李队长对面的大椅子上坐下来，问："李队，有啥事?"

李队长给袁波倒了一杯水，问："任超这起事故，调查情况进展得怎么样了?"

袁波伸手接过水杯，说："酒精测试仪显示，任超是典型的醉酒驾驶。"

李队长停顿了一下，说："任院长是咱市医学方面的权威，又是外科的一把刀，影响力不容小觑啊。人吃五谷杂粮，哪有不生病的呀？这不，刚才局长还亲自给我打了电话，过问了这起事故的处理情况。"

李队长慢慢地喝了一口水，看了袁波一眼，又说："我看，就按一般交通事故处理吧 。任院长也希望我们给任超一个机会，毕竟他还年轻。"

袁波愣愣地望着李队长，说："这样做，恐怕不太好吧。"

李队长不高兴地说："怎么不太好了？你担心伤者的家属闹事吗？"

"这倒不是……"

"那你还有什么担心的？"

"李队，你知道的，酒驾的危害实在太大了……"

"酒驾的危害，我当然清楚。不过，这起事故的确有点特殊，咱就网开一面吧。你知道，我也挺为难的……"

"酒驾的危害已经引起全社会的广泛关注，'酒驾'已经入刑！"

"袁波，你可别给我上纲上线，任院长只是想让我们通融一下，又没说不处理任超……怎么也要给任院长一个面子嘛。"

袁波和李队长你一言我一语地交谈着，话语里渐渐有了一些火药味。

李队长见袁波低头不语，以为他想通了，于是说："袁波，你参加工作时间短，工作经验还少，有些事是不能太较真的。你知道吗？社会就是一个大染缸，任何人在里面待久了，不可能一尘不染的！"说这话时，李队长的脸上明显流露出了一些愠怒。

袁波难为情地说："李队，那个叫秦小松的孩子我认识，他至今还躺在医院里！这样做，对他来说太不公平了！"

李队长有些不耐烦，说："袁波，我再问你一句话，你究竟按不按我的意思处理这起事故？"

袁波语气坚定地说："李队……对不起！"

李队长把刚凑到嘴边的茶杯重重地往桌子上一放，气愤地说："袁波，你真是个死脑筋！这件事不用你处理了。小黄当时不是也在现场吗？就交给他负责吧。"说完，他背过身去再不理睬袁波。

袁波知道已经没有再待在这里的必要。于是，他起身离开了李队长的办公室……

从办公室出来，走在室外的柏油路上，火辣辣的日光射过来，袁波仿佛感到瓦蓝的天空忽然变成了猩红色，那颜色既像盛在高脚杯里的红酒，又像溅在马路边的鲜红的血迹。他脑子里乱作一团，恍恍惚惚地感到眼前是红通通的一片，让他感到恐怖、可怕。蓦然间，他感到自己走进了一个猩红色的世界。

中午袁波没有吃饭。午后，他刚要去路上值勤，忽然接到项雪菲的电话。

项雪菲着急地在电话里说："袁波，你过来一趟，有点儿事，想和你商量一下。"

袁波心里正郁闷，说："难道就不能在电话里说吗？"

项雪菲在电话里顿了一下，说："还是过来一趟吧。"

在宿舍里，袁波见到了项雪菲，几天没见，项雪菲变得有些消瘦，黯淡的眼神里也带着一些忧伤。袁波看到项雪菲这个样子，忍不住有一阵难过。

"雪菲，到底出了什么事？"

项雪菲把宿舍门关严，说："上午快放学的时候，沈大山把我找了去，沈老师年龄大了，处世经验丰富，按年龄他也算是咱的长辈了。也不知道他在外面听到了什么。他让我转告你，对于任超这起事故……"

项雪菲正说着，袁波的脸色变得越来越难看，他的鼻翼来回忽闪着，眼睛死死地盯着项雪菲。她吓了一跳，急忙停住说话。

袁波铁青着脸，问："他说什么了？"

项雪菲见袁波生了气，忙说："其实，沈老师也是替你着想的。人家也是一片好心。"

袁波仿佛没听到项雪菲的话，问："沈老师到底说什么了？"

"他让我劝劝你，说在这件事上别太较真了，否则你会吃亏的。他还说有些事如果你不能改变它，就要适应它。"项雪菲瞄了袁波一眼，说，"沈老师说这些话时，很认真，不像是开玩笑。"

袁波的目光像带了电，项雪菲不敢正视他一眼，许久，袁波才从鼻子里冒出一个字："哼！"

项雪菲面色通红，一句话也没有说。

沉默了片刻，袁波忽然厉声喊道："这件事我早已不管了，爱咋的咋的！"

此时的袁波已完全不能控制自己的情绪。先是对他有养育之恩的姐姐袁霞；接下来是他一向敬重的李队长；现在又是和他志同道合的知心爱人项雪菲。他们一个个都怎么了？难道真的是自己错了？蓦然间，他的脑海里浮现出了倒在血泊中的爹和娘的身影。

项雪菲见袁波无缘无故地冲自己发脾气，怒火也陡然而生，她红着眼圈一声不吭地望着袁波。

此时此刻，袁波已完全丧失了理智，他额角的青筋突突直跳，眼里喷着红色的光，宛如一只被困在了陷阱里的狮子。袁波二话没说，突然一甩门，头也不回地走了。

项雪菲睁大眼睛，怔怔地望着袁波离去。随着袁波脚步声的渐渐远去，她眼里盈满委屈的泪水。

秦小松为救叶小霜被车撞伤的消息，叶文娟知道时，已是事故发生后的第三天。

那天，叶小霜望着救护车走远后，就战战栗栗地坐车回了家。她吓坏了，整天都是一副提心吊胆的样子。她不但吃不下饭，夜里还老是做噩梦。

刚开始，叶文娟还以为是她偷着去探望了刘双寒的缘故，因此也没太在意，只是骂了她几句没出息。

直到第二天晚上，叶文娟发现叶小霜身上青一块紫一块的，就问是怎么一回事。叶小霜知道事情包不住了，便把事情的经过一五一十地说了一遍。

叶文娟心里一直挂念着那个为救女儿而住进医院的男孩，她一夜没合眼。第二天一早，她带上了家里所有的土鸡蛋，进了城。

在病房里，叶文娟终于见到了秦小松。

秦小松痛苦地躺在病床上，脸上没有一点血色，那只缠满了白色纱布的腿，像一根木棍，直挺挺在床上放着。虽然病房里的空调呼呼地喷着冷气，可他疼得脸上淌满了汗水。

叶文娟哽咽着说：“小松……还疼吗？多亏你，要不小霜就……”

秦小松见到叶文娟，眼睛突然亮了起来，他那苍白而干裂的嘴唇嚅动了几下，终于断断续续地说：“你是……小霜……的妈妈？”

叶文娟眼含热泪，点了点头。

秦小松的另一条腿稍微动了一下，很费力地说：“叶阿姨……求你件事……让小霜把骨髓捐给双寒……好吗？”说完，他开始不停地喘粗气。

蓦地，叶文娟眼里的泪水哗地淌了下来。多好的一个孩子呀！

这个和叶文娟原本素不相识的男孩，为了救女儿的生命，痛苦地躺在病床上。然而，见到她后，张口所说的第一句话，居然又是为了挽救另外一个生命！

和秦小松相比，叶文娟感到自己是那么自私，那么狭小！十几年来，积压在叶文娟心头的所有怨恨，顷刻间，竟然神奇地消失了。她再也无法抑制住自己激动的情绪，冲着秦小松连着点了几下头，随后，她掩面大哭起来。

秦小松感激地望着叶文娟，渐渐的，他的脸颊变得红润起来。那一刻，他仿佛累了，终于如释重负地闭上了那双目光暗淡的眼睛。

项雪菲并没有按沈大山的话去做，尽管已当面答应了他。之所以这样做，并非是因为袁波冲她发了脾气。最根本的原因在于她实在没有勇气在学生面前说假话。

在她看来，谎言是 团火焰，不管采取什么方式，想把它包住，那是不可能的！最后的结局必将是引火烧身。

这起交通事故，一时间成了市民们街头巷尾议论的话题。可是，随着时间的悄然离去，这件事就像烈日下的一块硕大的冰块，开始慢慢融化成水，然后又不停地在空气里升腾，直到渐渐消失。

转眼，又是二十几天过去了。

近些天，为了迎接期终考试，项雪菲和同学们的生活变得紧张而又忙碌起来。

期终考试前的这些时间，依然还是同学们一年中最苦闷的日子。然而，这些苦不堪言的时光，对他们来说，又何尝不是黎明前的黑暗呢？期终考试完了，接下来就是他们期盼已久的暑假。

明天就要期终考试了。吃过午饭，项雪菲忽然接到了刘大贵的电话。

刘大贵在电话里兴奋地说，叶文娟已同意叶小霜捐献骨髓，刘双寒终于有救了。还有，丢失的“大奔”车也找到了，偷车贼已被绳之以法，刘双寒做手术的钱终于有了着落。他和黄美丽已经商量好了，等考试完了，放了暑假，就带着叶小霜一块儿去北京为刘双寒做骨髓移植手术。

从刘大贵充满愉悦的声音里，项雪菲仿佛看到了他久违的笑容。可是，这一连串的好消息，却让项雪菲怎么也高兴不起来。

几分钟前，项雪菲收到了一条短信。短信是袁波发来的，内容是这样的：

雪菲，请允许我向你说声：对不起！半个月前，我提出申请，要求参加为期两年的“援藏”任务，并且很快就获得了上级组织的批准。当你收到这条短信时，我已经踏上了驶往西藏的列车。请原谅我的不辞而别。雪菲，开心点！我会在遥远的雪域高原为你奉上最美好的祝福。

这个短信宛如一支突然射来的弩箭，狠狠地射进了项雪菲的心房。

读完短信的那一刻，她猛地感到胸口一阵剧痛，整个人完全陷入极度的悲痛之中。项雪菲怎么也想不明白，袁波为什么会有这样的决定。并且下这个决定之前，居然没有和她商量，甚至连个招呼都没有打，说走就悄无声息地走了。

两年时间虽不算太长，可是，在这七百多个日日夜夜里，会发生太多让人无法预料的事情……项雪菲喘着粗气胸口不停地上下起伏着，那一刻，她完全乱了方寸。

就要放暑假了，同学们像刚从竹笼里飞出的小鸟，一个个唱着悦耳的歌谣欢快地离开了校园。项雪菲在办公室里临窗而坐，她木然地望着同学们陆续离去，直到校园陷入一片沉寂之中。

放暑假了，项雪菲并没有回家住，她仍然住在学校的宿舍。

即使白天回家陪爸妈说说话，晚上也要赶回学校。项雪菲怕极了爸妈无休止的唠叨。放假后的这几天，项雪菲感到了从未有过的落寞和忧伤，她隐隐感觉到，暑假期间，似乎应该找一些有意义的事情来做，可她一时间想不起应该做些什么。

说来也怪，今年的暑期雨天特别多，有时大雨倾盆，有时细雨蒙蒙。项雪菲的心情自然也像天气一样，整天阴沉沉的。

今天是个难得的晴天。

吃过晚饭，月亮慢慢升起来，天气闷热得几乎让人窒息，可恶的蚊子像一只只战斗机，盘旋在空中“嗡嗡”地叫嚣着，摆出了一副随时可能进行空袭的架势。炎炎夏日真是难熬！

项雪菲一只手握着毛巾不停地擦着脸上的汗水，另一只手把一本杂志举在面前。都老半天了，心猿意马的她也没读进几个字去。

项雪菲打开冰箱，取出半块西瓜，用刀切成片，一口气吃了个精光。这时，她才感觉身上稍稍有了一点儿凉意。她静静地坐在椅子上，下意识地拿起手机看了看，屏幕光秃秃的。

看手机，已成为项雪菲近几天来的习惯动作。自从放了假，她清闲了，没想到连手机也失业了。一天到晚，没有电话打来，也没有短信。这些天，那部曾经忙忙碌碌的粉色直板手机，俨然成了一块毫无用途的砖头。

就在这个时候，手机突然响了。项雪菲愣了一下，没错，是歌曲《月亮之上》的旋律。电话少了，她都快要忘掉了手机铃声的音乐了。

项雪菲一把拿起手机，是一个陌生号码。她看着手机屏幕，猛地想起了什么似的，眼睛居然慢慢地亮了起来。她快速地按下了手机的接听键，生怕对方会突然把电话挂掉似的。

电话那头，是一个男子美妙的声音："是雪菲吗？我是张谦呀，你听出我的声音了吗？"

项雪菲一下子怔住了，她一脸木然地听着电话里这个曾经让她心动过的声音，一句话也没有说。

等了片刻，见项雪菲没有说话，张谦继续说道："爸爸出事后，我从美国回来了。近期忙着处理了家中的一些事务，一直没来得及联系你。你现在还好吗？上次的事，都是爸爸不好。找个时间我们见个面好吗？你说过，会永远等我的。"

项雪菲静默地把手机放在了耳畔，任凭张谦的声音源源不断地从话筒里流出，她没有说一句话，仿佛手里拿的并不是手机，而是一块冰凉的砖头。

她接听电话的样子，很专注，仿佛生怕漏掉电话里的一句话似的。可事实上，项雪菲脑子里却像忽然飞进了无数只让她讨厌的苍蝇，嗡嗡作响，电话里的声音却是半个字也没有听进去。

十几分钟过去，项雪菲依然沉默不语，张谦的声音仍然连绵不断地从话筒里传出。

项雪菲忽然面无表情地从耳边拿走了手机。她果断地挂掉了电话，用力地关掉了手机，再打开手机后盖，取出了里面的手机卡，然后把拆得七零八落的手机一股脑地放进了抽屉。就在完成这一连串动作的那一瞬间，项雪菲混乱不堪的思绪居然一下子清晰了起来。

剩下的时间，项雪菲开始翻箱倒柜地忙碌起来。

第二天，项雪菲去了交警队，找到李队长，把袁波援藏的详细地址记了下来。

两个小时后，项雪菲背起行囊，独自一人去了火车站。傍晚时分，她乘坐上了驶往西藏的列车。

第
15
章

尾　声

项雪菲走后没几天，在某网站论坛上出现了一个帖子，写的是一名年轻公务员酒后驾车撞伤了一名初中学生的事情，里面还出现了任超和秦小松的名字。

帖子在论坛上一出现，一夜之间点击量就达到数万之多，并且还有不少网友留言对这一现象进行了猛烈的抨击。

帖子是谁发的呢？这个问题众说纷纭。据说，个别有心人还查过发帖人的 IP 地址，结果发现帖子是在本市的一个网吧发出的。于是，市民们开始猜测起来，发帖人或许是交通警察，或许是医生，或许是老师，或许是学生……这个人究竟是谁，没有人能够确定。

但唯一能确定的是，在强大的舆论压力面前，任超被暂时停止了工作，连任院长也沮丧得一连几天没有露面。

受此事影响，李队长也受到了相应的处分，一身晦气的他，那一刻，才念叨起远在几千里之外的袁波。

岳一博听到了这个消息，显得极度亢奋。晚饭时，他斟满了一杯酒，是白酒，度数很高的那种。大口白酒喝下去，岳一博咳嗽了几声，然后语气凝重地对袁霞说，唉……当初袁波幸亏没听咱俩的，要不可就惨了。听说，那个小黄如今已不在交警队上班了……

对岳洋来说，暑假是一年中最快乐的时光了。可是，今年的暑假却是个例外。

放暑假了，岳一博原本是想借这个时间搬进已经装饰好的新房子去住。可是，暑假开始了不到十天，岳一博就因为有人匿名举报他收了病人家属的红包，被立案调查。幸亏红包小得可怜，这件事最后也就不了了之了。

可是，医院却迟迟不通知岳一博回去上班，他在家里一待就是一个多月。这段时间，岳一博情绪很低落，整天唉声叹气地坐在沙发上看电视。好在后来岳一博又回去上班了。因此，搬家的事也就耽搁了下来。

曹主任终于退休了。因为红包的事，岳一博非但没能成为外科主任，就连副主任也弄丢了。他又重新成了一名普普通通的外科医生。

这件事过去后，岳一博脸上的笑容没有了，整天都是一副怅然若失的样子。他还经常莫名其妙地在家里发脾气，气呼呼地叫嚷："收红包的又不光我自己，也不知道是哪个王八蛋举报的我？"这些充满了怨恨的话语，仿佛是说给全世界的人听的，可事实上，听众却只有袁霞和岳洋两个人。

这件事过去后，袁霞也有了很大的改变。即使"韩剧"再精彩，她也不再和岳一博争电视频道了。不只是看电视，别的事，她也大都依着岳一博。

"红包事件"夺走了岳洋暑假所有的欢乐。虽然岳洋知道爸爸收红包不对，可他还是恨透了那个写匿名信的人。如果知道了那个人是谁，岳洋可以确定，自己一定会不顾一切地和那个人去拚命。可是，那是一双藏在花丛里的眼睛，岳洋又怎么会知道他是谁呢？

往年暑假，每到夕阳西下，秦小松就抱着篮球在楼下喊他去球场打球。在篮球场上淌汗的感觉真好，可是，今年的暑假是找不到那种酣畅淋漓的感觉了。还有，以往的假期，刘双寒会经常打电话约上岳洋，还有班里的其他同学，到酒店里美美地撮上一顿。然后，刘双寒再爽快地埋单。今年是没有那份口福了。

窗外电闪雷鸣，雨水哗哗地从天空中浇下来，黑色的天幕已将这个世界裹得严严实实。岳洋站在窗前，雨珠打得窗玻璃啪啪作响，这样的天气，在这个夏天似乎早已司空见惯。他愣愣地望着窗外，除了雨水，他什么也看不到，只有那一道道闪电划过时，他才可以看清窗外的世界，遗憾的是，那些光亮太短暂了。

每次风雨来临，岳洋便会停下手头的所有事，来到窗前，欣赏外面的风雨世界。不论雨大还是雨小，他都会从下雨开始守到雨过天晴的那一刻。太阳从乌云中冒出来的时候，他的心情会好得出奇，每每这时，他常会走出屋门到小区里转上几圈。

暑假里，岳洋收到了徐雨婷从新疆写来的信，信的内容大致是这样的：

放了暑假，徐雨婷的妈妈也去了新疆。因此，她没有回来。

徐雨婷说，那里上网不太方便，才用这老掉牙的通信方式给岳洋写信。她还说，她已经完全适应了那里的生活，那边的老师和同学都不错，给了她很多的帮助。最后，徐雨婷还期盼着岳洋早点回信，快点告诉她项老师、沈老师、秦小松、刘双寒等人近来的情况。

那封信，岳洋已记不清自己究竟读了多少遍，他却不知道这封回信应该怎么去写。

刘双寒到北京动手术去了，秦小松刚从医院出来，身体还需要慢慢恢复，还有在乡下读书的叶小霜。

岳洋实在不想把这些让人伤心的事告诉徐雨婷。因此，回信一直拖着没有写。

暑假很快过去了。

新学期开学，岳洋就是九年级的一名学生了。因为是毕业班，学校又重新进行了分班，任课教师也进行了相应的调整。原八年级二班的全体同学都四散而去了，项雪菲不再是岳洋的班主任，也不再是他的语文老师，她成了七年级一个班的班主任。

岳洋的班主任换成了一名非常严厉的男老师，并且，他也不再担任班长了。

以前，岳洋每天能和项雪菲见 N 次面，现在 N 天也见不到一次面了。

两个人的距离仿佛一下子拉得很远，很远。

开学不久，吃过早饭，在回教室的路上，岳洋在密密麻麻的人流中一眼看到了项雪菲，他像哥伦布发现了新大陆似的，快步追了上去，惊喜地喊道："项老师！"

项雪菲冲他淡淡一笑，说："岳洋，毕业班了，可要加油啊！"

岳洋不好意思地用手摸了一下耳朵，说："前些天，叶小霜在 QQ 上又给我留言了，说刘双寒的手术很成功，用不了多久就可以来上学了！"

项雪菲兴奋地说："太好了！"说完，她似乎想起了什么，把手伸进了浅红色上衣的口袋，摸出了几张照片，说："这是我去西藏时照的，装在身上好多天了，一直没有碰见你。"

岳洋一把从项雪菲手里拿过照片，看他那猴急的样子，也可以说照片是被抢过去的。

项雪菲冲岳洋凄然一笑，说："你慢慢看吧，我有事先走了。"

岳洋在照片上见到了舅舅袁波，他正穿着警服站在盘山公路上指挥着过往的车辆；岳洋还看见，袁波和项雪菲手拉着手，肩上披着洁白的"哈达"，像展翅高飞的山鹰，在广阔的原野上奔跑。岳洋仔细地看完了每一张照片，才小心翼翼地把它们装进衣兜。

等岳洋收好照片，再次抬起头时，视线里已经没有了项雪菲的身影。

花儿谢了，鸟儿飞走了。烈日炎炎的夏天，终究还是走了，又是一年秋天来临。

白天时间渐渐变短，天有些凉了，人们也都添上了厚一点儿的衣裳。校园里到处都是枯黄的落叶，偶尔有风吹过来，它们蜷缩着身子在地上来回滚动，发出了"沙沙"的呜咽的声音。实在让人难以置信，它们就是几天前还生机盎然地挂在树枝上的那些葱绿的树叶。

这是一个让人伤感的季节，满眼的苍黄与凄凉，或多或少都会给那些多愁善感的花季少年，增添许多的忧伤与烦恼。

凑巧的是，秦小松今年又和岳洋编在了一个班。明天他就要来学校上学了，这是他受伤后第一天来学校。

吃过早饭，岳洋没有去教室，而是早早地来到学校门口等着秦小松了。

一辆银白色轿车停下来，秦二勇和秦小松从车里下来了。岳洋快步迎上去，秦小松像一只折了翅膀的小鸟，一瘸一拐地走过来。那一刻，岳洋的泪水差点落下来。他曾不止一次地问过岳一博，秦小松将来还能打篮球吗？岳一博的回答是：可能性很小！于是，岳洋知道，在篮球场上，秦小松将不会再给他传出漂亮的助攻球，两个人将不会在球场上并肩作战了。他实在想不出无法打篮球的秦小松会是什么样子！

秦小松的脸还是那么苍白，看上去，比以前也瘦小了许多。变化最为明显的是，他换了一副黑框的眼镜，样子和徐志摩的眼镜差不多，大概是这副眼镜的缘故，秦小松似乎斯文了许多。

岳洋抢先接过秦小松肩上的书包，脸上露出惨淡的笑，说："小松，感觉怎么样？"

秦小松苦笑了一下，随后冲岳洋竖起大拇指，说："岳洋，够爷们儿！"

岳洋有点儿丈二和尚摸不着头脑，说："够爷们儿的应该是你！若不是你出手相救，叶小霜恐怕……"

秦小松狡黠一笑，压低了声音说："你和路小西在论坛上发的帖子，真给力啊！"

岳洋脸色一红，愤愤地说："这不过是还原了一个事实真相而已，没啥大惊小怪的。"说完，两个人相视而笑。

岳洋想搀扶一下秦小松，秦小松笑笑，推开了岳洋伸过来的手臂，然后像一个凯旋的战士，深一脚浅一脚地向教学楼走去。就在这时，许许多多的老师和学生闻讯迎了出来。

秦小松清晰地看见，走在最前面穿着米黄色上衣的那个人是项雪菲。刹那间，泪水打湿了他的脸颊。

一个偶然的机会，岳洋遇到了郑宇，两个人聊起了徐雨婷的情况。岳洋说："暑假里徐雨婷给我来信了。"

郑宇笑了笑，说：“她也给我写信了。”

岳洋的胸口收了一下，心间顿时漾起一种异样的感觉，问：“你回信了吗?”

郑宇说：“回了，第二天就回了。”

岳洋的胸口像是被什么东西抓了一下似的，感到一阵难受。他什么话都没说，扔下郑宇，掉头就走了。

那是一个秋日的黄昏，岳洋兀自一人来到了教学楼一侧的花池边，徐雨婷临走时留给他的信，郑宇就是在这个地方交给岳洋的。

夏日里葱绿的草木，现已变得苍黄，繁花早已落尽，虫鸟也不知飞到哪里去了，空中成行的大雁正哀鸣着飞向南方。

满树的柿子熟了，圆圆的，红红的，密密匝匝地挂满了枝头，散发着淡淡的幽香。可是，柿子树昔日郁郁葱葱的绿叶却早已泛黄，有的叶子早已随风飘落。

天色渐渐暗下来，城市的灯火亮了起来。夜幕下的秋色渐渐变得朦胧了。眼前所有的一切，都让岳洋感到愈加迷茫、神伤。

在这个收获的季节，花季般的少年们原本是无忧无虑地尽享快乐才对呀，可是，他们心中却为何充满了太多的忧伤与烦恼。

徐雨婷、秦小松、刘双寒、叶小霜……一个个花季少年放幻灯似的在岳洋的脑海闪过。他们不也是有着各自的烦恼吗？岳洋暗暗地想，我们的快乐究竟哪里去了？岳洋愈加困惑。

猛然间，岳洋感到心底似乎有什么东西在缓缓涌动，他突然有了想写点什么的冲动。路灯散发着昏黄的光芒，他望了一眼徐雨婷曾经坐过的那个石凳，然后转身朝着教室走去。回到座位上，岳洋埋头疾书，一气呵成地写下了那些让他心动的文字。

等候花期

在这收获的季节

我没有丰收的欢乐与喜悦

尽管迎来满树的硕果
肆虐的雨季过后
绿叶开始飘零凋落

雁儿忽闪着翅膀飞走了
来年它们还会从远方飞来
花儿悄无声息地凋谢了
来年它们还会在春风里盛开
可我的花期
为何没有来年

花儿为蝶儿奉上满园芬芳
风雨中砥砺前行的我
却没有嗅到鲜花的馨香
快乐不知道被谁掳走
在这飘雨的季节
我为何有着太多的忧伤与哀愁

雨季已远走
即便那场瓢泼大雨还会从天而降
我依然不会退缩
与你一起泥泞中风雨兼程
假如往事可以重来
为了那美丽的春花
我宁愿放弃丰硕的秋果

诗写完了，岳洋忽然感到一阵从未有过的轻松。他不停地读着这首小诗，一遍又一遍。直到他闭上眼睛，能将诗的每一个字熟记于心。

秋日的早晨，已有一些凄冷，金色的晨光沐浴着一棵棵结满硕果的柿子树。

雨季已经远去。细算起来，已有二十多天没有降雨了，每天都是天高云淡的清朗天气，尽管是秋季，连日的日晒，已让花池的泥土有些干裂。

今年的风雨格外多，那一场场突如其来的暴风雨常常让岳洋无所适从，他惶惑着，迷茫着，在风雨中孑然前行！人的一生不可能没有风雨，可这场雨来得的确太早。这些花季少年还没好好感受青春的欢愉和快乐，就已经被这场无情的“青春雨”浇了个透心凉！

岳洋感到一阵莫名的失落。他轻轻地抚摸着一棵棵笔直的树干，猛然记起，刚入学的时候，这些柿子树还是一些刚栽了不久的树苗。那时，他和同学们还给树苗浇过水，松过土，只不过两年多的时间，昔日的幼苗渐渐长大，如今已结满了红彤彤的果实。

岳洋又猛地想起，两年间，自己不也是在不经意间悄然长高，变得愈加成熟、懂事了吗？

时光滚滚前行的车轮，是任何力量都无法阻挡的！

一缕金色的阳光静静洒落在岳洋的身上，他感到有股暖流在身上来回涌动。想不到的是，那束金灿灿的阳光竟然神奇地打开了许久以来让岳洋纠结不已的那把心锁。蓦地，岳洋心间尘封已久的那扇心灵小窗终于倏地开启了，暖暖的阳光透过窗棂缓缓流淌进来，阴霾从他心灵深处渐渐散去。

岳洋禁不住想起记在日记本扉页上的一句话：山阻石拦大江毕竟东流去，雪压霜欺梅花依然向阳开。

岳洋终于释然地笑了。他看见，摆在眼前的是一条铺满了阳光的柏油路，那是一条通往知识殿堂的路，也是一条通往远方的路，他终于迈大步走在了路上。

岳洋知道，在这条充满困惑和无奈的大路上，他和所有的花季少年都在不可抗拒地成长！

回到教室，岳洋把那首名字叫作《等候花期》的小诗写在了信纸上，然后贴上了一张邮票，把信寄给了千里之外的徐雨婷。